永恒的经典

最具人气的 **110** 篇

微型小说

毕 军/编

U0782997

天津出版传媒集团

天津科学技术出版社

图书在版编目（CIP）数据

最具人气的 110 篇微型小说 / 毕军编 . –– 天津：天
津科学技术出版社，2010.8（2024.5 重印）

（永恒的经典）

ISBN 978–7–5308–5839–4

Ⅰ . ①最… Ⅱ . ①毕… Ⅲ . ①小小说 – 作品集 – 世界
Ⅳ . ① I14

中国版本图书馆 CIP 数据核字（2010）第 126614 号

最具人气的 110 篇微型小说
ZUIJURENQI DE 110PIAN WEIXING XIAOSHUO
责任编辑：王　璐
责任印制：刘　彤
出　　　版：天津出版传媒集团
　　　　　　天津科学技术出版社
地　　　址：天津市西康路 35 号
邮　　　编：300051
电　　　话：（022）23332399
网　　　址：www.tjkjcbs.com.cn
发　　　行：新华书店经销
印　　　刷：三河市同力彩印有限公司

开本 710×1000　1/16　印张 14　字数 200 000
2024 年 5 月第 1 版第 2 次印刷
定价：59.00 元

前　言

　　微型小说又名小小说、袖珍小说等。过去它作为短篇小说的一个品种而存在，后来的发展使它已成为一种独立的文学样式，其性质被界定为"介于边缘短篇小说和散文之间的一种边缘性的现代新兴文学体裁"。

　　微型小说这个名字的正式出现源于美国。美国作家欧·亨利是微型小说的创始人。微型小说具有立意新颖、情节严谨、结局新奇三要素。即在规定的字数以内，要概括出普通小说应具有的一切。

　　微型小说的基本特征，是通过塑造人物形象而反映社会的真实面貌，但它篇幅短，文字少，情节简短而手法明快，而且灵活多变，反映社会生活敏锐而及时，信息量多而快；它将小说与社会，小说与现实关系拉得很近，这种艺术便产生了一种新的、旺盛、持久的生命力，因而也最独立。

　　微型小说的艺术手法很重要，不用高超的艺术手法想要写出脍炙人口的微型小说简直是不可能的，一篇好的微型小说要富有哲理性。它要求作家具有极其敏锐的观察和洞察能力，不放过任何一种能反映日常生活的精彩瞬间，以及能及时捕捉自己头脑中稍纵即逝的灵感。

本书从浩如瀚海的世界各国微型小说中精选了100多篇脍炙人口的名家之作，因入选作品的作者大都知名度很高，碍于篇幅所限，故免去了作者生平简历的介绍，相信读者会理解我们的。

由于编者的学识和水平有限，本书在编辑过程中难免有挂一漏万之处，敬请广大读者批评指正。

目录
CONTENTS

古堡的秘密

（美国）凯瑟琳·邓拉

前不久的一个晚上，我对几个朋友谈起了我很久以前读过的一个故事。这个故事的题目叫什么，作者是谁，没有人能说得清楚。那是一个用第一人称叙述的故事——

法国北部的中央有个叫文丹姆的小镇。镇子里有座古堡，它的大门上了锁，百叶窗紧紧闭着，花园也已经荒废。这一切，使我对它产生了一种不祥的预感，促使我对它作了一番调查。人们告诉我，这个城堡属于德·梅里特伯爵夫妇。伯爵是个傲慢固执、脾气凶恶的人，而他的夫人则不但性格温文尔雅、虔诚热情，而且面貌姣美。许多年来，一直到这个城堡有一天突然变成了一座空城为止，从外表上看，他们夫妇都相处得和谐平静。古堡空了之后，文丹姆的居民便再也没有看到他们。后来，德·梅里特先生死在巴黎，他的妻子则像一个白发的幽灵，居住在很远很远的一块领地上。

有一天，我发现我下榻的那家旅店的女仆罗萨利曾经作过伯爵夫人的侍女，便想了很多办法去说服她，求她让我对这个古堡有更多的了解。最后，她终于同意了，向我揭开了这个古堡的秘密。

那是一个很平静的家庭。先生有点儿刚愎自用，对人苛刻，但夫人却极温柔，对丈夫百依百顺，甚至在那年夏天，当夫人偶染小恙，而先生为了不受打扰一个人搬到了楼上的卧室，她也毫无怨言。也许，对她来说，能独处一室倒是一种解脱吧。她那间宽敞的卧室在古堡的底层，下面是缓缓流过的小河，对面是一座美丽的花园。卧室的一端有个壁炉，另一端立着一个大衣橱，里面挂着夫人的各色衣服。

　　夫人生病期间，伯爵便在俱乐部玩纸牌或者谈论政治，以此度过每一个夜晚。那时候，文丹姆镇来了很多西班牙人——被拿破仑皇上假释的战俘。罗萨利特别注意到一个英俊的西班牙贵族青年，他离群索居，从不与人交往，每天傍晚，他都要作一次长时间的散步，有个马夫甚至还看到夜已很深了他还在古堡附近的小河里游泳。

　　伯爵晚上从小镇回家，每次都是径直走向自己的卧室。可是，秋天的一个深夜，他从俱乐部回来，却把提灯放在楼梯脚下，沿着那条拱形的石子小径，朝他妻子的房间走去。当他来到卧房门外时，好像听到了妻子的衣橱门很快被关上的响声。可当他走进房门时，她却正站在壁炉前。

　　"您回来迟了。"夫人平静地说。正在这时，罗萨利从前厅走了进来，刚才关衣橱门的当然不会是她了。罗萨利在先生的脸上看到了先是怀疑、而后是愤怒的表情。她赶快从房里退了出来。这时，她听到了先生冷若冰霜的声音：

　　"夫人，有一个人在衣橱里。"

　　他的妻子十分肯定地回答："没有，先生。"

　　他朝衣橱走去，可是夫人把他叫住了。

　　"假若你在那里面找不到什么人，那么，我们之间的一切就该从此完结了。"她告诉他。

　　他不怀好意地看着她说：

　　"好的，我先不打开它。听着：您灵魂的救世主，对您来说该是够重要的了。您发誓那里面没有人，我就答应您这扇门可以让它关着。"

　　他摘下了她的十字架——那种不常见的西班牙式的紫檀木带银丝链的十字架。夫人颤抖着把手放在十字架上，轻声地说："我发誓。"

　　"去叫你的女仆来吧。"他命令她。

　　罗萨利进来了，他对她说：

　　"去把泥水匠戈雷伏罗特叫来，让他带上泥刀，还有修马厩剩下的砖头和灰浆。"

　　吓坏了的罗萨利匆匆去执行他的命令。当她把那疑惑不解的泥水匠带进来以后，伯爵马上命令他说：

"立即在衣橱门前砌上一道墙。这件事做好之后，只要你不多嘴，你永远不必担心缺钱花。罗萨利也是一样。"

他监视着泥水匠的工作。过了一会儿，夫人叫罗萨利去取一条披巾，她的冰冷的手抓住了侍女的手指。

"告诉戈雷伏罗特，不管怎样要留下一个口不要砌。"她低声地说，然后又大声地补了一句，"去多拿些蜡烛来，让泥水匠看得清楚些。"

四周一片寂静，只有泥刀嚓嚓的响声。墙慢慢地变高了。当砌到快平橱顶的时候，戈雷伏罗特乘主人把脊背对着他的时机，用泥刀把衣橱顶上的玻璃击碎了。一双充满恐惧的深灰色大眼睛露了出来；随着伯爵倏地转过身子，它们马上又消失了。

破晓时分，墙砌好了。伯爵叫来他的侍从。

"我妻子病了。"他说，"我不能离开她，你把三餐饭都送到这里来。"

伯爵寸步不离地在妻子房里待了20天。在头几天内，衣橱里一度传出过微弱的气息声。这时，处在半昏迷状态的夫人哭了起来。但是，伯爵却阻止她说出她本当要说的话：

"您宣过誓说那里面没有人。这，就已经够了。"

之后，卧室里除了夫人悄悄地哭泣声，就再也听不到别的任何声音了。

在 柏 林

（美国）奥莱尔

一列火车缓慢地驶出柏林，车厢里尽是妇女和孩子，几乎看不到一个健壮的男子。在一节车厢里，坐着一位头发灰白的战时后备役老兵，坐在他身旁的是个身体虚弱而多病的老妇人。显然她在独自沉思，旅客们听到她在数着："一，二，三。"声音盖过了车轮的"咔嚓咔嚓"声。停顿了一会儿，她又不时重复起来。两个小姑娘看到这种奇特的举动，指手画脚，不假思索地嗤笑起来。一个老头狠狠地扫了她们一眼，随即车厢里平静了。

"一，二，三。"这个神志不清的老妇人又重复数着。两个小姑娘再次傻笑起来。这时那位灰白头发的战时后备役老兵挺了挺身板，开口了。

"小姐，"他说，"当我告诉你们这位可怜的夫人就是我的妻子时，你们大概不会再笑了。我们刚刚失去了三个儿子，他们是在战争中死去的。现在轮到我自己上前线了。在我走之前，我总得把他们的母亲送往疯人院啊。"

车厢里一片寂静，静得可怕。

镇上最漂亮的女孩

（美国）泰勒·温斯路

瑞拉·玛莉从十三岁起就为她的长相感到难过。那时，她长得比其他的女孩子都高，为此地感到很难为情，另一方面她觉得自己太瘦了。

到二十岁时，她确信她的长相实在有点太难看了。其他所有的女孩子看上去都小巧玲珑，动人可爱。可瑞拉的衣服总是皱巴巴地穿在身上。

男孩子和女孩子们都喜欢瑞拉，她是个好女孩——如果忘掉她的长相的话，她的头发也不对劲，总是一串一串的，但她有一张快乐的脸。

尽管如此，瑞拉有了一个男朋友——帕特·鲁迪，他的父母开着一间杂货店。帕特并不是什么引人注目的人物，但凭瑞拉的长相，这已经挺不错了——人们都这样认为。

瑞拉对帕特很感激，因为帕特待她很好，她当然也很关心帕特。她觉得和帕特在一起很有趣。瑞拉应该很满足了，要不是她又喜欢上了山姆·特纳德的话——山姆是镇上令人关注的人物。他父亲是位银行家，非常富有。母亲是镇上社交活动的组织人。另外，山姆高大而又英俊。

帕特开始和父亲一起经营杂货店，山姆则进了银行。这是小镇上男孩子们的选择。

瑞拉什么也没干。她的父亲有足够的钱养活她。她总和帕特一起去约会——远远地羡慕地看着山姆。镇上的人觉得瑞拉会嫁给帕特，而帕特会接替他父亲的杂货店。

如果不是莱斯利·杜兰特先生的出现，这一切都不会发生的。莱斯利·杜兰特先生是一位著名的杂志插图画家。他到镇上来看他的姨妈。当然，他参加了各种聚会。他是一个社交明星，在镇上只待了几天——但却长得足够发生什么事了。

他看到了瑞拉·玛莉。瑞拉站在门边看着山姆，并不知道她的脸上把她所想的都显露了出来。没有人注意到这点——除了杜兰特。他看到瑞拉穿着件不合身的衣服，头发不平整；山姆却衣装得体，充满自信。接着，帕特带着瑞拉去跳舞了。

第二天，杜兰特做出一项惊人的宣布。他告诉每一个听他讲话的人，瑞拉·玛莉是目前镇上最漂亮的女孩，是他所见过的最漂亮的女孩。

当杜兰特自己告诉她这话时，她一时不知所措，好不容易说出谢谢两个字来。随后，她羞答答地找到杜兰特。"我希望您能告诉我，怎样才能使我变得好看点？"她不好意思地问道。

杜兰特和瑞拉的母亲对瑞拉的服饰进行了一番打扮。杜兰特帮她重新梳理了头发，告诉她应该穿什么样的衣服。

那天晚上为杜兰特举行了舞会——这是他在镇上呆的最后一晚。瑞拉头一次成了引人注目的中心。杜兰特满意地看到山姆专心致志地和瑞拉一起跳舞，瑞拉用热切的眼光看着他——以前山姆从未注意过她。

杜兰特回到在纽约的家，投入繁忙的工作，很快忘了这件事。时光流逝，直到有一天……

杜兰特正在一家餐馆一人吃午饭，一位动人的高个妇人朝他走来。"您不认识我吗？"妇人问道。"我是瑞拉·特纳德——您认识我时我叫瑞拉·玛莉。您到过我住的镇上——改变了我的生活，您记起来了吗？"

"哦，当然"，杜兰特说。"我记得，那是我试图改变一个人命运的一次尝试。"

"您做得非常好！"瑞拉说，话音里有种奇怪的语调。

"你和你喜欢的那个男孩子结婚了，对吧，他叫特纳德，对吧？"

"是的，"瑞拉说。"您怎么记得他的名字？又怎么知道我喜欢他？"

"我擅长记人的名字。当时我看见你盯着他的眼神，就什么都知道了，一切就这么简单。"

"是吗？"瑞拉说。"这真有趣，不是吗？我和帕特在一起，又爱上了山姆，我很自卑和不高兴。您突然说我很漂亮——很自然地我成了位漂亮的姑娘。男孩子们都想和我约会，山姆和我就结了婚。"

"太棒了！"杜兰特高兴地笑道。"你现在过得怎么样？""不值一提，"瑞拉说，"山姆和我结婚了——我们相处得不好，尽管开始我很幸福。特纳德家的银行倒闭了，所有的钱都没了——我们家也存了钱在银行，当然也没了。山姆又爱上了一个女佣，我们离了婚。三年来，我一直在一所女子学校教书。"

"真糟糕！"杜兰特说。"但也许这比你嫁给帕特强点？"

"可能吧，"瑞拉说。"帕特接替了他父亲的杂货店，和镇上最漂亮的女孩结了婚，他们有三个孩子，过得非常幸福。他变得雄心勃勃，还开了连锁杂货店。现在他是镇上最重要的人物了。"

父亲没有赴约

（美国）罗伯特·诺格斯

这个故事发生在风景如画的国家丹麦的小客栈里。这种客栈通常供应游客食物和饮料，并且这儿的人们都讲英语。我和父亲因为生意上的事，也因为旅游来到了这样的客栈，过着愉快的时光。

"我希望母亲和我们一起在这儿。该多好阿！"我说。

"如果你母亲来这里，带着她去附近旅游一定非常惬意！"父亲说。

年轻时他曾经在丹麦旅游参观。我问："您自那次旅游后离开此地到现在有多长时间了？"

"哦！大约三十年。我依稀记得路途上曾经到过这个客栈。"他朝周围看了看，沉浸在回忆的气氛中。"那是多么美好的日子……"突然他沉默了，我看见他的脸变得异常苍白。随着他的视线望去我发现一个太太手里拿着一托盘饮料站在一群顾客面前。看得出她从前也许很漂亮，但现在发胖了，头发显得有些零乱。我问父亲："您认识她么？"

"从前认识。"他说。

这位太太来到我们桌前，问："要饮料吗？"

"我们要啤酒。"我说。她点头答应着走了。

"她变得太多太多了。感谢上帝她没有认出我，"父亲轻声低语，手里拿着手帕做了个鬼脸。"在遇到你母亲前我曾经认识她。"他继续说，"那时我还是个学生，到这里来旅游。她当时是个年轻可爱的少女，温文尔雅，妩媚动人。我们疯狂地相爱了。"

"母亲知道此事吗？"我突然愤愤不平他说。

"当然知道。"父亲焦虑地看着我，轻声说。我能感觉到他此时的窘迫。

我说："爸，您大可不必……"

"假如你母亲在这儿，她将告诉你这一切。我不想让你为此操心。那时我对她和她的家庭来说完全是个外国人。当时我的生活完全依赖你爷爷。如果她跟我结婚，她不会有任何前途。所以她的父亲竭力反对我们的风流韵事。当我写信告诉父亲我想跟她结婚时，你爷爷便拒绝提供哪怕是一分钱的援助。于是我不得不返回故乡。但是临走前我们见过一次面，我告诉她我必须回美国去借些钱几个月后回来便跟她结婚。"

"我们知道，"他继续说，"她的父亲可能会拦截我们的来往信件，所以我们决定我将简单地给她寄一个纸条，告诉她我们见面的时间和地点，在那里我们将举行婚礼。然后我就回美国贷了款并写信告诉她见面的事。她收到信后复函说，'届时我将如期而至。'可是她没有去。后来我了解到她在约定日期两周前和当地的一个客栈老板结婚了。她没有等到我们预定的时刻。"

接着，父亲说："感谢上帝她没有赴约，回家后我遇到了你母亲，我们过得非常幸福。我们常为这件年轻时的骑士故事说笑寻开心。我提议将来你把此事写成文字。

那位太太拿着啤酒出现在我们面前。

"你是从美国来的吗？"她问我。

"是的。"我说。

她微笑着说："哦，美国，令人神往的地方。"

"是的，你的许多同胞都去了美国，你考虑过此事吗？"

"不是我，不是现在。"她说，"很久以前我曾经想过。但最后我还是留在了这里。留在这里挺不错的。"

喝罢啤酒我们离开了客栈。我问父亲："爸，您给她的信上的日期是怎么写的？"

他停下脚步，掏出一个信封在上面写了几个字。"像这样，"他说："12／11／13，就是说1913年12月11日。"

"不！"我惊呼，"在丹麦和其他任何欧洲国家不是那个日期。在这些地方，人们按日、月、年的顺序写日期。所以你写的日期不是12月11日，而是11月12日！"

父亲用手捂住脸。"哦！她到了那里！"他惊叫道，"只因为我没有赴约，她才跟别人结的婚。"他沉默了片刻。"还好！"他说，"我衷心祝愿她幸福。实际上看来她似乎确实如此。"

当我们总结此事时我突然说："这真是件幸运的事，否则不会遇上我母亲。"

父亲双手放在我肩膀上，温和地看着我，微笑着说："我是双倍的荣幸，小伙子，不然的话我既不会遇上你母亲更不会遇上你。"

上　钩

（美国）亚历山大

詹卡西先生一边吃着早餐，一边看着当天的晨报。

"亲爱的，有什么惊人的报道吗？"詹卡西太太正忙着往面包上涂果酱。她总是嫌女仆露茜涂得不好，而自己动手会使丈夫感到双重的情爱。

"拉斯维加斯又一起惊人的抢劫案，事主被劫十六万美元。歹徒如何得手，原因尚且不明……"

"先生、太太，有个陌生客人要见你们。"露茜走进餐厅，打断了詹卡西先生的念报声。

詹卡西太太嚷着："这人没教养，这种时候来拜访人。别让他进来，谁担保他不是劫匪。"说着干脆把一团果酱塞到嘴去。

露茜说："我让他在外面等，他问我有没有丢了钱。"

詹卡西先生说："请他进来吧。"说着擦擦嘴，站起来往外走去。

詹卡西太太瞪大了双眼："你丢了钱，居然不告诉我，你这天杀的！"

可她丈夫已经出去了。等到詹卡西太太来到客厅时，一个人正把一捆钞票递给她丈夫。陌生人说："我揣摩着就是你们遗失的，只有像你们这样住得起阔气房子的人，才会有这么一大笔钱。"

下面的对话詹卡西太太没有仔细听，她在费劲地猜想着丈夫从哪里来的这笔钱。这太可怕了，丈夫居然对自己不忠实！而且这陌生人居然会送回来，按照报纸的说法，他可以当选为今年拉斯维加斯头号傻瓜……

直到陌生人向她告别，她才从沉思中清醒过来。送走了客人，她一言不发，等待着丈夫的解释。

詹卡西先生赔着笑脸道："对不起，亲爱的。昨天公司给了我一笔奖金，可是我丢了，所以我不敢告诉你。现在难道不是上帝的旨意吗？钱回来了。"

詹卡西太太这才转怒为喜，高兴地把钱点了一遍，锁进了保险柜。可是到她独自喝下午茶的时候，心里又嘀咕起来。有哪个公司会发这么一大笔奖金？足足一万啊！一贯马大哈的詹卡西太太这次却出人意料地细心起来，她决定请私家侦探社帮一下忙。

一星期后，报告送到了詹卡西太太手中：詹卡西先生循规蹈矩，没有外遇，只是找了几次一个在警局谋生的老同学鲍勃喝酒。他所在的公司没有发过任何奖金。

这真是一个斯芬克斯似的谜！詹卡西太太考虑再三，决定今晚和丈夫摊牌，她可不愿意有一个对妻子保守秘密的丈夫。

夫妻俩在餐桌旁坐好，詹卡西太太发难了："亲爱的，那一万元……"

"先生，太太，那个人又来了。"露茜打断了她的话。

詹卡西太太一下没有回过神来："谁，那个人是谁？"

露茜说："他说肯定是先生丢了钱。"詹卡西太太一下子跳了起来："什么，又丢了钱，又是他捡到的？"

夫妻俩来到客厅，陌生人满脸笑容地迎上来："詹卡西先生，我经过您家门口，见到了这皮包，一下子就认出来了。您瞧，天底下竟有这么巧的事！"詹卡西接过钱包，掏出一叠厚厚的钞票。詹卡西太太正自吃惊，却听陌生人说："如果两位不介意的话，我将送给你们一件礼物。"

夫妻俩刚刚抬起头来，陌生人已经用一支精巧的小手枪对准他们："最好别动，先生、太太，如果不想让我开枪的话。"

陌生人微笑着把一根绳子给呆若木鸡的詹卡西太太："太太，请您把您丈夫捆起来，动作要快。"

就这样，詹卡西夫妇和露茜都被捆起来了。陌生人往俘虏嘴里塞着布条，说："对于一个没有丢钱而又问心无愧地认领失款的人来说，这就是头等的报酬。我在拉斯维加斯干了十几回了，还没有一个人是拒绝送上门的一万元的。"看着陌生人向卧室的保险柜走去。詹卡西太太又气又急：原来这人就是拉斯维加斯的头号窃贼，他每次先奉送一万元，好让那些昧良心的人收下；他也乘机摸清情况，甚至与事主交上朋友。所以，当他劫走财物后，事主惧于名誉，只好来一个"歹徒如何得手，原因尚且不明。"

陌生人夹着一个小包出来，打了个手势说："再见了，上钩的鱼儿。"

"您好，上钩的鱼儿。"锁着的门突然开了，一个拿枪的人带着好几个人走了进来。陌生人听了拿枪人的话，呆住了。

詹卡西太太认出来了，拿枪人是詹卡西先生的老同学——鲍勃。

桥孔下的绳索

（美国）詹姆士·阿诺德

他站在阿拉巴马的一座铁路桥上，双眼凝视着桥下果溪河湍急的水流。他的双手被反绑着，一根绳索绕过他的脖子，另一端系在了他头顶桥的高架上。三个北军士兵站在这个囚犯的近旁，等候着上尉下达执行绞刑的命令。

一切准备就绪。囚犯闭上了眼睛，最后一次想他的妻儿。但是，此时，却听到一种连续不断的声音——很微弱，但越升越高，刺痛了他的眼膜。痛楚太强烈了，他想大叫……然而声音只不过来自桥下流水永远的激荡。

他重新睁开了眼，打量着桥下的流水。如果我的手能松开，他想，"我就能弄掉脖子上的绳索跳进河里。我可以从河底游走，避开他们的枪击，爬上河对岸，穿过森林，回到家中。家就在战火区外，妻子和孩子在那里都很安全，我也会很安全的……

就在这些念头飞驰过他的心中时，上尉向士兵下达了行刑令。三个士兵套紧了囚犯脖子上的绳子，然后把他从桥孔中推下去。

当他下落时，一切事物都变得黑蒙蒙与空洞洞。然而接着他感到他的脖子一阵剧痛而不能呼吸。他无法思维，只觉得沉浸于痛楚的恍惚世界。

然后，他听到了一个声音……是东西掉进水里的声音。有声巨响传入了他的耳朵，他周围的一切变得阴冷而黑暗。这时他能思考了，他认为绳子已经断掉，他掉进了河里。

但是绳子仍然绕着他的脖子，他的双手依然被绑着。接着他感到身子向水面上浮。

囚犯在无意识的状态中，双手触到了脖子上的绳索并扯开了它。然后他用双手推水，使自己头部浮出了水面。阳光刺激着他的瞳仁。他张开嘴唇吞咽着空气——但对他的肺部显然太多了。他尖叫一声，把气吐了出来。

现在，囚犯能够更清晰地思考了。他所有的感觉比以前更加敏感。他听到了从来没有听过的声音——人耳所听不到的——小昆虫的振翅飞翔声，以及鱼的游水声，他的双眼不仅看到了沿河的树木，还看到了树上的每一片树叶，而且更瞧见了叶上的细小纹脉。他也看到了桥及一边的桥墩。他瞧见上尉和他的三个士兵，他听到了枪声。有东西击在他头部附近的水中，接着又再度射来。他看到一个士兵在向他射击。

他明白他必须跑进树林才能逃走。他听到上尉在命令余下的士兵射击……

囚犯潜进水里，尽量往深处游去。河水在他的耳畔激起隆隆巨响，但他仍可听到枪声。

当他再浮上水面时，他看到子弹击在水面上，有些还擦到他的脸上及双手，有一颗甚至落在他的衬衫上。他感觉到子弹的铅头就在他的背上。

他把头伸出水面换气时，看到自己离开那些士兵更远了，他开始用劲地游起水来。

在他游水时，士兵们举着步枪向他射击。然后他们用炮击，但都没有击中他。接着他突然游不动了，他被卷进旋涡里不停地打转。他以为这下完了。尔后，就如他被卷进时一样的突然，旋涡把他卷高起来，并且把他抛出河外。他竟然着陆了。

他吻着地面，然后四下望望。空中一片淡淡的红光，风吹过树木时好像在奏乐一般。他想在那里停留一下，但是炮火又轰过来了，而且他听到子弹在他头顶上呼呼而过。他起身跑进树林里。终于，他发现一条通向他家的路。那是一条宽宽的直路，但看起来却像从来没有人走过的样子；两边没有农田，没有房舍，只有高高的黑树。

在那些高大的黑树里，囚犯听到奇怪的话声，有些话他一点也听不懂。

他的脖子开始痛起来，他伸手去摸时，觉得肿得很大。他的两眼疼得无法闭起来。他的脚在移动。但他感觉不到路面。

他处在一种睡眠状态中行走着。这时。他发现自己已走到了家门口，爱妻向他跑来，啊，终于到家了。

他伸出双臂去搂抱他美丽的妻子。就在这时，他感到他的颈后一阵可怖的痛楚，而他的周遭是一片茫茫的白光以及大炮的炮声——然后是一片黑暗和死寂。

囚犯死了，他的脖子断了。他的身体悬在一条绳索的尾端，在泉溪桥桥孔下轻微地荡来荡去。

春天的投资

（美国）帕翠苗·沙利文

我竭力说服自己早点起来。自从我们最小的儿子带着他的新娘离开我们以后，一天的大部分时间只我一人在家。我的丈夫也在城里上班，因此白天我总是睡懒觉。

我最终还是使自己从床上"站"了起来。想起该检查一下马桩子，看着马匹是否拴牢。我来到了农场空关着的旧农舍，发现有块窗玻璃碎了，前门微开着，我儿子放在那儿的自行车不翼而飞了！

我向警官报告了失窃案。第二周警官打电话通知我小偷已抓到，并问我是否打算起诉他们，我说当然是的。

在警署的大厅里，有两个弱小的男孩坐在那里，头发蓬乱，大眼睛里满是恐惧，不由让人想起受了惊吓的小松鼠。他们被带进了办公室。

"请等一下。"我说，"是否另有解决的办法？可否让这两个孩子为我工作一个春天？"我问道，"他们能赚到足够的钱赔偿那辆自行车，我也能得到一些帮助，而他们又能明白劳动的艰辛。"法官透过眼镜瞥了我一眼，"当然可以，但我希望你能明白将会遇到什么麻烦。少年犯监管员每周将来检查一次。"

星期六早晨七点整，我被敲门声吵醒。那两个孩子站在门廊前，在清晨刺骨的寒风中哆嗦着，我邀请他们进了屋，并为他们准备了早点。

我在做祷告时，他俩转动眼珠，互相挤眉弄眼。交谈中，我得知他们只有十岁和八岁，在同一个学校同一个班上学。十岁的那个父母去年离婚，已先后转了三次学。另一个男孩的母亲因丈夫之死，精神压抑已有好几个月了。

我们在花园里一直干到中午。因为我很累，我们就在小食店买了汉堡包当午饭。我让他们下星期一早晨九点来。

可第二天早晨七点，我又被吵醒了，仍是那两个叫齐本和戴尔的男孩。"我仍有件礼物要送给你。"齐本说话时戴尔递过一条蛇。

我咬牙又把蛇递回去："非常感谢，小伙子们，劳驾把蛇放到花园里去，也许它可以消灭一些昆虫。"两个男孩不由得面面相觑。

星期一很快就到了。我向男孩们解释菜苗和野草的区别。他们总有许多问题可问，我们在一起谈论生态平衡、野外生活和摇滚乐队等问题。等他们狼吞虎咽吃完午餐，我就给他们讲多年前曾逗乐过我的孩子们的故事。

两个男孩在农场里搭棚、松地，种植芍药、蝴蝶花，帮着浇水、除草、采摘他们的劳动的果实。我们一起度过了整个夏天，一起去徒步旅行，一起去野餐。初秋时，我们种植了郁金香、水仙花和藏红花。齐本和戴尔问我为何要买这许多快枯死的"旧灯泡"，我则回答说它们会开出美丽的花朵——它们是我对"春天的投资"。

每星期我总向少年犯监管员报告平安无事。

终于，孩子们还清了他们的欠债，并且有足够的钱买自己的自行车。学校开学了，但星期六和假日他们仍常来帮忙，自豪地向我显示取得进步的成绩单。

第二年春天，我病愈出院回家。齐本和戴尔骑车从镇上来看我——与往常一样，七点整。他们送我一大束他们种植的郁金香花。

从厨房拿出我们一起做的草莓酱，一些饼干和牛奶，我拿起一块饼干就往嘴里塞，两个男孩齐声说："哦，别忙！用餐前让我们先做祷告！"

我顺从地听着他们责怪我。我春天的投资终于盛开果实了。

父亲和儿子

（美国）鲍布·格林

一天早上，路过亚特兰大航空港时，我赶上了一趟从市区终点把飞机乘客运往登机口的短程火车。这些火车整天来来回回的，虽然分文不取，一尘不染，但却显得干巴巴、冷冰冰的。

没几个人觉得坐这些火车有什么好玩的。可就在这个星期六，在这趟火车上，我却听到了笑声。这是第一节车厢，在它的前部，有个男的，还有他的儿子。他们正朝窗外看着车前方的轨道。我们这列火车停下来让乘客下完车，然后门又关上了。"走嘞！抓紧我呀！"父亲说。那个男孩大约五岁左右，高兴得嗷嗷直叫。

我知道，在当今时代，我们应当避免提及种族差别。所以我希望如果我提到了，没人会介意。那天车上大多是白人，都是一副出差或是外出度假的很像样的打扮，而只有这父子俩是黑人，身上的衣服说有多便宜就有多便宜了。

"瞧那边！"父亲对儿子说，"看见那个飞行员了吗？我打赌他正朝着他的飞机走去。"儿子就把脖子伸得老长老长地朝那边看。

下了火车，我才想起忘了在市区终点站买一样东西。我的那趟航班还早，所以我决定坐回去。

我坐回去买了那样东西——正当我又要登上我那班车时，我又看见那个男的和他的儿子。他们也回来了。这时我才意识到他俩并不是要去赶航班，而只是为乘车而乘车。

"现在想回家吗？"父亲问。

"我想再坐一会儿！"

"再坐一会儿？"父亲装出一副生气的样子，但实际上很高兴，"还没坐烦吗？"

"好玩着呐！"儿子说。

"那好吧！"父亲答应道。有扇车门打开了，我们都上了车。

有的父母有钱把子女送到欧洲或迪斯尼乐园去玩，可结果孩子却堕落了。有不少父母住在价值上百万美元的豪华住宅里，他们的子女有小汽车，有游泳池，可他们的孩子却总要出些问题。无论是富人还是穷人，黑人还是白人，他们的孩子总是要出如此如此之多的问题，总是如此如此的经常出问题。

"爸爸，这些人都往哪儿去呢？"儿子问。

"到世界各地去。"父亲说。航空港里的人们不是正准备飞往遥远的目的地，就是正在到达他们旅途的终点。而这父子俩却只是坐在这趟短程火车上玩，他们相互陪伴，兴奋不已。

在这个国度里，麻烦够多的了——犯罪、惨无人道的杀戮、教育水平的下降、大庭广众下的肮脏下流……有多少个"怎么办"的问题等待着回答啊！这里有一个父亲，他特意与儿子共度这一天，他在星期六的早上作出了这个安排。

问题的答案再简单不过了：这是真正愿意花时间的、真正重视孩子和尽最大努力的父母。这样做不花你一分一文，却是最值得的。

火车慢慢加快了行速。父亲指点着某个东西，那个小男孩又笑了起来——答案就这么简单。

一双靴子

（美国）查辛

在我的记忆深处，珍藏着一双靴子，一双得之于半个多世纪以前而今依然完好如初的靴子。它不仅铭刻着一个流浪汉的颠簸之苦，也深藏了一位陌路人的关怀之心。

那是在大萧条时期的一个冬天，当时二十岁的我已经独自在外乡闯荡了一年多，一无所获的磨难使我心灰意懒，蜷缩在闷罐车里做着回家的梦。当火车路经一个不知名的小镇时，我下了车，希望能碰上好运气，找到一个打工的机会。一阵刺骨的寒风向我表示了冷冷的敌意，我使劲裹了裹自己的旧外套，但还是被冻得直打战，尤其糟糕的是脚上的那双半筒靴已不堪折磨，像它主人的梦想一样地破败了——冰水毫不客气地渗入了袜子。我暗暗地向自己许了个愿，要是能攒下买一双靴子的钱，我就回家！

好不容易找到了山边的一个小木屋，不料里面早有几个像我一样的流浪汉了。同病相怜，他们挤了挤，为我挪出了一个位置。屋里毕竟比野外暖和多了，只是刚才被冻僵的双脚此时变得疼痛难挨，使我怎么也无法入睡。

"你怎么了？"坐在我身旁的一个陌生人转过头来问我。

"我的脚趾冻坏了，"我没好气地说，"靴子漏了。"

这位陌生人并不在意我的态度，仍然热情地向我伸出了手："我叫厄尔，是从堪萨斯的威奇托来的。"之后，他跟我聊起了自己的家乡、家人以及自己的流浪经历……厄尔先生的健谈似乎缓解了我身体的不适，我不知不觉地迷糊了过去。

这个小镇并没有为我们留下一份吃的。盘桓数日以后，我又登上了去堪萨斯方向的货车——厄尔先生也在这趟车上。火车渐渐地驶出了落基山区，进入了茫无边际的牧场。天气也越来越冷了，我只有不停地跺脚取暖。不知什么时候，厄尔先生已经坐在我身边了。他关切地问我："你家里还有什么人？"我告诉他，家里还有一个父亲和一个妹妹——是个穷得叮当响的农家。

厄尔先生安慰我说："不管怎样的家也总是个家呀！我看你还是和我一样回家去吧。"

望着寒星闪烁的夜空，我感到了一种从来没有过的孤独。"要是……要是我能攒点钱买双靴子，也许就能够回家了。"

我正想着家庭的温暖的时候，发觉脚跟被什么东西碰了一下。低头一看，原来是一只靴子——厄尔先生的。

"你试试吧，"厄尔说，"你刚才说，只要能有一双像样的靴子你就能回家了。喏，我的靴子尽管已经不新，但总还能穿。"他不顾我的谢绝，一定要我穿上，"你就是暂时穿穿也好，待会儿再换过来吧。"

当我把自己冰凉的脚伸进厄尔先生那双体温尚存的靴子时，立刻感到了一阵暖意，我很快在隆隆的火车声中睡着了。

等我醒来时，已经是次日凌晨了。我左顾右盼，怎么也找不到厄尔先生的身影。一位乘客见状说："你要寻那个高个子？他早下车了。"

"可是他的靴子还在我这儿呢。"

"他下车前要我转告你：他希望这靴子能陪伴你回家去。"

我怎么也不能相信，世上确实还有这样的好人：不是将自己的多余之物作施舍，而是把自己的必需之物奉献他人，为了让他能有脸回家去！我想象着他一瘸一拐地穿着我的破靴在冰水里跋涉的情形，不禁热泪盈眶……

这半个多世纪中，我和厄尔先生再也无缘相见，但在我的心中他永远是我最亲密的朋友，而这双靴子则是我这一辈子得到的最贵重的礼物。

多疑症

（美国）埃德·华莱士

奥特索里夫人，这位几乎生了一打孩子的妇人。似乎总不在晴朗的天气或者白天里分娩。现在，本森医生连夜开车又去出诊。

离索里农庄还有一段路。这时，小车前的灯光里出现了一个沿着公路行走的男性的身影，这时本森医生感到一阵宽慰，他降低车速，注视着这位吃力地顶风行走的人。

车子贴近夜行者的身边，本森刹住车请他上车。那人钻进了车。

"您还要走很远么？"医生问。

"我得一直走到底特律。"那人答道。他非常瘦小，那双小黑眼被顶头风吹得充满眼泪："能给我一支烟么？"

本森大夫解开外衣扣子后记起自己的香烟是放在大衣的外口袋里，他把烟盒递给正在自己衣兜里摸火柴的生人。烟燃着了。那人拿住烟盒愣神片刻，然后向本森说："也许您不会介意？先生，我想再拿一支待会儿抽。"他晃晃烟盒又取出一支来，不等主人回话。本森大夫感觉到，有只手触到了他的口袋。

"我把它放回您的衣兜吧。"这个瘦小的家伙说。本森急忙伸手接住烟盒，但他不无恼怒地发现，烟盒已经装在他的衣兜里。

片刻之后，本森说："到底特律去？"

"到一家汽车工厂去找份活干。"

"战时您在军队里干过么？"

"在前线开了四年救护车。"

"是吗？我就是医生，我叫本森。"

"这车子里充满药味。"那人笑起来了，然后又郑重地加一句，"我叫埃文斯。"

沉默。本森注意到生人猫一样的瘦脸颊上那道深长的疤痕，像是新近才有的。他想起索里夫人并伸手掏表，他的手指投向衣兜的深处，这才发现他的手表不见了。

本森医生慢慢地移动着手，小心翼翼地伸向座位下，摸到了那支自动手枪的皮套子。

他缓慢地抽出手枪，借着黑暗把它贴在自己身体的一侧，然后疾速刹住车，把枪口冲着埃文斯：

"把那只表放进我的衣兜！"

乘客惊吓得跳起来并慌忙举起手。"上帝！先生……"他嗫嚅着。

本森先生的枪口冲着生人顶得更紧了："把那只表放进我的衣兜，否则我要开枪了。"

埃文斯把手伸进了自己的背心口袋，然后颤抖着把表放进医生的衣兜，本森医生用空着的那只手将表收好，然后逼迫对方滚下车。

"我今晚出门是为了救一个妇人的性命，然而我还花费时间去帮助你！"他怒气冲冲地对那人说。

本森迅速发动车子，奔向农庄。

索里夫人的关于把孩子带到这个世界来的许多经验，显然帮了她自己的忙。接生孩子没费多少事儿。

"今晚，路上搭我车的一个家伙想抢劫我。"他对奥特说，带着几分得意，"他拿了我的表，可我用手枪顶着他，他只好把表还给我作罢。"

"我真高兴，他能把表还给你。不然，还真设法知道孩子的出生时间。"

"孩子是半小时以前生的。此时此刻……"他凑近桌前的灯光。

他惊奇地盯住自己手中的表。表面玻璃是破裂的，柄把也断了。他把表翻过来，紧挨着灯。他读出那上面镌刻着的磨损了的字：

赠给列兵·埃文斯，救护车队员，1943年11月3日晚，在靠近意大利的前线，他一个人勇敢地保护了我们全体的生命。护士内斯比特·琼斯·温哥特。

伏天的罪孽

（美国）海沃德

"大热天，真是没事找事。"商场侦探亨利嘀咕着，他的制服已被汗水湿得精透。一位窄脸妇女正在他面前尖声诉说着什么。

真是，丢掉的钱既然已经找到了，就算了呗。可她却不善罢甘休，仿佛站在桌前的这个小男孩真是一个危险的罪犯。

亨利思忖着，是的，十块钱对大人也是不小的诱惑，何况对这个穿得破破烂烂的小孩子。

"是的，我没亲眼看到他偷钱。"那位太太唠叨着，"我买了一样东西，又要去看另一件货，就把十块钱放在柜台上。刚离开分把钟，钱就跑到这个小贼骨头的手上了。"

亨利这才发现桌角那边还有个小女孩，她正用蓝蓝的大眼睛静静地在看着他。

"是你拿走钱的吗？"亨利问男孩。

小男孩紧闭着嘴唇，点了点头。

"你几岁了？"

"八岁了。"

"你妹妹呢？"

男孩低头望了望他的小伙伴：

"三岁。"

在这大伏天里，孩子也许只是为了拿它去换点冰激凌。可这位太太却咬定孩子是窃贼，非要惩罚他们不可。亨利不由得心疼起这两个孩子来了。

"让我们去看看现场吧。"

男孩紧紧拉着小女孩的手,跟着大人们向前走去。

柜台后面一只风扇吹来的风使亨利觉得凉爽些了。

"钱在哪放着?"

"就在这。"太太把十块钱放在柜台上售货记账本的旁边。

亨利打量了一下小女孩,掏出几块糖来。

"爱吃糖吗?"

女孩扑闪了一下大眼睛,点了点头。亨利把糖放在钱上面:

"来,够着了就给你吃。"小女孩踮起脚尖,竭力伸长小手,可还是够不着。亨利把糖拿给小女孩。

太太在一旁嚷起来:"我不跟你争辩。难道他们可以逃脱罪责吗?领我去见你的老板……"

亨利没理会,他正注视着那十块钱。柜台后面的风扇吹着它,它开始滑动、滑动,终于从柜台上飘落下来。

钱落在离两个孩子几尺远的地方。女孩看到钱,便弯腰捡起来递给哥哥,男孩毫不踌躇地把钱交给亨利。

"原先那钱也是你妹妹给你的,对吗?"

男孩点了点头,眼里涌出委屈的泪水。

"你知道钱是从哪来的吗?"

男孩使劲摇着头,终于大声哭了出来。

"那你为什么要承认是你偷的呢?"

男孩泪眼模糊:"她……她是我妹妹,她从不会偷东西……"

亨利瞟了一眼那位太太,他看到她的头低了下来。

好朋友

（美国）马克·吐温

约翰在街上碰到他的好朋友麦克，便对他说："唉，我遇到了一件很麻烦的事。真不知道该怎么办！"

"什么事？我们是好朋友嘛，你有什么麻烦事就该对朋友说。也许我能帮你想想办法。"

"我发现我正处在热恋之中。"

"这是好事啊，你怎么会觉得麻烦呢？"麦克不解地问。

"我同时爱上了两个姑娘，她们一个长得很漂亮，但没钱；另一个长得不漂亮，却很有钱。你看我应该跟谁好呢？"

"当然是那个长得漂亮的。这年头。钱算得了什么！"麦克坚决地回答道。

"对！"约翰说道："谢谢你的好主意，再见。"说完转身就走。

"等一下，约翰。"麦克叫住他："你能不能把那位有钱姑娘的住址告诉我。"约翰突然明白了他朋友的用心。

新型的农村副业

（美国）马克·吐温

"嘟，嘟，嘟——嘟！"

开汽车的人谨慎地以每小时二十千米的速度，沿着农村公路行驶着，注意那些靠路边的农舍，他放慢速度，响了三次喇叭。立刻一阵蜂拥，有几百只母鸡从门口跑出来，它们跟在鸭子后面，刚巧来到汽车路上。赶快急刹车，但已经来不及了。车子滑过去，无法停住，已经在蜂拥的鸡群中冲出一条血路——鸭子停住，又逃回去了，轧死几只母鸡。车主人心里很不安，把车开到路边，然后出了车厢。一个非常愤怒的老人从农舍里跑出来。后面跟着一个傻乎乎的大约十四岁的少年。老人看到这个情景：两只鸡死了躺在路上，还有一只鸡轧坏了翅膀躺在尘埃里。

"一个人该这样子闯过别人的门口吗？"他吼道。他穿过马路，拾起那只被轧坏翅膀的鸡，气冲冲地一把拧断了它的脖子，然后转身冲着那个谋杀者，好像要再找几个脖子来拧断似的。

"为什么你不鸣响喇叭？"他质问。

"我做了，"车主人低声地说，"响了三次。"

老人回过头来问傻小子："你听到了吗？"他用愤怒的语气问道。那个男孩子摇摇头，好像因为有人竟然压死了鸡还来扯谎，而感到很难过似的。

"我要问你的姓名和地址，"鸡主人继续说，"到警察局去，我们决不罢休……"

"你听我说，"车主人说，"这些轧死的鸡，我愿意赔偿。"

"每只鸡不能少于三镑！"主人宣称。

"可是一只鸡一般价格还不到一镑。"车主人说。

农民大发雷霆："你自己看看，这是什么样的鸡？"他吼道，"二十里方圆找不到这样好的鸡！你真交运，我的妻子不在家，不然的话，她会告诉你一些情况。我告诉你，这里的鸡她只只都叫得出名字来。在伦敦街上，能有这样好的鸡么？"车主人只好被迫说是没有。

"那么三只鸡赔我九镑，"农民说。

"五镑吧。"车主人说，看了一下他的表，到家还要行驶几百里路呢！

最后妥协：七镑。

两分钟以后，车和它的主人从山那边消失了。

老人把钱塞进腰包，把死鸡交给傻小子："把这交给女主人，杰克，"他说，"告诉她，我已经等不及要吃饭了。在你吃饭之前，把鸡喂一下。"

傻小子进去，不久又出来，一只手拿着一盆谷粒，另一只手是一只旧的汽车喇叭。他把盆子里的谷粒，倒在公路正中央，于是吹喇叭，又长又响。

母鸡跟着鸭子奔涌而出。

金星人的挫折

（美国）阿·布克华德

上星期，金星上一片欢腾——科学家们成功地向地球发射了一颗卫星！眼下，这颗卫星停留在一个名叫纽约市的地区上空，并正向金星发回照片的信号。

由于地球上空天气晴朗，科学家们便有可能获得不少珍贵资料。载人飞船登上地球究竟能否实现？——他们甚至对这个重大问题都取得某些突破。在金星科技大学里，一次记者招待会正在进行。

"我们已经得出这个结论，"绍教授说："地球上是没有生命存在的。"

"何以见得？"《晚星报》记者彬彬有礼地发问。

"首先，纽约城的地面都由一种坚硬无比的混凝土覆盖着——这就是说，任何植物都不能生长；第二，地球的大气中充满一氧化碳和其他种种有害气体——如果说有人居然能在地球上呼吸、生存，那简直太不可思议了。"

"教授，您说的这些和我们金星人的空间计划有无联系？"

"我的意思是：我们的飞船还得自带氧气，这样我们发射的飞船将不得不大大增加重量。"

"那儿还有什么其他危险因素么？"

"请看这张照片——您看到一条河流一样的线条，但卫星已发现：那条河水根本不能饮用。因此，连喝的水我们都得自己带上！"

"请问，照片上的这些黑色微粒又是什么玩意呢？"

"对此我们还不能肯定。也许是些金属颗粒——它们沿着固定轨迹移动并能喷出气体、发出噪音，还会互相碰撞。它们的数量大得惊人，毫无疑问，我们的飞船会被它们撞个稀巴烂的！"

"如果你说的都没错，那么这是否意味着：我们将不得不推迟数年来实现我们原来的飞船计划？"

"您说对了。不过，只要我们能领到补充资金，我们会马上开展工作的。"

"教授先生，请问：为什么我们金星人耗费数十亿格勒思（金星的货币单位）向地球发射载人飞船呢？"

"我们的目的是，当我们学会呼吸地球上的空气时，我们去宇宙的任何地方都可以平安无事了！"

女　贼

（美国）罗伯利·威尔逊

他最初注意到那个年轻女子是在排队等候买飞机票的时候。她那乌黑滑亮的长发在脑后挽成一个漂亮的发髻。他极力想看见她的面孔——因为她站在队伍前面——可是直到她买了票后转过身来往外走时他才目睹了她的美貌。他的心跳加快了。那女人似乎意识到他在看她。慌忙垂下视线。

她大约25岁，他想。

他的飞机要一个小时后才起飞。为了消磨时间，他走进机场的一间酒吧，要了一杯威士忌。这时他又看见了那个黑发女子，她站在旅客救护站附近，正在和另一位金发女郎说话。他想以某种方式去吸引那女子的注意，趁她还未上飞机邀她来喝一杯。他相信她也正在偷偷朝他这边张望。不一会儿，两位姑娘分手了，但是她们都没有向他这个方向走来。他只好又要了一杯威士忌。

他再次看到她的时候，他正在买一本杂志以便在飞机上看。起初他很吃惊竟有人与他贴得这么近，但当发现是她的时候，他满脸堆笑，说："这地方人真多。"

她抬头看了看她，脸好像红了，嘴角却掠过一丝不以为然的奇怪表情，然后离开他加入到人群里。

他拿着杂志站在柜台前，当他伸手去衣袋掏钱时，发现口袋空空的什么也没有了。"我的钱夹呢？那里面可有信用卡、现金、会员证和身份证哪！"他感到一阵恐慌。"那个姑娘贴我这么近"——他一下子明白了，准是她掏了他的钱夹。

怎么办？飞机票还在外衣里面的公文套里。他可以上飞机，到目的地后再打电话叫人开车来接他——因为他连坐公共汽车的钱都没有了——办完事后就飞回家。可是办事需要信用卡。打电话给妻子，要么打电话给公司——太麻烦太复杂了。怎么办呢？

先叫一名警察来，描述一下那女子的外貌。该诅咒的女人，好像对我有点儿意思，故意靠近我挨挨擦擦。我说话时她还红了脸，其实她只在想偷我的钱。她脸红并非害羞而是怕被我发现。该死的女骗子！

这时，他惊喜地看见了那个黑发姑娘。她正靠集散站的前窗坐着，似乎聚精会神地在看一本书。在她旁边有个空位，他走过去坐下。

"我一直在找你。"他说。

她看了他一眼，说："我不认识你。"

"你当然认识。"

她哼了一声，将书放到一旁。"你们男人都会耍这样的花招，想把我们姑娘当作迷途的羔羊来捕获，是吗？"

"你偷了我的钱包！"他说。

"请你再说一遍！"

"我知道是你干的——在杂志柜台那儿。如果你把它还给我，我们可以将这事儿忘掉；否则，我就将你送交警察。"

她神色认真地打量了他一会儿，然后说："好吧。"她把黑提包拉过来放到大腿上，伸手进去掏出一个钱包。

他接了过来，"等等，"他说，"这不是我的。"

那女子拔腿就跑，他跟在后面紧迫。姑娘左一拐右一拐，他在后面气喘吁吁，他这才意识到自己是多么的老了。忽然，他听见后面有个女人声音在叫："抓小偷，抓住那家伙！"

他一愣，前面的女子已消失在一个拐弯处了，而与此同时。一个穿海军制服的年轻人伸出一只脚将他绊倒。他重重地摔在地上，手里还紧握那个并不属于他的钱夹。

钱夹鼓鼓的装满了钞票和各种信用卡。原来它的主人就是那位金发女郎——那位刚才还与那个漂亮的女扒手一起谈话的姑娘。她也是上气不接下气，旁边还有个警察。

"就是他！"金发女郎说，"他偷了我的钱夹。"

他有苦难言，因为他现在连自己的身份都已无法向警察证明。

两星期后，他的难堪和怒气才渐渐平息，该付给律师的钱也付了。可他那个该死的钱夹却在一天早晨的邮件里出现了。钱夹完好无损，里面不差一分钱，所有的证件都在，但未附任何说明。尽管他松了一口气，但他觉得他今后在警察眼前总会有种犯罪感，在女人面前则会有羞辱感。

一磅奶油

（美国）阿瑟

严冬的一个傍晚，佛蒙特乡间的一家杂货店的店主正忙着关门。他站在橱窗外的雪地里上着窗板，透过玻璃窗他看见游手好闲的塞思还在店内转悠着。只见他匆忙地从货架上抓起一磅奶油，迅速地藏在礼帽里，见此情景，店主旋即闪出个念头：应该好好教训他一顿。他不仅惩罚这个窃贼，同时也想戏弄他一下开开心。

"啊，塞思。"店主走进来，把门关上，一边用双手拍打着肩膀，一边跺着脚上的雪。塞思扶着门，因头上顶着的帽子下面藏着那块奶油。所以他急着尽快走出去。

"我说塞思，坐一会儿吧。"店主和蔼地说，"我看，这么冷的夜晚，该喝点什么热乎的东西暖暖身子。"

塞思感到进退两难。一方面他偷了奶油想急于走开，另一方面他还真想喝点什么热乎的东西。当店主抓着塞思双肩把他按到火炉旁边的一个座位上时，他也就不再踌躇了。塞思坐在角落里，他身边堆放着箱子和木桶。如果店主坐在他的对面，那么就是想走也走不出去了。果然，店主偏偏选中那个位置落了座。

"塞思，咱们喝点热乎的吧。"店主说，"不然这么冷的天没等你到家就会冻僵的。"他一边说着，一边打开炉门，向里面塞劈柴，直到塞不进去时才停下来。

塞思感觉到奶油开始顺着他的头发往下淌，他已经没有心思再喝什么热乎的东西了，他站起来坚决要走。

"不喝点东西是绝不能让你走的。来，我给你讲个故事。"塞思被一定跟他过不去的店主按回了原来的座位上。

"嗨，这里太热。"塞思再次起身要走。

"坐下。坐下，急什么。"店主又把他按回到椅子上。

"我要回去喂牛、劈柴呀，不走怎么成呢？"窃贼心急如焚地说。

"何必非走不可呢？塞思，坐下吧！管它牛不牛的，反正死不了。我看你好像有什么心事似的。"店主佯装不知地笑着问道。

塞思无可奈何地坐在那里。他知道，下一步该是店主拿出两只玻璃杯，倒上热气腾腾的饮料了，此时，塞思早已热得难忍，再看到热气腾腾的饮料，要不是头发上打过发蜡和被奶油粘住的话，头发肯定会竖起来的。

"塞思，我给你拿块烤面包来，你自己涂奶油吃吧。"店主用诚恳的语调说，竟使可怜的塞思不会相信自己被怀疑偷了东西，"再吃点这圣诞鹅肉，怎么样？跟你说，这可是少有的佳肴。塞思，这可不是用猪油或普通的奶油烤出来的，来，塞思，尝尝奶油——我的意思是尝尝饮料。"

可怜的塞思吸着烟，头顶上的奶油不停地溶化而往下淌着，他几乎张不开嘴了，也无法说话了，好像生来就是个哑巴似的。礼帽里的奶油一股股地从头上淌下来，湿透了紧紧缠在脖子上的手帕。

成心捉弄人的店主随便地谈笑着，好像什么事也没有似的。他不住地往炉炉里塞劈柴。塞思背靠柜台直挺挺地坐着，膝盖几乎要碰到烧得通红的火炉。

"今晚可真够冷的了。"店主漫不经心的，过了一会儿，才十分惊讶地说，"哎呀，塞思，你怎么出这么多的汗，就好像刚从游泳池里爬上来似的！你干吗不把帽子摘下来？噢，我替你摘下来。"

"不必了！"可怜的塞思心里很不是滋味，他一分钟也不能再忍受了，"不行，我得马上走；请让我出去，我不舒服。"

奶油那黏黏的液体顺着他的面颊、脖子往下淌着，浸湿了他的衣服，一直淌到他的两只靴子里。他从头到脚洗了个奶油澡。

"那好吧，塞思，非要走我就不留你了，晚安。"这位幽默的佛蒙特人说。当他的那位不幸的受奚落者匆匆走出门的时候，他又加了一句："我说塞思，我认为我把你戏弄得够难受的了。所以就不再向你讨还藏在礼帽里的那磅奶油钱了。"

坐

（美国）弗朗西斯

有一天早上，他看到一男一女坐在他家门前的台阶上。他们整天坐着，连位子也不移动一下。

每隔一会儿，他就透过门上的格子玻璃窥看一下那一对男女。

天黑了，他们仍不离去。他感到疑惑，很想知道他们到底在什么时候吃饭，什么时候睡觉，什么时候做他们的事情的。

天亮了，他们仍然还坐在那儿。不管天晴或下雨，他们始终坐在那儿。

起先只是隔壁的邻居打电话问他："他们是谁？在那儿干什么？"

他也一无所知。

后来，街坊邻里都打电话询问，连看到这一情景的过路人也打电话询问。

他从未听到那一男一女讲过话。

接着他开始接到全城各处打来的电话。打电话的当中有陌生人，也有市参议员；有专门职业者，也有办事员；有杂务清洁工。也有不得不绕过这一男一女给他送信的邮递员。他必须采取点行动了。

他要求他们离开那儿。

他们置之不理，只是一声不吭地坐着，眼睛茫然地凝视着远方。

他说他要叫警察了。

警察把他俩训斥了一番，说明了他们的权利后，就把他俩押进警车带走了。

第二天早上，他俩又回来了。

他又叫来了警察。只要他坚持，警察就必须给他俩找一个去处。但警察却说，要是监狱不怎么拥挤的话，就把他俩送进监狱。

"那是你们的事情。"他对警察说。

"不，这其实是你的事情。"警察告诉他。但警察还是带走了那一男一女。

次日早晨，他向外张望时发现那两人又坐在他家门前的台阶上了。

连续好几年，那两人每天都坐在那儿。

每到冬天，他总希望他俩被冻死。

然而，他自己却先死了。

他没有亲人，因此他的房子就归公了。

当市政当局打算要赶他俩走的时候，街坊邻居和不少市民对市政府当局提出了控告。既然他俩在那儿坐了那么长的时间，他俩有权得到这幢房子。

结果原告胜诉，那一男一女继承了这幢房子。

判决后的第二天早晨，全城所有房子前的台阶上都坐了陌生的男男女女。

爸爸最值钱

（美国）布赫瓦尔德

一天，我从儿子房间旁经过，听见儿子正在打字。

"想写点什么呢？"我问他。

"正在写回忆录，描述做你儿子的感受。"

听了他的话，我的心里甜丝丝的："写吧，但愿在书中我的形象不坏。"

"放心吧，错不了！"他说，"嗨，爸，商量件事。你把我关进牛棚，用你的皮带抽我，像这样的事，我应该在书中写几次啊？"

这使我愕然："我从未把你关进牛棚，也没有用皮带抽你啊！再说，我们家压根儿也没有一个牛棚。"

"我的编辑说，要想使书有销路，我应该描述诸如此类的事：当我做错事的时候，你狠狠地揍我，继而又把我关进厕所。"

"可我从来没有把你关起来啊！"

"那是事实。但编辑指望我的故事能使读者大开眼界，就像加里·克罗斯比和克里斯蒂娜·克劳索德写的关于他们父母的故事那样。他认为读者想了解你的私生活——你的庐山真面目。现在儿辈们都在写这方面的书，而且都是畅销书。假如我也把你描述成一个堕落的父亲，你不会反对吧？"

"你一定要这样做吗？"

"是的，必须如此。我已经预支了一万美元，他们的条件是我必须揭露你的隐私。你可以读一读我写的第二章。内容嘛，是你在一次演讲会上闹出了大笑话，会后你酩酊大醉地回到家中，把我们所有的人都从床上轰了起来，逼着我们刷地板。"

"你知道得很清楚，我从来没有这么干过。"

"哎呀，我的爸！这只不过是一本书。我的编辑喜欢这样的书。第三章最中他的意了。那一章中，你对母亲拳打脚踢，大耍威风。"

"什么？我揍了你母亲？"

"我并不是说你真的伤害了母亲。不过，我还写了我们几个小孩惯于藏在毛毯底下，这样我们就听不到母亲挨打时那种声嘶力竭的叫声了。"

"天哪，我从未打过你母亲啊！"

"可我不能这么照搬事实。编辑说过，成年人是不会花十五六美元去买《桑尼布鲁克农场的丽贝卡》的。"

"好吧，就算我用皮带抽了你，揍了你母亲。除此我还做了些什么？"

"对了，我正在第四章中写你拈花惹草的事呢。假如我写你常在凌晨三点钟把那些歌舞女郎领进家门，你说人们会不会相信？"

"我敢肯定，人们会相信的。但即使这是一本畅销书，难道你不认为这太离谱了吗？"

"这是我的编辑的主意。平时，你没有粗暴待人的恶名声，这样一写，读者才会真正感到惊奇、刺激。对你不会有什么损害的。"

"对你是没什么损害，但对我可如同下地狱了！"我再也按捺不住，冲他吼叫起来，"那我究竟做了点好事没有？"

"有。其中有一章我特别写到你为我买了第一辆自行车，但编辑让我删去了。因为我也写了圣诞节的事。那次，我跟你顶嘴，气得你把一碗土豆泥统统扣在我的脑门上。编辑说这样的两码事写在一起是会把读者搞糊涂的。"

"那你为什么不写仅仅因为你数学考试得了'良好'，我就用冷水把你从头淋到脚？"

"你说得好。那我就这样写：一次我得肺炎住院，你这位当爸爸的甚至连看都不看我。"

"看来你是想把你的父亲以一万美元出卖了？"

"不仅是为了钱。编辑说如果我把一切都捅出去，那就连巴巴拉·瓦尔德斯都会在他主持的电视节目里采访我，那时我就再也不用依靠你来生活了。"

"好吧，如果这本书真会带给你那么多的好处，你就干下去吧。要我帮忙吗？"

"太好了，就一件事。你能不能给我买一台文字加工机？如果我能提高打字的速度，这本书就能在圣诞节前脱稿。一旦我的代理人把这本书的版权卖给电影制片商，我就立即把钱还给你。"

花园里的独角兽

（美国）詹姆斯·瑟伯

从前，在一个阳光灿烂的早晨，有一个男人坐在厨房角落的小饭桌旁，刚从他的炒鸡蛋上抬起眼来就看见花园里有只洁白头顶上长着金色角的独角兽（独角兽相传与马相似，前额正中长有一角，性温和有"神兽"之称，象征吉祥），在安详地啃嚼着玫瑰花。这个男人上楼到卧室去，见妻子还在酣睡，他叫醒了她。"花园里有只独角兽在吃玫瑰花呢。"他说。她睁开了一只眼睛，不高兴地看了看他。"独角兽可是神兽。"她说完就又转过身去。男人慢慢下了楼，走出屋子来到花园。独角兽还在那儿，正在郁金香花丛中慢腾腾地嚼着。"来这儿，独角兽。"男人说，他拔起一枝百合花给它，独角兽悠然自得地把它吃了。由于花园里有只独角兽，这个男人喜出望外，又跑到楼上叫醒妻子。"那只独角兽吃了一枝百合花。"他说。他妻子从床上坐了起来，冷冷地看着他。"你真是个神经病，"她说，"我要把你关进疯人院里去。"这个男人从来都不喜欢"神经病"和"疯人院"这种字眼，在这阳光灿烂的早晨，花园里还来了只独角兽的当儿，听来就更不入耳了。他想了想说道："等着瞧吧。"他走到门口时又对她说，"它前额当中还有一只金色的角。"说罢，又回到花园去看那只独角兽了。但是，这时独角兽已经走开，这个男人就坐在玫瑰花丛中入睡了。

妻子等丈夫一离开屋子，就飞快地起了床，穿好衣服。她兴奋激动，眼里闪出幸灾乐祸的亮光。她打了个电话给警察队，又给一位精神病医生打了个电话。她叫他们马上来她家，再捎上一件给疯子穿的紧身衣（这是一种白色紧身衣，有很长袖子，可在疯人身后倒结使其动弹不得）。警察和精神病医生来到她家，坐在椅子上，颇感兴趣地看了看她。"我的丈夫，"她说，"今天早晨看见了一只独角兽。"警察瞧瞧精神病医生，精神病医生瞧瞧警察。"他对我说，它吃了一枝百合花，"她说。精神病医生瞅瞅警察，警察瞅瞅精神病医生。"他对我说，它的前额当中还有一只金色的角。"她说。这时警察见精神病医生发出的一个正式暗号，便一跃而起抓住了那个妻子。他们费了好大的劲才制服了她，因为她拼命挣扎，但是最后还是把她镇住了。就在给她穿上紧身衣的时候，她的丈夫走进了屋子。

"你对你妻子说你看见一只独角兽了吗？"警察问道。"当然没有啦，"那丈夫说，"独角兽可是神兽。""这就是我要知道的一切，"精神病医生说道，"把她带走吧。很对不起你，先生，可是你的妻子疯得跟一只樫鸟一样。"于是，她骂着、喊着，就被他们带走了。他们把她关进了疯人院。从此以后，这个丈夫过得很快活。

差　别

（美国）乔·尼科尔

两个同龄的年轻人同时受雇于一家店铺，并且拿同样的薪水。

可是叫阿诺德的小伙子青云直上，而那个叫布鲁诺的却仍在原地踏步。对此他很不满意老板的不公正待遇。终于有一天他到老板那儿发牢骚了。老板一边耐心地听着他的抱怨，一边在心里盘算着怎样向他解释清楚他和阿诺德之间的差别。

"布鲁诺先生，"老板开口说话了，"您到集市上去一下，看看今天早上有什么卖的。"

布鲁诺从集市上回来向老板汇报说，今早到现在集市上只有一个农民拉了一车土豆在卖。

"有多少？"老板问。

布鲁诺赶快戴上帽子又跑到集上，然后回来告诉老板一共有40袋土豆。

"价格是多少？"

布鲁诺又第三次跑到集上问来了价钱。

"好吧，"老板对他说，"现在请您坐到这把椅子上一句话也不要说，看看别人怎么说。"

老板让人叫来阿诺德，也叫他去集上看看有什么卖的。

阿诺德很快就从集市上回来了，并汇报说到现在为止只有一个农民在卖土豆，一共有40袋，价钱是多少多少，土豆质量很不错，他带回来一个让老板看看。这个农民一个钟头以后还会弄来几箱西红柿，据他看价格非常公道。昨天他们铺子的西红柿卖得很快，库存已经不多了。他想这么便宜的西红柿老板肯定会要进一些的，所以他不仅带回了一个西红柿做样品，而且把那个农民也带来了，他现在正在外面等回话呢。

此时老板转向了布鲁诺，说："现在您肯定知道为什么阿诺德的薪水比您高了吧？"

我是一只实验室老鼠

（美国）亨特·佩雷特

还记得那个外出吃饭是放松、是享受的时光吗？那时，有人为你做饭、为你端饭，你走后还会为你清理桌子。可惜啊，现在这一切都过去了，今天当你再去饭馆吃饭时，你仿佛就像那些为得到一块奶酪而必须穿过道道迷宫的实验室老鼠。

那次我一进饭馆的门，侍者就迎了上来："晚上好。要张坐4个人的桌子？"

"是的，谢谢。"

"在吸烟区还是无烟区就座？"

"无烟区。"

"你喜欢在室内还是喜欢在室外呢？"

"我想室内好一些。"

"你想坐在大厅里，还是单间还是我们那可爱的能享受阳光的地方？""嗯，让我想想……""我可以在能享受阳光、能看到外边景色的地方找个桌子。""那好。"我跟他来到那里。"现在，你是想要可俯瞰高尔夫球场的，还是可眺望湖上落日的，还是要看远山树色的？"

"随你便吧。"我说，也让你给我做个决定吧。

他让我坐下，我也不知道窗外到底是什么景色，因为天已经完全黑了。

然后，一个更年轻漂亮，穿着也更好的侍者又走了上来，他说："我叫保罗，将是你这顿饭的侍者。你都订什么菜呢？"

"用不着订什么，你只要给我端来小牛肉和烤土豆就行了。"

"要汤还是要沙拉？"

"沙拉。"

"我们有混合的青菜沙拉，还有几种别的，你要哪一种？"

"就给我青菜沙拉吧。"

"用什么拌呢？"

"随你的便吧。"

他又给我说了好几种拌沙拉的配料，我说随便一种吧。这时我已烦透了他的虚假客套。"你的烤土豆呢？"

我一听就知道他又要问什么，就说："我只要烤土豆，什么也不带的烤土豆。"

"不要黄油也不要酸奶酪？"

"不要。"

"也不要细香葱？"

"不要！你懂不懂英语？我什么浇头也不要，你只要给我拿烤土豆和烤小牛排就行了。"我喊了起来。

"那你是要哪一种牛排呢？4盎司、8盎司或12盎司的？"

"随便。"

"什么火候的，嫩的、半嫩不嫩的、老的、还是半老不老的？"

我气急了，说："我真想到外边教训教训你。"

"太好了，你想在哪儿打，停车场、胡同还是饭店前的大街上？"

"就在这儿！"说着我一拳打了过去，他一低头躲过，随后一个左勾拳打在了我的眼上。这是这个晚上他第一次没再让我挑选。我半昏半迷地瘫在了椅子上。迷蒙中听到有人赶来了，正训斥保罗。过了一会儿，我完全清醒了，发现饭店经理正在向我赔罪，他还提议给我买一杯饮料。我说一杯水就行了。他又问我："那你是要进口矿泉水呢，还是带柠檬的苏打水？"

敞开着的窗户

（英国）萨基

"纳托尔先生，我婶母马上就下楼来，"一位神色泰然的15岁少女说道。"在她没下来之前，暂且由我来招待您，请多包涵。"

弗兰普顿·纳托尔尽量地应酬几句，想在这种场合下既能恭维眼前招待他的这位侄女，又不至于冷落那位还没露面的婶母。可是心里他却更为怀疑，这种出自礼节而对一连串的陌生人的拜访，对于他当时所应治疗的神经质毛病，究竟会有多大好处？

在他准备迁往乡间僻静所在去的时候，他姐姐曾对他说，"我知道事情会怎样，你一到那里准会找个地方躲起来，和任何活人都不来往，忧郁会使你的神经质毛病加重。我给你写几封信吧，把你介绍给我在那里的所有的熟人，在我记忆中，其中有些人是很有教养的。

弗兰普顿心里正在琢磨，他持信拜访的这位萨帕顿夫人，属不属于那一类有教养的人。

"附近的人，您认识得多吗？"那位侄女问道。看来她认为他俩之间不出声的思想交流进行得够久的了。

"几乎谁也不认识，"弗兰普顿回答说。"四年前我姐姐曾在这里待过。您知道，就住在教区区长府上。她写了几封信，叫我拜访一些人家。"

他说这最后一句话时，语调里带着一种十分明显的遗憾口气。

"这么说，您一点也不知道我婶母家的情况了？"泰然自持的少女追问道。

"只知道她的芳名和地址。"客人承认说，推测着萨帕顿夫人是有配偶呢还是孀居，屋里倒是有那么一种气氛暗示着这里有男人居住。

"她那场大悲剧刚好是三年前发生的，"那个孩子接着说，"那该是在您姐姐走后了。"

"她的悲剧？"弗兰普顿问道。悲剧和这一带静谧的乡间看来总有点不和谐。

"您可能会奇怪，我们为什么在十月间还把那扇窗户敞开得那么大，尤其在午后。"那位侄女又说，指着一扇落地大长窗。窗外是一片草坪。

"这季节天气还相当暖和，"弗兰普顿说，"可是，那扇窗户和她的悲剧有关系吗？"

"恰好是三年前，她丈夫和她两个兄弟出去打一天猎，就是从那扇窗户出去的。他们从此再也没有回来。在穿过沼泽地到他们最爱去的打鹬场时，三个人都被一块看上去好像满结实的沼泽地吞没了。您可知道，那年夏天的雨水特别勤，往年可以安全行走的地方会突然陷下去，事前连一点也觉察不出。连他们尸体都没找到。可怕也就可怕在这儿。"说到这里，孩子讲话时的那种镇静自若的声调消失了，她的话语变得断断续续，激动起来，"可怜的婶母总认为有一天他们会回来，他们仨，还有那条和他们一起丧生的棕色长毛小狗。他们会和往常一样，从那扇窗户走进屋来。这就是为什么那扇窗户每天傍晚都开着，一直开到天色十分黑的时候。可怜的婶母，她常常给我讲他们是怎样离开家的，她丈夫手背上还搭着件白色雨衣，她的小兄弟朗尼嘴里还唱着：'伯蒂，你为何奔跑？'他总唱这支歌来逗她，因为她说这支歌叫她心烦。您知道吗？有的时候，就像在今天，在这样万籁俱静的夜晚，我总会有一种毛骨悚然的感觉，我总觉得他们几个全会穿过那扇窗户走进来……"

她打了个寒噤，中断了自己的话，这时她婶母匆忙走进屋来，连声道歉，说自己下来迟了。弗兰普顿不禁松了一口气。

"薇拉对您的招待，总还可以吧？"她婶母问道。

"啊，她挺有风趣。"弗兰普顿回答。

"窗户开着，您不介意吧？"萨帕顿夫人轻快地说，"我丈夫和兄弟们马上就要打猎回来。他们一向从窗户进来。今天他们到沼泽地去打鹬鸟，回来时准会把我这些倒霉的地毯弄得一塌糊涂。男人们就是这么没心肝，是吧？"

她兴致勃勃地继续谈论着狩猎、鹬鸟的稀少和冬季打野鸭的前景。可是对弗兰普顿来说，这一切确实太可怕了，他拼命想把话题转到不那么恐怖的方面去，可是他的努力只有部分成功。他意识到，女主人只把一小部分注意力用在他身上，她的目光不时从他身上转到敞开着的窗户和窗外的草坪上。他竟在悲剧的纪念日里来拜访这个人家，这真是个不幸的巧合。

"医生们都一致同意要我完全休息，叫我避免精神上的激动，还要避免任何带有剧烈体育运动性质的活动。"弗兰普顿宣称。他有着那种在病人中普遍存在的幻觉，错误地认为，陌生人或萍水相逢的朋友，都非常渴望知道他的疾病的细节，诸如得病的原因和治疗方法之类。他接着又说，"可是在饮食方面，医生们的意见不太一致。"

"噢，是吗？"萨帕顿夫人用那种在最后一分钟才把要打的呵欠强压了回去的声调说。突然，她笑逐颜开，精神为之一振——但却不是对弗兰普顿的话感到了兴趣。

"他们回来了！"她喊道。"刚好喝下午茶。你看看，浑身上下全是泥，都糊到了眼睛上了！"

弗兰普顿略微哆嗦了一下，把含着同情的理解的目光投向那位侄女。

可是那孩子此时却凝视着窗外。眼光里饱含着茫然的恐怖。弗兰普顿登时感到一股无名的恐惧。他在座位上急忙转过身来，向同一方向望去。

在苍茫暮色中，三个人正穿过草坪向窗口走来，臂下全挟着猎枪，其中一个人肩上还搭着一件白色雨衣。一条疲惫不堪的棕色长毛小狗紧跟在他们身后。他们无声无息地走近这座房子。然后一个青年人沙哑的嗓音在暮色中单调地唱道："我说，伯蒂，你为何奔跑？"

弗兰普顿慌乱地抓起手杖和帽子。在他的仓皇退却中，怎么穿出过道，跑上碎石甬路，冲出前门，这些只不过是隐隐约约意识到而已。路上的一个骑自行车的人，为了和他避免相撞，紧急地拐进路旁的矮树丛里去了。

"亲爱的，我们回来了，"拿着白色雨衣的人说道，从窗口走了进来。"身上泥不少但差不多全干了。我们走过来的时候冲出去的那个人是谁呀？"

"一个非常古怪的人物，一位纳托尔先生，"萨帕顿夫人说。"他光知道讲自己的病。你们回来的时候，他连一句话也没说就跑掉了，更不用说道歉了，真像是大白天见到了鬼。"

"我想，他大概是因为见了那条长毛小狗，"侄女镇定地说。"他告诉我说，他就是怕狗。有一次在恒河流域什么地方，他被一群野狗追到了一片坟地里，不得不在刚挖好的坟坑里过了一夜。那群野狗围着他的头顶转，龇着牙，嘶叫着，嘴里还吐着白沫。不管是谁，也得吓坏了！"

灵机一动，编造故事，是她这位少女的拿手好戏。

祖父的表

（英国）斯·巴斯托

那块挂在床头上的表是我祖父的，它的正面雕着精致的罗马数字，表壳是用金子做的，沉甸甸，做工精巧。这真是一块漂亮的表，每当我放学回家与祖父坐在一起的时候，我总是盯着它看，心里充满着渴望。

祖父病了，整天躺在床。他非常喜欢我与他在一起，经常询问我在学校的状况。那天，当我告诉他我考得很不错时，他真是非常兴奋，"那么不久，你就要到新的学校去了？"他这样问我。

"然后我还要上大学。"我说，仿佛看到了我面前的路，"将来我要当医生。"

"你肯定会的，我相信。但是你必须学会忍耐，明白了吗？你必须付出很多很多的忍耐，还有大量的艰辛劳动，这是走向成功的必经之路。"

"我会的，祖父。"

"好极了，坚持下去。"

我把表递给祖父，他紧紧地盯着它看了好一阵，给它上了发条。当他把表递给我的时候，我感到了它的分量。

"这表跟了我50年，是我事业成功的印证。"祖父自豪地说。

祖父从前是个铁匠，虽然现在看来很难相信那双虚弱的手曾经握过那把巨大的锤子。

盛夏的一个晚上，当我正要离开他的时候，他拉住我的手。"谢谢你，小家伙"，他用一种非常疲劳而虚弱的声音说，"你不会忘记我说的话吧？"

一刹那，我被深深地感动了。"不会，祖父。"我发誓说，"我不会忘记的。"

第二天，妈妈告诉我，祖父已经离开了人世。

祖父的遗嘱读完了，我得知他把那块表留给了我，并说我能够保管它之前，先由我母亲代为保管。我母亲想把它藏起来，但在我的坚持下，她答应把表挂在起居室里，这样我就能经常看到它了。

夏天过去了，我来到了一所新的学校。我没有很快找到朋友，有一段时间内，我很少与其他的男孩交往。在他们中间，有一位很富有的男孩，他经常在那些人面前炫耀他的东西。确实，他的脚踏车是新的，他的靴子是高档的，他所有的东西都要比我们的好，一直到他拿出了自己的那块手表。

正如他自己所说的，那表不但走时极为准确，而且还有精致的外壳，难道这不是最好的表？

"我有一块更好的表。"我宣称。

"真的？"

"当然，是我祖父留给我的。"我坚持。

"那你拿来给我们看看。"他说。

"现在不在这儿。"

"你肯定没有！"

"我下午就拿来，到时你们会感到惊讶的！"

我一直在担心怎样才能说服母亲把那块表给我，但在回家的汽车上，我记起来那天正好是清洁日，我母亲把表放进了抽屉，一等她走出房间，我一把抓起表放进了口袋。

我急切地盼着回校。吃完中饭，我从车棚推出了自行车。

"你要骑车子？"妈妈问，"我想应该将它修一修了。"

"只是一点小毛病，没关系的。"

我骑得飞快，想着将要发生的激动人心的时刻，我仿佛看到了他们羡慕的目光。

突然，一条小狗窜入了我的车道，我死命地捏了后闸，然而，在这同时，闸轴断了——这正是我想去修的。我赶紧又捏前闸，车子停了下来，可我也撞到了车把上。

我爬了起来，揉了揉被摔的地方。我把颤抖的手慢慢伸进了口袋，拿出了那块我祖父引以为自豪的物品。可在表壳上已留有一道凸痕，正面的玻璃已经粉碎了，罗马数字也已经被古怪地扭曲了。我把表放回口袋，慢慢骑车到了学校，痛苦而懊丧。

"表在哪儿？"男孩子们追问。

"我母亲不让我带来。"我撒了谎。

"你母亲不让你带来？多新鲜！"那富有的男孩嘲笑道。

"多棒的故事啊！"其他的人也跟着哄了起来。

当我静静地坐在桌边的时候，一种奇怪的感觉袭了上来，这不是因同学的嘲笑而感到羞愧，也不是因为害怕母亲的发怒，不是的，我所感觉到的是祖父躺在床上，他虚弱的声音在响：

"要忍耐，忍耐……"

我几乎要哭了，这是我年轻时代最伤心的时刻。

黑勾利斯

（英国）乔叟

常胜的英雄黑勾利斯，在他那个时代他是体力之花，他自己的丰功伟绩传遍了遐迩。他杀过狮子，撕剥了兽皮；半人半马的怪物大言不惭，是黑勾利斯把它克制住的。他还杀了有翼的女怪们，那凶残的鸟；他由巨龙那里夺得了金苹果；他把三头犬带出了地狱；他杀死了残暴的布塞路斯，将他的尸体连骨带肉丢给他的马群噬食；他杀过火毒的蛇；阿基洛斯的两只角他折断了一只；在石穴里他杀了卡葛斯；他还杀了巨人恩铁斯和凶猛的野猪；好些日子他用颈子顶着天庭。天地开创以来没有一人像他所杀死的怪物那样多的。他的名声传遍了全世界，人人都听到了他的威力和盛德，而且游踪也踏遍了万国。无人不怕他的勇猛，谁也不敢违抗他；特罗非说，他在两个世界的尽头都竖立了高大的柱石，作为界碑。

这位伟大的英雄有个情妇，名叫台恩尼拉，像五月的天气一样鲜艳。学者们都说，她送给他一件内衣，十分美观。可是不幸得很！这件内衣却暗藏着毒素，他穿上不到半天，他全身的肉都从骨头脱落下来了。也有些学者们为他辩护，说是一个名叫纳塞斯的怪物做出这恶毒的勾当。不管怎样。我却不怪她，反正他贴身穿上了这件内衣，身上的肉就中毒而转黑了。他见事已无补，就爬拢了一堆烧红的煤火，宁愿烧死，不肯毒死。就此这位大英雄结束了他的生命。

啊，谁能老是依靠着命运呢？一个人跟着忙碌的仕途追逐，常常在不警觉之间就被摧毁了。人总要有自知之明才是道理。小心谨慎，莫让幸运来谄媚你，她最善于趁你漫不经意时向你袭击的。

大公无私的判决

（英国）帕克

史密尔纳的一个食品商店老板的儿子，年轻时学得的那么一点知识，被认为有学问的人，给指定在法官代表办公室工作。他的主要任务是，检查市场上零售的商品是否足秤，和有无短少尺寸情况。

有一天，他要出去执行任务了，他要用官方的标准衡器来检查他父亲店里的秤具。那些左邻右舍，对他父亲做生意的手法都是一清二楚的，都劝他谨慎点，不要再使用假秤了，要把经得起严格检查的秤摆出来。这个食品店老板却一笑置之。他认为：儿子到底是儿子，永远不会在公众面前揭露父亲、羞辱父亲的。他满不在乎地站在店门前，等候检查员的到来。而这位作为检查员的儿子呢，早就怀疑他父亲的不法行为了，他打定主意不包庇自己父亲。但是首先得查出父亲的违法行为，然后方能公开惩办他。他骑着马来到商店门前，对父亲说："把你的秤具拿出来吧，我们也许要验一验哩。"老板并不照办，却嬉皮笑脸来打岔。不过很快他就看出，他的儿子是极其认真的。因为他听到儿子命令他的随员去搜查他的店铺，查看那些进行欺诈的秤具。经过一番最严格的检查以后，这些秤具被宣告没收，并当场砸得粉碎。这太意外了，惊慌失措的老板木然地站着。他认为自己已经遭受了公开的羞辱了，该可以恳求儿子免除处罚了吧，谁料他这又搞错了，检查员宣布的处罚，完全不把他这个父亲当作一回事，恰恰相反，把他的犯罪行为当作陌生人似的处理。他必须缴纳50皮阿斯特（埃及的辅币单位）罚款，还要在他的脚底打若干板子（一种刑罚），而且立即执行。

这之后，检查员从他的马上跳下来，一下子扑倒在他父亲的脚下，这样对他说："爸爸，我对我的老天爷、我的国王，我的国家和我的工作单位，已经忠于职守了。现在，用我对你的敬意和谦逊态度，请求允许我，付清我对一个父亲的欠债；法官是不由自主的，这是老天爷在人间的权力作用，它不考虑是父亲，也不考虑是儿子的。老天爷的权利、我们街坊邻里的权利，都是高于情面关系的。你触犯了公正的法律，你就应该得到这样的处罚；从你那方面来说，最后你会服气的。我很抱歉，你从我这儿受到处罚，是你命中注定了的。另外，我的良心也不能阻止我那样做。这是为了你将来表现得好一些，请不要责怪我吧，你该可怜我才是，因为我曾经被迫陷入如此不近人情的处境。"他说完以后，又上马了，全城人都为了这种不寻常的、大公无私的行为而欢呼喝彩。他，在喝彩声中继续做他的工作。当然，上级也没有少给他报酬。苏丹王很快就接到关于这事件的报告了，便把他提升到法官的职位。往后，他位至伊斯兰教法典说明官。虽然他生活在高官厚禄之中，他仍然是法律的监护人，他仍然忠实于自己的祖国。

聘 任

（英国）埃克斯雷

西奥霍迪尔先生身材修长，面庞消瘦，两鬓斑白。他生性温和，平日寡言。研究学术问题，他精力充沛，记忆力惊人。而对日常生活的琐碎小事，却不甚了了。

坎福特大学需要聘请一名工作人员，上百人要求申请该空缺位置，西奥也递上了申请书。最后，只有西奥等十五人获得面试的机会。

坎福特大学地处在一个小镇上，周围仅有一家旅店，由于住客骤增，单人房间只好两个人同住了。跟西奥同住的是一位年轻人，叫亚当斯，足足比西奥年轻二十岁。亚当斯自信心甚强，且有一副洪亮的嗓音，旅店里时常可以听到他朗朗的笑声。这是一个聪明伶俐的人，这一点是显而易见的。

校长及评选小组对所有的候选人进行了一次面试，筛选后只剩下西奥和亚当斯两人了。小组对聘请谁仍犹豫不决，只好让他俩在大学礼堂进行一次公开的演讲后，再行决定。演讲题目定为《古代苏门人的文明史》，三天后开讲。

在这三天工夫，西奥寸步不离房间，废寝忘餐，日夜赶写讲稿。而亚当斯却不见有任何动静——酒吧间里依旧传出他的笑声。每天他很晚才回来，一边问西奥的讲稿进展情况，一边叙述自己在弹子房、剧院和音乐厅的开心事。

到了演讲的那天，大家来到礼堂，西奥和亚当斯分别在台上就座。直到此时，西奥才惊恐万状地发现，自己用打字机打好的讲稿不知什么时候不翼而飞了。

校长宣布说，演讲按姓名字母排列先后进行。亚当斯首当其冲，情绪颓丧的西奥抬头注视着亚当斯——只见他神情自若地从口袋里掏出窃来的讲稿，对着在座的教授们口若悬河、振振有词地讲开了。连西奥也暗自承认他确有超人的口才。亚当斯演讲完毕，场内爆发出雷鸣般的掌声。亚当斯鞠了一个躬，脸上露出微笑，回到座位上去。

轮到西奥了，他的一切东西都写在稿子上面，由于心情不好，要另开思路是不可能的了。他觉得脸上火辣辣的，唯有用低沉而疲乏的声音逐字逐句重复亚当斯刚才振振有词的演讲内容。等他讲完坐下来时，会场上只有零零落落的几下掌声。

校长及全体评选小组成员退出会场，去讨论该聘任哪位候选人。礼堂内的人仿佛对决定的结果早已有了数。

亚当斯向西奥探过身来，用手拍了拍他的背，微笑着说道："厄运呀，老兄。没办法，两者只选其一。"

这时，校长及小组成员回来了。"诸位先生，"校长说，"我们做出了选择——聘请西奥·霍迪尔先生！"

所有的听众都惊呆了。

校长继续说："让我把讨论的情况向诸位披露吧。亚当斯先生口才过人，知识渊博，我们大家都深感钦佩，我本人也为之感动。但是，请不要忘了，亚当斯先生是拿着稿子去作演讲的。而霍迪尔先生呢，却凭着记忆力，把前者的演讲内容一字不漏地重复了一遍。当然罗，在这以前，他不可能看过那份讲稿的一字一句。我们缺的那项工作，正需要有这样天赋的人了！"

大家陆续走出会场。校长走到西奥面前，见西奥面上仍然挂着那副惊喜交集、不知所措的样子，便握着他的手，说道："祝贺您，霍迪尔先生。不过我得提醒您一句，日后在咱们这儿工作，可要留神点，别把重要的材料到处乱放呀。"

逗　乐

（法国）莫泊桑

世界上有什么事情比开玩笑更有趣、更好玩？有什么事情比戏弄别人更有意思？

啊！我的一生里，我开过，我开过玩笑。人们呢，也开过我的玩笑，很有趣的玩笑！对啦，我可开过令人受不了的玩笑。

今天我想讲述一个我经历过的玩笑。

秋天的时候，我到朋友家里去打猎。当然喽，我的朋友是一些爱开玩笑的人。我不愿结交其他人。

我到达的时候，他们像接待王子那样接待我。这引起我的怀疑。我对自己说："小心，他们在策划着什么。"

吃晚饭的时候，欢乐是高度的，过头了。我想："瞧，这些人没有明显的理由却那么高兴，他们脑子里一定想好了开一个什么玩笑。肯定这个玩笑是针对我的。小心。"

整个晚上人们在笑，但笑得夸张。我嗅到空气里有一个玩笑，正像狍子嗅到猎物一样。我既不放过一个字，也不放过一个语调、一个手势。在我看来一切都值得怀疑。

时钟响了，是睡觉的时候了，他们把我送到卧室。他们大声冲我喊晚安，我进去，我关上门，并且一直站着，一步也没有迈，手里拿着蜡烛。

我听见走廊里的笑声和窃窃私语声。毫无疑问，他们在窥视我。我用目光检查了墙壁、家具、天花板、地板。我没有发现任何可疑的地方。我听见门外有人走动。一定是有人从钥匙孔朝里看。

我突然想起："也许我的蜡烛会突然熄灭，使我陷入一片黑暗之中。"于是，我把壁炉上所有的蜡烛都点着了。然后我再一次打量周围，但还是没有发现什么。我迈着大步绕房间走了一圈——没有什么；我走近窗户，百叶窗还开着，我小心翼翼地把它关上，然后放下窗帘，我并且在窗前放了一把椅子，这就不用害怕有任何东西来自外面了。

于是我小心翼翼地坐下。扶手椅是结实的。然而时间在向前走，我终于承认自己是可笑的。

我决定睡觉。但这张床在我看来特别可疑。于是我采取了自认是绝妙的预防措施。我轻轻地抓住床垫的边沿，然后慢慢地朝我面前拉。床垫过来了，后面跟着床单和被子。我把所有这些东西拽到房间的正中央，对着房门。在房间正中央，我重新铺了床，尽可能地把它铺好，远离那张可疑的床。然后，我把所有的烛火都吹灭，摸着黑回来。钻进被窝里。

有一个小时我保持醒着，一听到哪怕最小的声音我也打哆嗦。一切似乎是平静的。我睡着了。

我睡了很久，而且睡得很熟；但突然之间我惊醒了，因为一个沉甸甸的躯体落到了我的身上。与此同时，我的脸上、脖子上、胸前被浇上一种滚烫的液体，痛得我嚎叫起来。

落在我身上的那一大团东西一动也不动。把我压得喘不过气来。我伸出双手，想辨明物体的性质。我摸到一张验，一个鼻子。于是，我用尽全身力气，朝这张脸上打了一拳。但我立即挨了一耳光，使我从湿漉漉的被窝里一跃而起，穿着睡衣跳到走廊里，因为我看见通向走廊的门开着。

啊，真令人惊讶！天已经大亮了。人们闻声赶来，发现男仆人躺在我的床上，神情激动。原来，他在给我端早茶来的路上，碰到了我临时搭的床铺，摔倒在我的肚子上并把我的早点浇在我的脸上。

我担心会发生一场笑话，而造成这场笑话的，恰恰正是关上百叶窗和到房间中央来睡觉这些预防措施。

那一天，人们笑够了！

一个幸运的贼

（法国）莫泊桑

他们坐在巴比佐恩一家旅馆的餐厅里。

"我告诉你，你也不会相信的。"

"哎呀，你讲你的呗。"

"好，讲就讲，但是我得首先声明，我所讲的，无论从哪方面说都是绝对真实的，尽管听上去好像不可能。"于是老画家便讲起了他的故事：

"那天晚上，我们三个人在索里尔家聚餐，最后都喝得有几分醉意了。我们这三个年轻的狂徒是：我、索里尔（可怜他现在已经死了）和海景画家普瓦特文（他也不在人世了）。

"我们四肢伸展着躺在紧挨画室的一间小屋的地板上，我们三人中唯有普瓦特文头脑还比较清醒点。索里尔总是那么疯疯癫癫的，他把双脚搭在一把椅子上，仰面朝天地躺着，讨论什么战争和皇帝的服装之类的事情。说着说着他突然一跃而起，拉开他收藏着一套轻骑兵制服的大抽屉，将制服穿在身上，然后他又拿出一套掷弹兵的制服让普瓦特文穿上。普瓦特文说什么也不肯穿，于是我们俩硬给他套上了，衣服太大，几乎把他包起来。我把自己打扮成一个甲胄骑士。待一切都准备停当以后，索里尔开始操练我们，他大声地说：既然我们都当了军人，就让我们喝得像军人的样子。

"我们拿出大碗，再次开宴。我们拉开嗓门高唱起旧日的军歌。尽管普瓦特文这时已喝得酩酊大醉，他还是突然地举起一只手说：'静一静，我敢保证我听见了画室里有人走动的声音。'

"'有贼！'索里尔晃晃摇摇地站起来说，'运气来了！'他开始唱起马赛进行曲：'拿起武器，公民们！'

"然后他从墙上摘下几件武器，按照我们的制服装备起来。我得到的是一把火枪和一把长剑，普瓦特文拿着一支上着刺刀的长枪，索里尔没有找到称心的武器，抓起一把手枪插到皮带上，他手里握着一把大板斧，小心翼翼地打开了画室的门。当我们走到画室中央的时候，索里尔说：

"'我是将军。你（指我），甲胄骑士，负责切断敌人的退路。你（指普瓦特文），掷弹兵，作我的护卫。'

"我执行命令断后，这时我突然听见一种可怕的声音，我端着蜡烛想去看个究竟，只见普瓦特文用刺刀向那个地方乱刺，索里尔也用斧子狂砍一通。当弄明是搞错了以后，'将军'下达了命令：'要慎重点！'

"我们查看了画室的每一个角落，足足查了有二十分钟也没有找到任何可怀疑的东西，后来普瓦特文认为应该检查一下碗橱。由于碗橱很深，里面很暗，我端着蜡烛过去查看。可把我吓坏了，一个人，一个活人站在里面往外看我，我马上镇定下来，忽的一下子就把柜门锁上了。然后我们退后几步商量对策。

"我们各有各的想法：索里尔想用烟把贼呛出来，普瓦特文想用饥饿制服那个家伙，我的主意是想用炸药炸死那个贼。最后我们还是采纳了普瓦特文的意见。我们把酒和烟拿到画室来。普瓦特文警惕地背着枪，我们三人坐在碗橱前，为俘虏的健康开怀畅饮。我们又饮了很长一段时间酒以后，索里尔建议把俘虏押出来瞧一瞧。

"'对！'我大声地附和着说。我们抓起武器，一起朝碗橱疯狂地冲击，索里尔端着没有上子弹的手枪冲到前面，普瓦特文和我像疯子似的叫嚷着跟在后面。打开柜门后把俘虏押了出来。他是个形容憔悴、白发苍苍的老头，身上穿着破烂衣服。我们捆上他的手脚，将他放在椅子上，他没有吭声。

"'我们审讯这个恶棍！'索里尔厉声地说。我也认为应该审讯这个家伙，普瓦特文被任命为辩护人，我被任命为执行人。最后俘虏被判处死刑。

"'现在就枪毙他！'索里尔说，'不过，不能让他不作忏悔就死啊。'他又有所顾虑地加了一句，'我们去给他请一个神甫来。'

"我没有同意，因为深夜不便去打扰神职人员。他建议我代为行使神甫的职权，并立刻命令俘虏向我忏悔罪过。老人早已吓得魂不附体，他不知遭我们是哪种类型的暴徒，他开口讲话了，声音空洞沙哑：

"'你们要杀死我吗？'

"索里尔逼他跪下，由于心虚，他没有给俘虏施洗礼，只往他头上倒了一杯兰姆酒，然后说：'坦白你的罪过吧，不要把它带到另一个世界去。'

"'救命啊！救命！'那老头在地板打滚拼命地嚎叫。怕他吵醒邻居，我们塞住了他的嘴。

"'来，我们把他结果了吧，'索里尔不耐烦地说。他用手枪对准老头勾动了扳机，我也勾了扳机，可惜我们俩的枪没有子弹，只听枪空响了两下。在一旁看着的普瓦特文说。

"'我们真有权利杀死这个人吗？'

"'我们不是已经判处他死刑了吗？'索里尔说。

"'那倒是，不过我们没有权利枪毙一个公民，我们还是把他送到警察局去吧。'

"我们同意了他的建议，由于那个老家伙不能走路，我们把他绑到一块木板上，我和普瓦特文抬着他，索里尔在后担任警戒。我们把他抬到了警察局，局长认识我们，知道我们爱搞恶作剧。他认为我们闹得实在太过分，笑着不让我们把在押犯抬进去。索里尔非要往里抬，局长沉下脸来，说我们不要再发傻了，赶快回家去清醒一下头脑。无奈我们只好把他再抬回索里尔的家。

"'我们拿他怎么办呢?'我问道。

"'这个可怜的家伙一定很累了!'",普瓦特文怜悯地说。

"他看上去已经半死了,我也不禁生了恻隐之心,我把他嘴里塞的东西掏了出来。

"'喂,我说你感觉怎么样啊?'我问他。

"'哎呀!我实在受不了。'他呻吟着说。

"这时索里尔的心也软了下来。给他松了绑,开始像对一个久别的老朋友一样款待起来。我们马上斟满了几碗酒,递给我们的俘虏一碗,他连让都没让,端起碗一饮而尽。我们几人觥筹交错痛饮起来。那老人真是海量,比我们三个人加在一起还能喝。当天蒙蒙亮时,他站起来心平气和地说:'我得告辞了。

"我们再三挽留,但他坚持不依,我们怀着惋惜的心情送他至门口,索里尔高举着蜡烛说:'你的晚年可要当心啊!'"

三十万法郎

(法国)都德

难道说,你不曾有过一次,兴冲冲地跑出家门,在巴黎转了两个钟头后,回去时坐在火车上,却是满腹惆怅,感到一股不明不白的忧愁,一种莫名其妙的不适在啃啮着你的心?你自思忖:"我这是怎么啦?……"可是你在寻找原因,你找不到。你一路上都是很愉快的,人行道干干净净,阳光明媚,可是你仍感到心头有几分伤感、焦虑的,一种深愁重忧的感觉。

这是因为,在偌大的巴黎,尽管人们觉得自己自由自在,不受监视,其实每走一步,都会碰到让你伤心、悲痛的事,这种事时时都会像雨天马车从你身边驶过似的,溅你一身泥水,给你留下点点污迹。我这里说的,并不只是尽人皆知都感兴趣的那些不幸事件，亦不是朋友的那份悲伤，那多少也是我们的悲伤，它冷不防地袭来，会使我们心情沉重，如同背上了内疚这份包袱；也不是那种与我们无关的忧伤事，那种忧伤事是道听途说来的，只是不知不觉地使你伤心。我说的是完全陌生的痛苦，是只能在匆匆奔跑中，在街上熙攘的人群中，转瞬之中瞥见的痛苦。

这是在颠簸的马车上断断续续的话语，是独自一人，大声自言自语的盲目的操心，是软弱的肩膀，疯狂的动作，热烈的眼睛，淌着眼泪的苍白面孔。新近丧事的悲伤尚未完全从黑面纱上褪去。接着，是一些无足轻重、不为人所注意的细节！一条刷得起毛，洗得发白的衣领，总是退缩到不打眼的地方，一个发不出音的八音琴被扔在门厅旮旯里，一条丝绒围巾，系在驼背人的脖颈上，一高一低的肩膀之间，是结得端端正正的结子。这些陌生的痛苦总是从你身旁匆匆经过，你往前走，很快将它们忘记。可是你还是感觉到它们的悲哀在你身上擦过的痕迹，你的衣服上还浸透了它们带来的烦闷。到了一天结束的时候，你觉得你身上悲伤的、痛苦的东西全都在蠢蠢而动，因为你不知不觉之中，已经把那根看不见的线，串着所有不幸，并把它们一同摇上摇下的线挂在街角，门边了。

有一天早上，我想到了这事。因为巴黎尤其在早上显露出它的悲惨。我看见前面，有一个可怜的家伙在行走。那人骨瘦如柴，穿一件又窄又短的大衣，露出两条瘦瘦的长腿，步幅因此显得太大，极不协调。只见他们偻着身子，像被大风刮弯的树，快步往前走。一只手不时地伸进屁股上的裤口袋，捏一小块面包，伤伤地塞进嘴里吞掉，好像是在街上吃东西，很难为情似的。

那些泥瓦工坐在人行道上，津津有味地吃着新鲜的大圆面包。我看见他们，顿时也来了胃口。那些小公务员也让我羡慕，他们从面包房出来，跑回办公室，耳朵上插着羽毛笔，嘴里塞得满满的，大家都为这露天的午餐而分外快乐。可是，此时这位先生肚子真正饿了，却为进食而羞耻，看着他把面包塞在口袋里，偷偷摸摸小撮小撮地吃着，真叫人觉得可怜。

我跟着他走了好一阵，突然，他猛一下掉转身子，改变前进的方向，好像也改变了主意，面对面地朝我走来。

"哟！是你呀……"

纯粹因为偶然，我跟他有过一面之交。他是一个大忙人。这样的人巴黎的街石缝里长出了成千上万个。他是发明家，又是一家荒唐小报的创办人。有一阵子，他围绕报纸制造了许多印刷的广告和传言。三个月前，他投机失败，报纸于是也销声匿迹。有关他破产的说法，纷纷扬扬地流传了几天之后，也复归平静，再也无人提起他。见到我，他略显慌张，大概，为了堵住我的问题，或许也为了转移我的视线，不让我注意他的寒酸样子和他可怜的面包。他装出快活的语气，马上开了口……他的生意很顺利，兴旺发达……只不过暂停了一段时间。眼下，他正在筹备一桩大事业……一家工业方面的大画报……有大量资金，广告合同订了不少！……说话时，他的面部神采奕奕，表情生动，腰也挺直了。慢慢地，他打起了老板的腔调，仿佛这是在他的编辑部似的，甚至他还要我给他供稿。

"你知道，"他得意地说，"这是靠得住的生意……吉拉丹答应给三十万法郎开办费！"

吉拉丹！

确实是那些想入非非的家伙成天挂在嘴上的名字。别人在我面前一提起这个名字，我就似乎看见崭新的街区在地图上出现。看见万丈高楼拔地而起，看见成摞的新报纸，散发着油墨的清香，上面印着股东和经理的名单。有好多次，一提到什么新计划，我就听人说："得找吉拉丹谈谈！……"

唉，这个可怜的家伙，竟也想到去找吉拉丹。他一定通宵不眠，准备计划，标出数字，然后，他出了门，一边走，一边乐滋滋地遐想。事情变得如此美好，叫他怎能不激动哩。我们相遇的时刻，他一定觉得，吉拉丹不可能拒绝他的要求。可怜的家伙说人家答应给他三十万。他并没有撒谎。他是正在做着那黄粱美梦。

他跟我说话的当儿，我们不断与行人相撞，只得挤到墙边。这是巴黎最热闹繁华的街道，一头是银行，另一头是交易所。人行道上人流拥挤，都是匆匆忙忙的人，他们默不作声，只想着自己的生意。那些慌慌张张的小店主，跑过来跑过去，去兑现自己的期票；那些小钱庄老板，低着头，一边走，一边记着数字。在这忙碌的人流之中，在这繁忙的投机家们的街区，听见有人谈论这样美好的计划，真像听见一则海难的消息，浑身打起了哆嗦。这个人对我说的一切，我都听明白了。他在别的面孔上造成的灾难，给别的迷茫的眼睛里带来的希望，我也都看到了。他突的一下离开了我，投入了那汹涌的，充斥着疯狂、梦想和谎言的旋涡。他们那帮人美其名曰"生意"。

过了几分钟，我就把他忘记了。晚上，回到家，当我把街上的灰尘拍打干净，也排遣一天的忧愁时，我的眼前又浮现出他那烦恼、苍白的面孔，那可怜的面包，那强调那些大话的手势："吉拉丹答应给我三十万法郎……"

"诺曼底"号遇难记

（法国）雨果

1870年3月17日夜晚，哈尔威船长照例走着从南安普敦到格恩西岛这条航线。大海上夜色正浓，薄雾弥漫。船长站在舰桥上，小心翼翼地驾驶着他的"诺曼底"号。乘客们都进入了梦乡。

"诺曼底"号是一艘大轮船，在英伦海峡也许可以算是最漂亮的邮船之一了。它装货容量600吨，船体长220尺。海员们都说它很"年轻"，因为它才7岁，是1863年造的。

雾越来越浓了，轮船驶出南安普敦河后，来到茫茫大海。这里相距埃居伊山脉估计有15海里。轮船缓缓行驶着。这时大约凌晨。

周围一片漆黑，船桅的梢尖勉强可辨。

像这类英国船，晚上出航是没有什么可怕的。

突然，沉沉夜雾中冒出一枚黑点，它好似一个幽灵又仿佛像一座山峰。只见一个阴森森的往前翘起的船头，穿破黑暗，在一簇浪花中飞驶过来。那是"玛丽"号，一艘装有螺旋桨推进器的大轮船，船上载着500吨小麦，行驶速度非常快，负载又特别大，它笔直地朝着"诺曼底"号逼了过来。

眼看就要撞船，已经没有任何办法避开了。一瞬间，人们眼中似乎耸起许许多多船只的幻影，人们还没来得及一一看清，全速前进的"玛丽"号向"诺曼底"号的侧舷撞过去，在"诺曼底"船身上剖开一个大窟窿。

由于这一猛撞，"玛丽"号自己也受了伤，终于停了下来。

"诺曼底"号上有28名船员，1名女服务员，30名乘客，其中12名是妇女。

震荡可怕极了。一刹那，男人、女人、小孩、所有的人都涌到甲板上，人们半裸着身子，奔跑着，尖叫着，哭泣着，惊恐万状，一片混乱。海水哗哗往里灌，汹涌湍急，势不可挡。轮机火炉被海浪呛得呼呼地直喘着粗气。

船上没有封舱用的防漏隔墙，救生圈也不够。

哈尔威船长站在指挥台上，大声吼喝："全体安静，注意听命令！把救生艇放下去。妇女先走，其他乘客跟上，船员断后。必须把这60人救出去。"

实际上一共有61人，但是他把自己给忘了。

船员赶紧解开救生艇的绳索。大家一窝蜂拥了上去，这你推我揉的势头，险些儿把小艇都弄翻了。奥克勒福大副和三名工头拼命想维持秩序，但整个人群因为猝然而至的变故简直都像疯了似的，乱得不可开交。几秒钟前大家还在酣睡，蓦地，而且，立时立刻，就要丧命，这怎么能不叫人失魂落魄！

就在这时，船长威严的声音压倒了一切呼号和嘈杂，黑暗中人们听到这一段简短有力的对话："洛克机械师在哪儿？""船长叫我吗？""炉子怎么样了？""海水淹了。""火呢？""灭了。""机器怎样？""停了。"

船长喊了一声：

"奥克勒福大副？"

大副回答：

"到！"

船长问道：

"还有多少分钟？"

"20分钟。"

"够了，"船长说，"让每个人都下到小艇上去。奥克勒福大副，你的手枪在吗？"

"在，船长。"

"哪个男人胆敢在女人前面，你就开枪打死他。"

大家立时不出声了。没有一个违抗他的意志，人们感到有一个伟大的灵魂出现在他们的上空。

"玛丽"号也放下救生艇，赶来搭救由于它肇祸而遇难的人员。

救援工作进行得井然有序，几乎没有发生什么争执或殴斗。事情总是这样，哪里有可悲的利己主义，哪里也会有悲壮的舍己救人。

哈尔威巍然屹立在他的船长岗位上，指挥着，主宰着，领导着大家。他把每件事和每个人都考虑到了，面对惊慌失措的众人，他镇定自若，仿佛他不是给人而是在给灾难下达命令，就连失事的船舶似乎也听从他的调遣。

过了一会儿，他喊道：

"把克莱芒救出去！"

克莱芒是见习水手，还不过是个孩子。

轮船在深深的海水中慢慢下沉。

人们尽力加快速度划着小艇在"诺曼底"号和"玛丽"号之间来回穿梭。

"快干！"船长又叫道。

20分钟到了，轮船沉没了。

船头先下去。须臾，海水把船尾也浸没了。

哈尔威船长，他屹立在舰桥上，一个手势也没有做，一句话也没有说，犹如铁铸，纹丝不动，随着轮船一起沉入了深渊。人们透过阴惨惨的薄雾，凝视着这尊黑色的雕像徐徐沉进大海。

哈尔威船长的生命就这样结束了。

在英伦海峡上，没有任何一个海员能与他相提并论。

他一生都要求自己忠于职守。履行做人之道。面对死亡，他又运用了成为一名英雄的权利。

出乎意料的结局

（法国）阿尔贝·阿科芒

他们结婚已经二十九年多了，显得很幸福。他们都学会了在生活中彼此做一些必要的让步，并且两人的性格都很腼腆。男的是里昂小说家吕西安·里歇，一直保持着有限的知名度。但对他来说，这已经足够了。如果想沾点"畅销作家"的光彩，他就得在各种仪式上抛头露面。对于这些，他总是一概谢绝。朋友们爱说他过分谦虚，究其实，是缺少勇气。

对他来说，回家的第一件事是拥抱一下妻子。亲亲她的前额，说一句几乎总是一成不变的话："亲爱的，我希望我不在家时你没有过于烦闷，是吧？……"

得到的差不多总是同样的回答："没有。家里有这么多事情要做呐。但看到你回来，我还是很高兴的……"

太太负责在打字机上打印丈夫定期在《里昂晚报》上发表的短篇小说。然后把稿纸誊清，封装好，寄出去。这份微末的工作足以使她想到自己是丈夫的一个合作者。

咳！她万万没有想到，一出悲剧正在威胁着她。

怎么，像吕西安·里歇这样一个年届五十的家伙，会让一个刚刚离婚的女人弄得昏头昏脑？然而这件事居然发生了。她叫奥尔嘉·巴列丝卡，人长得漂亮，有着一般女光棍的寡廉鲜耻的劲头，把小说家降服了。有一天，就像跟他要一件新奇首饰一样，她要求跟他结婚。

他必须先离婚。"唔，这件事应该容易办到。结婚二十三年。大概妻子不再爱我了，分开可能不会痛苦。"想法不错。可是一个性格腼腆的丈夫该怎样摊牌呢？

小说家想出了一个新鲜法子。他编了一个故事，把自己与太太的现实处境转托成两个虚构人物的历史。为了能被妻子领悟，他还着意引用了他们夫妻间以往生活中若干特有的细节。在故事结尾，他让那对夫妻离了婚，并特意说明，既然妻子对丈夫已经没有了爱情，就一滴眼泪也没有流地走开了，以后隐居南方的森林小屋，有足够的收入，悠然自得地消磨幸福的时光……

他把这份手稿交给里歇太太打印时，心里不免有些不安。晚上回到家里时，心里嘀咕妻子会怎样接待他。"亲爱的，我希望我不在家时你没有过于烦闷，是吧？"话里带着几分犹豫。

她却像平常一样安详："没有。家里有这么多事情要做呐。但看到你回来，我还是很高兴的……"

难道她没有看懂？吕西安猜测，兴许她把打印的事安排到了明天。然而，一询问，故事已经打印好，并经仔细校对后寄往《里昂晚报》编辑部了。

她为什么不吭声？她的沉默不可理解！"显然，她是个性格内向的人。可是她该看得懂的……"

故事在报上发表后，吕西安·里歇才算打开了闷葫芦。原来，妻子把故事的结局改了：既然丈夫提出了这个要求，夫妻俩还是离了婚。可是，那位在结婚二十三年之后依然保持着自己纯真的爱情的妻子，却在前往南方的森林小屋途中抑郁而死了。

这就是回答！

吕西安·里歇震惊了，忏悔了。当天就和那个不知底细的女人来了个一刀两断。但是，如同妻子不向他说明曾经同他进行过一次未经相商的合作一样，他永远没有向她承认自己看过她的新结论。

"亲爱的，我希望我不在家时你没有过于烦闷，是吧？"他回到家里时问道，不过比往常更加温柔。

"没有。家里有这么多事情要做呐。但看到你回来，我还是很高兴的。"妻子一面回答，一面向他伸出手臂。

科尔内柳斯·贝格的悲哀

（法国）玛·尤瑟纳

自从回到阿姆斯特丹的那天起，科尔内柳斯·贝格就住在客栈里。他经常换地方，每到要付房租的时候就搬一次家。他有时给人画肖像，有时应买主的要求画风俗画，有时为收藏家画裸体作品，但更多的时候是在街上溜达，碰运气画画广告招牌。不幸的是他的手发颤，眼镜的度数也越来越深，再加上在意大利养成的嗜酒、抽烟等毛病又破坏了他那虽然不怎么熟练但确曾自鸣得意的笔触。一气之下，他决定不再卖画，并把所有的作品涂改得一塌糊涂，打算从此洗手不干了。

他经常在烟雾腾腾的小酒馆的角落里一待就是几个钟头。伦勃朗往日的弟子们、他从前的同窗替他付酒账，希望他讲一些旅行中的见闻。但是，科尔内柳斯带着画笔和油彩漫游过的那些尘土飞扬的国家给他留下的印象，远不如他对未来的憧憬清晰；而且，他不再像年轻时那样善于以粗俗的玩笑讨女招待们欢心。人们感到惊讶，科尔内柳斯从前很喜欢嬉闹，现在却变得沉默寡言了，只有酒才能使他的话多起来。每次喝醉之后，他就胡言乱语，谁也听不懂他说些什么。他总是脸冲墙坐着，帽檐拉得低低的，不愿意和人接触，觉得他们恶心。科尔内柳斯是个老肖像画师，在罗马的一个小阁楼住过多年。他一生中对各种人的面孔作过十分细致的观察，现在，他怀着愤懑的心情，漠然丢下画笔。他甚至声称，连动物也不再画了，因为动物太像人。

他往日的那一点点才能耗尽了，仿佛又有了新的灵感，经常躲在乱七八糟的阁楼里，坐在画架前，面对高价买来的新鲜水果写生。他必须赶在发亮的果皮干瘪之前尽快画下来。有时，他还在旁边摆一个普通的小锅或者一些果皮。室内灯光昏暗，雨水轻轻地拍打着窗户玻璃。空气潮湿，水汽使粗糙的橘子皮和咯吱作响的护墙板都胀了起来，坛坛罐罐的铜皮上也长出了黑锈。但是，他很快就得撂下画笔。从前，他经常给买主画维纳斯的卧像和正在为赤膊儿童和蒙面妇女祝福的金须耶稣像。现在，他画一小会儿就觉得手指发麻，无法在画布上表现出那水汽弥漫的天空。他每次用畸形的双手抚摸自己没有画过的东西时，心里总是充满柔情。他身居阿姆斯特丹凄凉的街头，却梦游着渺无人迹、露珠闪烁的田野。这田野真比阿尼奥河畔的黎明还要美丽。这位极度贫困的老人似乎得了心脏水肿，潦潦草草地涂抹着可怜的画稿，但心却比伦勃朗还要高。

他同家庭的联系也全都断了，有些亲友不认他，有些则装着不知道他还在人世，唯一同他有来往的是哈勒姆的老居民代表。

整个春天他都待在那个阳光充足而又十分整洁的小城里，白天受雇去为教堂描画假护墙板，工作完了之后，晚上总爱去这位墨守成规、性格温和的老人家里做客。老人没有妻子，在一个女佣人的细心照料下生活。他对艺术一窍不通，贝格推开单薄的上漆栅门，在小花园里水渠旁的花丛中，受到特别喜爱马兰花的主人的接待。科尔内柳斯对这些珍贵的花草虽无兴趣，但对它们在形体和色调上的细微差异却极为敏感。他知道老代表请他来只是为了听听他对新花种的意见。没有人能用语言确切地表达出白色、蓝色、玫瑰红和淡紫色的无穷变化。各种名花的幼芽又细又硬，从肥沃的黑土里钻了出来，虽然闻不到花香，但空气中却弥漫着潮湿泥土的芬芳。老代表双手捧着膝上的花盆，正在修枝剪叶。他用两个指头夹着花梗，默默地让客人欣赏幼嫩的花朵。他们彼此说话不多，科尔内柳斯只是不时地点点头表示自己的赞许。

这一天，老代表对新培育成功的一种罕见花种十分得意：花瓣白紫相间，还带有彩虹般的条纹。他翻来倒去地欣赏了一阵，然后把花放到脚边说道：

"上帝是一个伟大的画家。"

科尔内柳斯没有回答。性格温和的老代表接着说：

"上帝是整个世界的画家。"

科尔内柳斯一会儿看看花儿，一会儿又看看水渠。渠水犹如一面青灰色的镜子，照出了花坛、砖墙、和女佣人晾晒的衣裳，但是，疲惫的流浪画师却从中模模糊糊地看到了自己的一生。他眼前浮现出长途跋涉中见到过的某些人的容貌及其他种种景象：东方的肮脏，南方的散漫，普天之下的贪婪、愚昧和残暴，破旧的房屋，花柳病，小酒店前的械斗，当铺老板的冰冷面孔，还有躺在弗里堡医学院解剖台上的弗雷德里克·格里多切的模特儿那美丽丰腴躯体。他还想起另一件事情。他曾在康士坦丁诺布尔住过，并给联合国驻那里的大使画过几幅苏丹像和有机会参观一位帕夏引以骄傲和非常得意的马兰花花园。帕夏指望画家能把他在这个花园里度过的短暂美好时光画下来作永久的纪念。堆放在大理石路面上的马兰花，呈现出鲜艳而柔和的色彩。喷水池旁，翠柏参天，一只小鸟儿正在歌唱。但是，奉主人之命向来客介绍这些名花的却是一个独眼仆人，成群苍蝇麋集在他刚刚瞎掉不久的眼珠上。想到这儿，科尔内柳斯摘下眼镜说道：

"上帝确是整个世界的画家。"

接着，又悲伤地低声补充说：

"代表先生，可惜上帝画的不仅仅是自然景物。"

模特儿

（法国）格里耶

咖啡壶摆在桌子上。

这是一张四脚圆桌，盖着一块红方格和灰方格相间的油布，油布的底色浅淡，白中略微透黄，以前可能是乳白色，也或许是白色。桌子当中是一块陶瓷垫子，权充菜盘托儿。盘子上的花纹完全被桌上的咖啡壶遮住——至少辨认不出来了。

咖啡壶是用陶土制作的。它的形状像一个圆球，上面是一个圆柱形的过滤器，安着一个蘑菇形的盖子。壶嘴呈S形，曲度不大，基部微微鼓成肚子状。至于壶把，你可以把它说成是耳朵形，或者更确切地说是耳朵的外廓；不过，这是一只长得怪模怪样的耳朵，圆鼓鼓的，没有耳垂，可说像一个瓦罐的把子。壶嘴、把子和蘑菇形盖子都是奶油颜色，其余部分则是浅褐色，匀和，光泽。

桌子上除了油布、盘托和咖啡壶之外，别无他物。

靠窗的右边，竖立着一个模特儿。

桌子后面，壁炉上方的墙上挂着一面长方形镜子，映照出右半边窗户，左边（即窗子的右边）的带镜衣橱也映入镜中。而在衣橱的镜子里，又可以看见窗子，这一面可以看见整个窗户，并且图像是正的（即右边照出右窗扉，左边照出左窗扉）。

因此，壁炉上方的镜子里就有三个半扇窗子了，彼此衔接，几乎没有脱节的感觉，它们从左至右分别是：正面的左半扇，正面的右半扇，反面的右半扇。由于衣橱正好放置在房间的角隅里，向窗子边沿的方向突伸，所以两个右窗扉被衣橱狭窄的梃子隔开来了，这梃子也许正好与窗子当中那根木头重合（左窗扉的右梃与右窗扉的左梃相接合）。由三扇窗子的半截窗帘上面往外望，可以看见花园里光秃秃的树干。

这样，窗子的映象占据了全部镜面，只有上面一部分镜面映照出一块天花板和带镜衣橱的上端。

在壁炉上面的镜子里，还可以看见另外两个模特儿：一个立在第一个窗扉，即最狭窄、靠左边那个窗扉前面，另一个立在第三个窗扉前（即最右边那一扇）。两个模特儿并不是正面站着，右边那一个在镜子中映出右腰侧，左边那个稍小，映出左腰侧。不过，乍看上去，不容易看出这种差别。因为两个形象的朝向是一致的，因而仿佛两个模特儿都映出了同一个腰侧——大概是左侧吧。

三个模特儿排成一线。当中的那个位于镜子的右边，个儿的大小介于另两个之间，它的朝向恰好跟摆在桌上的咖啡壶的朝向相同。

咖啡壶的球面上映照出变形的窗影，像一个各边都是弧线组成的四边形。两个窗扉当中的木桯形成的线条，在咖啡壶基部映出来时突然变粗了，形成一个模糊不清的斑点，大概还是那个模特儿的阴影吧。

窗户奇大，虽说只有两扇窗扉，房间里还是很明亮。

桌子上那把咖啡壶，散发出热咖啡的扑鼻香味。

模特儿并不是放在它原来的位置上：平时都是放在靠窗的角落里，在带镜衣橱的对面。衣橱是一直摆在那儿的，这样，试衣比较方便些。

托盘上画的是一只雌猫头鹰，睁着两只有点儿吓人的大眼睛。不过，眼下暂时什么都看不见，因为给咖啡壶挡住了。

地　窖

（法国）塞斯勃隆

国王陛下颁布了一道诏令，宣称他将每月一次亲临一个臣民的家，并在那里进餐。朝廷的反对派就立刻散布舆论，说这种做法是"收买人心"。国王无论干什么，反对派准会发表点攻击性的评论，把国王贬得一钱不值；什么"好大喜功"啊，"怯懦无能"啊，等等，不一而足，向来如此。在他们眼里，国王跟他们最为格格不入之处，就是陛下的所作所为虽然达到了与他们一致的目标，但竟采取了他自己的方法。这也是他们最不能原谅国王的一点。这回，国王去臣民家里进餐一事，他们只报以耸耸肩膀，鄙夷地斥之为"收买人心"。哪里知道，这次他们可错怪了国王。因为国王的这项决定，看来事体不大，却有深刻用意。国王自来研究历史，深知曾有许多王朝由于不懂得跟人们保持接触的重要性，不察民情，进而失掉民望，最后归于灭亡。而国王本人，自从登极以来，已经察觉到显赫的王权在他跟臣民之间正在垒起一堵无形的墙壁，而且越垒越高，根本用不着设岗戍卫，却比王宫的真墙更加难以逾越。猜疑本身就是卫兵，从隔阂发展到互不体谅是顺乎情理的。而今国王就是想打破这种局面，方法虽然天真一些，却是体面的。总之，陛下的主意已定：每月都要到他治下的百姓家里进餐一次。内阁的好几位大臣为此很不高兴，警察总长尤为惶恐。他对付街头群众集会，防范爆炸暗杀事件之类是装备有余的，而对付一家一户，日常生活诸环节的问题，例如菜里放毒等，却毫无经验。其他大臣害怕的却是另一回事。过去，他们是国王得到消息的唯一来源，现在如果陛下忽然发现大臣们自己原来一无所知，而他们却一直在谎称民意，那可如何是好！那些高官显贵、朝廷的在野派、新闻界、各种工会无不声称自己是代表民意的，可是当人民真有机会开口说话的时候，他们又惊恐万状。谢天谢地，好在老百姓早已丧失了讲话的机能，甚至失掉了讲话的兴趣；可是谁又能保证在家庭场合的饭桌上他们不兴之所至的来点胡说八道呢……

国王陛下对受到的款待和吃的饭菜都非常满意。在豪华的王宫里，有一道菜是国王不好意思点的，那就是布纪侬风味牛肉。但是这个普通的家庭主妇怎么偏偏就猜到了国王想吃这个菜呢？她又怎么知道国王一直盼着能大杯痛饮都兰纳的葡萄酒？

国王陛下询问了五个孩子的情况：名字叫什么，学习怎么样，身体有没有病等，然后，他很不自然地笑笑，试探着说道：

"咱们来谈点儿政治吧！"

"谈这个有什么用，"孩子们的父亲说道，"俺倒不是恭维您，我们在这玩意儿上想的跟您一样。俺常叨咕——不信您问孩子的妈，俺说，俺要是个当官儿的，想办的事也不是别的，就是现在他们办的那些。国王陛下真是俺们的大恩人，祝他万岁万万岁！"

他的妻子直点头表示同意，但又有点难为情地补充说：最好能改动一下学校放假的日期。

国王听了大为高兴，说："这正是最近教育大臣向我提出的建议。年轻人，你们呢？没有什么不顺心的事要说一说吗？——太太，能不能给我再来点儿布纪侬牛肉？"

"不顺心的事可没有，什么都顺顺利利，"大孩子话音渐渐平稳起来。"但是关于服兵役，我有个请求。"

他所提的问题，同样是在内阁会议上有人提出过的。这时候，孩子们的胆子越来越大了，每个人都提了一条建议，每条建议都是同样年龄孩子所感兴趣的改革，而且这些建议几乎全都是在朝里议而未决的问题，其中有几个，恰恰是国王本人在内阁会议上一直持反对意见的。这时，他嘴里不说，心里暗记着，准备予以重新考虑。这是个好心眼的国王。世界上这样好的国王可不多。

半夜11点，国王和老百姓分别了，彼此都感到十分满意。一直在简陋的屋门外，焦急地等候着的三位大臣和警察总长从国王的脸上看出了这一点。

一位大臣说："我们冒昧地给这户人家带来了一些礼品，请陛下俯允！"

"这个主意不错，"国王说，"如果以我本人的名义来送，倒可能引起误解。明天见吧，先生们，我真非常高兴！"

四位大臣向国王行礼告别，然后他们进了屋，向出场的七个演员付了预定的酬金。正当他们要离开的时候，忽然听到脚底下似乎有点什么响动。

"哎呀，"警察总长大声喊叫，"我差点儿把他们忘了（原来，3个半钟头以来，这所房子的真正主人一家一直被关在地窖里，悄悄地待着，感到时间太漫长了）。我希望还能剩下点儿布纪侬牛肉给他们……"

雪茄传奇

（法国）阿波利奈尔

"离现在几年以前，"德·奥尔梅桑男爵对我说，"我的一个朋友送给我一盒哈瓦那雪茄，郑重地对我介绍说，此烟的质量，同已故英国国王不可或缺的雪茄一般无二。"

晚上，我揭开盒盖，名不虚传的雪茄香气四溢，令我欣喜无限。我把这些雪茄比做兵器库里井然排列的水雷，和平的水雷！我梦想发明出来排遣愁闷的水雷！接着，当我小心翼翼地取出其中一支的时候，我发觉我的比喻并不恰当，它似乎更像黑人的一根手指。金色的烟纸圆环更增加了美丽的棕色皮肤给我的幻觉。我弄穿雪茄，点燃了它，乐滋滋地吸了起来。

不一会儿，我嘴里只感到味道不对劲儿，烟味似乎有一种烧焦的纸的气味。

"英国国王在抽烟方面，"我自言自语，"口味倒并不如我所想象的那么考究。总之，时下大行其道的欺诈行为并没有放过王宫和爱德华七世的喉咙，这是可能的。今非昔比。再没有办法抽到一支好雪茄了。"

我皱了皱眉，不再抽这支散发出纸焦味儿的雪茄。我端详了它一会儿，心想：自从美国人控制了古巴，岛上或许可以繁荣起来，但哈瓦那雪茄却没法抽了。那些美国佬一定把现代耕作方式应用到烟草种植上，烟厂女工也肯定被机器取而代之了。这一切或许颇为经济，发展很快，但雪茄却大异其味，因为我眼前想抽的雪茄使我有充分理由相信，那些制造假货的家伙已经染指其间，而浸润了尼古丁的旧报纸也代替了哈瓦那烟厂的烟纸了。

我作了如此这般的联想，已经拆开了这支雪茄，想检查一下这支烟的构成成分。我并不十分惊奇地发现了一个安放得并不妨碍抽吸的纸卷儿。我迫不及待地展开了它。纸卷儿由一张烟纸构成，似乎是为了保护它，外面还裹着一个封了口的信封，信封上写着一个地址：

　　哈瓦那洛杉矶街

　　　　　　　　唐·何塞·乌尔塔多—巴拉尔先生

在那张上缘稍被烧焦了的烟纸上，我目瞪口呆地读到了几行出自女性手笔的西班牙文，下面是它的译文：

我并非自愿地被关在麦尔塞德修道院，请求这位想要探究这支劣质雪茄组成成分的善良的基督徒，把所附的信按址寄出。

我既惊愕又感动，抓起了帽子。为了使这张纸条子在寄不到的情况下能够退回给我，我在信封背面署上我的名字作为寄信人。在这之后我把信送到邮局。然后我回到家里，点燃了另一支雪茄。棒极了。其余的也一样棒。我的朋友没有弄错，英国国王对哈瓦那烟草非常之在行。

这件传奇事件过去了五六个月，当我已经不再想它的时候，一天我被告知，有一个黑人男子和一个黑人女子来访，他们衣冠楚楚，坚持请我一见，并说我本人不认识他们，他们的姓名可能对我没有什么意义。

我不胜惊异地走进客厅，那一对异邦人已被引进到那里了。

黑人先生神态自然，用清晰明白的法语作自我介绍：

"我是，"他对我说，"唐·何塞·乌尔塔多—巴拉尔……"

"什么！是你？"我吃惊地叫起来。我立刻想起雪茄的故事。

但是，我必须承认，我从来没有想到过哈瓦那的罗密欧和他的朱丽叶会是黑人。

唐·何塞·乌尔塔多—巴拉尔彬彬有礼地又说：

"是我。"

他介绍他的同伴，补充说道：

"这是我的太太。多亏了你的热情帮助，她才能成为我的妻子。因为她的长辈们无情地把她关进了修道院，在那里，修女们整天都在制造主要销往教廷和英国宫廷的雪茄。"

我还没有回过神来。乌尔塔多—巴拉尔继续说：

"我们俩都出生在富裕的黑人家庭。这样的家庭在古巴为数不少。但是，你能相信吗，种族偏见，同在白人家庭里一样，在黑人家庭里也存在。

"我的多萝雷丝的父母亲无论如何也要把她嫁给白人，他们尤其希望找个美国佬女婿。对于她坚决要嫁给我的决心，他们忧心如焚，便叫人极端秘密地把她关进麦尔塞德修道院。

"我无法找到多萝雷丝，万念俱灰，准备一死了之。这时，你好心付邮寄出的信使我恢复了勇气。我带走了我的未婚妻，从此她就成了我的太太……

"那么，那是一定的，先生，如果我们不把巴黎作为我们蜜月旅行的目的地，我们就未免忘恩负义了。我们有义务来巴黎向你道谢。

"我眼下领导着哈瓦那的一家雪茄烟厂，其规模在哈瓦那是屈指可数的。我想要补偿由于我们的缘故使你抽了劣质雪茄的损失，每年给你寄赠两次上等雪茄，只待征询了你的口味就寄出第一批。"

唐·何塞的法语是在新奥尔良学的，他的妻子说的法语没有一点地方口音，因为她是在法国受的教育。

不久，这一充满传奇色彩的奇异事件的两位年轻的主人公便回哈瓦那去了。我必须补充说明一下，不知是薄情寡义呢，还是婚姻不美满，唐·何塞·乌尔塔多—巴拉尔从来没有使我得到他原先对我承诺的雪茄。

天堂的来客

（法国）塞涅奥

从前有个骗子来到一户人家，见到只有一位老太婆，便请求让他进屋坐一会儿。

老太婆问道："先生，你从哪里来？"

骗子说："我从天堂来，现在正要回去。"

老太婆信以为真，又问："你从天堂来，一定见过我可怜的丈夫了。他已死了十年，可从来没有一点消息，不知现在怎样了？"

骗子说："噢，我听说过你的丈夫。可惜他至今不能进天堂，因为他还没交一百法郎，只好在天堂门外等候。"

老太婆忍不住哭了起来："我可怜的丈夫呵！——先生，等我儿子回来商量商量，就拜托你捎一百法郎给我丈夫吧。"

骗子不敢见他的儿子，说是急着要赶路回去。又说："假如你不快点把法郎交给我，就让你丈夫在天堂门外老等吧。"

老太婆着了慌，赶紧说："既然你忙着赶路，就请你马上把这一百法郎捎给他，拿着吧。"

骗子离开不久，老太婆的儿子回来了。他听他妈妈谈起这件事，知道上了当，便说："可怜的妈妈，你真傻，怎么把钱交给陌生人呢？！他往哪条路走的？让我去追。"说罢，他骑上马，挥舞鞭子飞跑而去。

骗子见有人追来，坐在路边假装休息。

老太婆的儿子问："你没见过有人往哪里逃吗？"

骗子说："刚才有个人急急忙忙钻进林子去了。"

树林密密麻麻，老太婆的儿子看马匹进不去，便央求骗子："请你帮我照管一下马匹，行吗？"

骗子回答："好说，好说。"

老太婆的儿子跑进树林，骗子趁机骑马远走高飞……

老太婆的儿子从树林里回来，不见了骗子，知道上了当，只好灰溜溜地回家去。老太婆问他："你追上那陌生人吗？"

她儿子回答："追上了，我把马也给了他，好让他更快地赶回天堂去见爸爸。"

窃　贼

（法国）阿·康帕尼尔

"是的，我是个窃贼。"老头伤心地说，"可我一辈子只偷过一次。那是一次最奇特的扒窃。我偷了一个装满钱的钱包。"

"这没有什么稀奇的。"我打断他道。

"请让我说下去。当我把偷到的钱包装进自己的衣兜时，我身上的钱并没有增加一个子儿。""那钱包是空的？""恰恰相反，里面袋满了钞票。"我走近那老头，又给他斟了一杯葡萄酒。他开始讲述自己的经历：

　　"当时，我乘火车从斯米纳到苏萨尔去。那是个匪盗经常出没的地区。我坐的是三等车。车厢里除我而外，就只有一个衣衫褴褛、正在酣睡的汉子。他的左脸颊上有一块明显的伤疤。从相貌到衣着，这家伙看起来都像个罪犯。我想换一个车厢，可是车厢之间没有连通的门。于是，我只好硬着头皮单独同这个危险的家伙共处三个小时。火车行驶在前不挨村，后不着店的荒野，车上的旅客寥寥无几。在这种环境里，要想杀死一个人，然后把尸体从车窗扔下去，简直是小事一桩。

　　"外面的天渐渐黑了下来。我两眼死死盯住车里的警报器。可是，后来，我打了一会盹儿。我刚睁开眼睛便发出一声惊叫。因为陌生的旅伴正弯腰站在我面前，锐利的双眼盯着我，乱蓬蓬的胡须已经触着我的面颊。我吓得一下子蹦起来，想去拉警报器。可是那人抓住我的手臂，哀求似的看着我，说：'您不用害怕。我正要请求您允许我坐在您身边，用您的毯子搭一搭我的身子。我感到很冷。'

　　"陌生人的声音在颤抖，一股怜悯之情涌上我的心头。我犹豫着。他又说：'您把我当成小偷了，对不对？每一个见到我的人，都把我当成下流的小偷看的。'

　　"'真的吗？'我松了一口气，歉疚地挪动了一下身子，让他坐到我身边。

　　"'是的。'那人说，'我多么喜欢做一个小偷啊！我的整个性格，所受的教育和成长的环境，都注定我特别适合这一职业。可是……我不能去偷。'

　　"'是什么阻止你去偷呢？'我好奇地问。

　　"'长着这样一副相貌，我怎么能够去偷呢？无论我走到哪里，大家都提防着我。要是碰巧附近有人的东西正好被偷了。第一个被怀疑的对象就是我。'

　　"我瞅着他那张窃贼一样的面孔，脑海里闪出了一个鬼主意：我要是试一试把这个总不走运的窃贼的钱包偷过来，那将是一个多么精彩的恶作剧！眼疾手快，不动声色。上帝保佑！几分钟后，窃贼那鼓鼓的钱包被放进了我右边衣袋。火车停下后，我的旅伴竟免了我再劳神去换车厢。他站起来对我说：

"'我到家了。谢谢您，祝您旅行愉快！'

"我等他下了车。急忙从衣兜里掏出偷来的钱包。我顿时目瞪口呆。手里拿的正是我自己的钱包。那家伙趁我听他诉苦的当儿，神不知鬼不觉地把我的钱包偷走了。幸好趁他不注意时，我又把它偷了回来。

"这就是我一辈子唯一的偷窃行为。钱包偷到手了，可我的钱并没有因此而增加一分。你看见了吧，我并没有骗你。"

老头的故事刚讲完，我就急忙站起来，大方地付过酒钱，转身走了。我这样做，完全是有原因的：在他向我讲述自己偷窃经历时，我用我那训练有素的灵巧手指，将他的钱包拈过来装进了自己的衣兜。我急切地想知道那钱包里究竟有多少钱。我相信，老头所说的那种巧遇，这次绝不会重演。我肯定不会从自己的衣兜里掏出自己的钱包来。因为我身上从来不带钱包。拐过一个街角，我把手伸进自己的衣袋。天哪！里面什么也没有！这老家伙太鬼了！他第二次偷回了自己的钱包。

第二次？谁知道他自己偷了自己多少回呢？

照章办事

（德国）拉里夫·维内尔

深夜，我走进车站理发店。

"非常抱歉。"理发师殷勤可亲地微笑着，"按照规定，我只能为手里有车票的旅客服务。"

"反正现在你们店里连一个顾客也没有。"我试着提出异议，"既然如此，是不是可以来个例外……"

理发师朝我这边稍稍转过他的脸。

"尊敬的先生，要知道现在是夜里。我们得遵守规定。一切都应照章行事呵！只有旅客才能在这儿刮脸理发！"说完，他又把脸扭过去了。

于是我走到售票窗前。

"请给我买一张火车票。"

"您上哪儿？"

"哪儿都行，反正对我都一样。"

"别装疯卖傻了！"年轻的女售票员发火了。

"我一点儿也没装疯卖傻。"我平心静气地说，"您只要卖给我一张离本站最近的那一站的票就行了。"

"您指的哪一站？"

"可爱的姑娘，我已经对您说过了，随便哪一站都行。"

女售票员显然焦躁不安了：

"您起码应当知道要上哪儿去呀？"

"我根本不打算上任何地方去。"

女售票员感到十分好奇：

"既然您不打算去任何地方，干吗买票呀？"

"我想理个发。"

"砰"的一声，售票的小窗子关上了。我等了一会儿，又小心翼翼地敲了敲窗玻璃。

"姑娘。"我竭力使自己的语气和缓一些，"好了，请给我买张票吧！"

她像瞅一个疯子似的打量着我。然后便开始翻起一本什么书来。

"是理发店向我要车票！"我朝那紧闭着的小窗子喊了起来。

女售票员把窗子打开了一条缝：

"理发师要什么？"

"他要车票。他只给有车票的旅客刮脸。"我重复道。直到这时，女售票员似乎才弄清楚是怎么回事。

"好吧，卖给您一张去莱布尼茨车站的票。您付六十分尼吧！"

我手里攥着买到的火车票，第二次走进理发店：

"请看，这是我的车票，现在我想刮一下脸。"

然而，理发师的头脑并不那样简单。

"您并不打算乘车上路？"他问。

"可我已经给您看过这张到莱布尼茨的车票了呀！难道这还不够吗？"

"非常抱歉。"理发师把双手交叉在胸前，"如果您只是为了刮脸才买车票，那么在我们理发店您就难以达到自己的目的。我们这儿只为有车票的乘客服务。"

我艰难地喘了一大口气。

"可是劳驾！"我大喊起来，"我只要有这张车票，就可以上莱布尼茨去。在这种情况下，对您来说，我就是乘客！"

"但是您并不打算上任何地方去。"理发师冷淡而有礼貌地反驳着，"这样一来，尽管您手里有车票，不能算是乘客了。因此，我劝您放弃这种打算吧！"

我只好又来到售票窗前。

"姑娘。"我对女售票员说，"车票也不顶事。请给我退掉吧。"

"不能退。"她遗憾地把两只手一摊。

"为什么？我还没有用它乘车旅行呀！"

"如果您是为旅行而买的车票，结果没有乘车，那我可以把票钱退给您。"女售票员笑容可掬地解释道，"一切都应照章办事。但是刚才一开始您就宣称并不打算旅行，因此您就无权退票。您是不是再找一下那个理发师？要知道您是为了他才买的车票呀……"

"也许您能代我为这张票付款？"我又找到了那位和蔼可亲的理发师。

"请等一下！"理发师放下手里的报纸说道，然后拿起桌上的电话，打完电话他说道，"好了，您现在可以刮脸了……"

"总算可以了！"我高兴地喊出了声。

"……不过不是在这儿。"理发师最后的一句话是，"而是在那儿——在莱布尼茨车站。"

彩 票

（德国）沃尔夫·冈哈尔姆

尤利乌斯是一个画家，而且是一个很不错的画家。他画快乐的世界，因为他自己就是一个快乐的人。不过没人买他的画，因此他想起来会有点伤感，但只是一会儿。

"玩玩足球彩票吧！"他的朋友们劝他，"只花2马克便可赢很多钱！"

于是尤利乌斯花2马克买了一张彩票，并真的中了彩！他赚了50万马克。

"你瞧！"他的朋友都对他说，"你多走运啊！现在你还经常画画吗？"

"我现在就只画支票上的数字！"尤利乌斯笑道。

尤利乌斯买了一幢别墅并对它进行一番装饰。他很有品位，买了许多好东西：阿富汗地毯、维也纳柜橱、佛罗伦萨小桌、迈森瓷器，还有古老的威尼斯吊灯。

尤利乌斯很满足地坐了下来，他点燃一支香烟静静地享受他的幸福。突然他感到好孤单，便想去看看朋友。他把烟往地上一扔，在原来那个石头做的画室里他经常这样做，然后他就出去了。

燃烧着的香烟躺在地上，躺在华丽的阿富汗地毯上……一个小时以后别墅变成一片火的海洋，它完全烧没了。

朋友们很快就知道这个消息，他们都来安慰尤利乌斯。

"尤利乌斯，真是不幸呀！"他们说。

"怎么不幸了？"他问。

"损失呀！尤利乌斯，你现在什么都没有了。"

"什么呀，不过是损失了2个马克。"

在桥头

（德国）亨·伯尔

　　那些人把我的双腿修补好了，给我安排了一个能坐着干的差事：数一数有多少人走过这座新桥。他们最大的乐趣，就是用数字拼凑起来的毫无意义的玩意儿。我这张顾不上讲话的嘴，整天像时钟一样，不停地累计，以便到晚上送给他们一个辉煌的数字。每当我报上每班的统计结果时，他们都喜形于色，数字越大，他们笑得越加可爱。他们尽可心满意足，高枕无忧了，因为每天走过他们新桥的都有好几千人。

　　但是，他们公布的数字并不准确。很遗憾，数字并不准确。尽管我善于给别人留下一个忠诚老实的印象，然而，我并不是一个可靠的人。

　　有时，我报少数个把人；有时，出于一种怜悯，给他们多报上几个。对此，我心中暗暗得意。他们的运气全然掌握在我的手中：要是我发火了，或者没烟抽了，我就只给他们报个平均数，甚至小于平均数；碰到我心花怒放的时候，我就用一个五位数来抒发我的慷慨之情。他们可真幸运啊！每天，他们从我手中郑重其事地把记录结果一把夺去，眼睛霎然明亮，还拍拍我的肩膀。可压根儿不知道这其中的奥妙啊！然后，他们开始乘乘，除除，算算百分比，如此等等。他们计算出，今天每分钟过桥的有多少人，那么十年以后，总共将会有多少人走过这座新桥。他们酷爱"第二将来时"，"第二将来时"是他们的拿手好戏——但遗憾的是，这一切的一切都不准确……

　　当我那娇小的亲爱的过桥时——白天两次——我那孜孜不倦地跳动着的心就骤然停止了跳动。直到她拐进林荫大道，身影消失之前，都听不到我的心跳。在这段时间过桥的人，我一概不上报。这两分钟归我所有，归我一个人所有，我绝不让任何人夺走这两分钟。傍晚，当她从冷饮店出来，走在我对面的人行道上，路过我这张要不断数数字、没法讲话的嘴巴的时候，我的心再次停止了跳动。直到再也看不见她的倩影，我才又数起来。一切有幸在这几分钟之内，在我这双视而不见的眼睛面前过桥的人，就不会进入那永恒的统计数字中去。那些无足轻重的人们，那些影子男人和影子女人，他们都不会纳入到统计数字的"第二将来时"里去……

很清楚，我爱她。但她却一无所知，我并不想让她知道这事。也不该让她知道，她是以何等巨大的威力，把统计数字抛到九霄云外。她披着一头褐色的长发，长着一双纤细的脚，她应当天真无邪地，清白无辜地迈进冷饮店。她应该多得到些小费。我爱她，毫无疑问，我爱她！

最近，他们来检查我的工作了。这件事，坐在我对面数汽车的伙伴早就提醒过我。于是，我加倍小心。我像发了疯似地数啊，数啊，纵然是一台计数器，也绝不会比我数得更精确些。统计科长亲自站在我对面的人行道上。后来他把他在一小时内统计的结果，同我在一小时内统计的结果比较了一下。我只比他少数了一个人——我那娇小的亲爱的，刚巧在这段抽查的时间里过了桥。我这一辈子绝不能让别人把这美丽的姑娘遣送到"第二将来时"里去。我那娇小的亲爱的绝不能被他们拿去乘乘、除除、化成虚无缥缈的百分比。每当我因计数没法目送她过桥时，我就心痛欲绝。我真感谢我对面的数汽车的伙伴。这一切可关系到我的生存啊。

统计科长拍拍我的肩膀，夸奖我这个人很好，很可靠，很忠诚。"一小时内，只误差一个人"，他说，"这算不了什么。平时在算百分比时，我们反正会多算几个进去的。我将提议，让您去数马车。"

数马车当然是件好事，是空前绝后的美差。白天，最多只有二十五辆马车过桥，每隔半小时，记数的人就可以让大脑休息一下。这真是一桩美差！

要是真让我数马车，那就太美了。估计四点到八点之间，根本没有马车过桥，我可以散散步，可以光顾一下冷饮店，可以久久地望着她。也许还能陪她走一段，送她回家，我那娇小的没有被数进去的亲爱的……

优哉游哉

（德国）亨·伯尔

在欧洲西海岸的一个码头，一个衣着寒碜的人躺在他的渔船里闭目养神。

一位穿得很时髦的游客迅速把一卷新的彩色胶卷装进照相机，准备拍下面前这美妙的景色。蔚蓝的天空、碧绿的大海、雪白的浪花、黑色的渔艇、红色的渔帽。咔嚓！再来一下，咔嚓！德国人有句俗语。好事成三。为保险起见，再来个第三下，咔嚓！这清脆但又扰人的声响，把正在闭目养神的渔夫吵醒了。他睡眼惺忪地直起身来，开始找他的烟盒。还没等找到，热情的游客已经把一盒烟递到他跟前，虽说没插到他嘴里，但已放到了他的手上。咔嚓，这第四下"咔嚓"是打火机的响声。于是，殷勤的客套也就结束了。这过分的客套带来了一种尴尬的局面。游客操着一口本地话，想与渔夫攀谈攀谈来缓和一下气氛。

"您今天准能捕到不少鱼吧？"

渔夫摇摇头。

"不过，听说今天的天气对捕鱼很有利。"

渔夫点点头。

游客激动起来了。显然，他很关注这个衣着寒碜的人的境况，对渔夫错失良机很是惋惜。

"哦，您身体不舒服？"

渔夫终于从只是点头和摇头到开腔说话了。"我的身体挺好，"他说，"我从来没感到这么好。"他站起来，伸展了一下四肢，仿佛要显示一下自己的体魄是多么的强健。"我感到自己好极了！"

游客的表情显得愈加困惑了，他再也按捺不住心中的疑问，这疑问简直要使他的心都炸开了：

"那么，为什么您不出海呢？"

回答是干脆的："早上我已经出过海了。"

"捕的鱼多吗？"

"不少，所以也就用不着再出海了。我的鱼篓里已经装了四只龙虾，还捕到差不多两打鲭鱼……"渔夫总算彻底打消了睡意，气氛也随之变得融洽了些。他安慰似的拍拍游客的肩膀，在他看来，游客的担忧虽说多余，却是深切的。

"这些鱼，就是明天和后天也够我吃了。"为了使游客的心情轻松些，他又说："抽一支我的烟吧？"

"好，谢谢。"

他把烟放在嘴里，又响起了第五下"咔嚓"。游客摇着头，坐在船帮上。他放下手中的照相机，好腾出两只手来加强他的语气。

"当然，我并不想多管闲事，"他说，"但是，试想一下，要是您今天第二次、第三次，甚至第四次出海，那您就会捕到三打、四打、五打，甚至十打的鲭鱼。您不妨想想看。"

渔夫点点头。

"要是您，"游客接着说，"要是您不光今天，而且明天，后天，对了，每逢好天都两次、三次，甚至四次出海——您知道那会怎么样？"

渔夫摇摇头。

"顶多一年，您就能买到一台发动机，两年内就可以再买一条船，用这两条船或者这条机动渔船您也就能捕到更多的鱼——有朝一日，您将会有两条机动渔船，您将会……"他兴奋得好一会儿说不出话来。"您将可以建一座小小的冷藏库，或者一座熏鱼厂，过一段时间再建一座海鱼腌制厂。您将驾驶着自己的直升机在空中盘旋，寻找更多的鱼群，并用无线电指挥您的机动渔船，到别人不能去的地方捕鱼．您还可以开一间鱼餐馆，用不着经过中间商就把龙虾出口到巴黎。然后……"兴奋又一次梗住了这位游客的喉咙。他摇着头，满心的惋惜把假期的愉快一扫而光。他望着那徐徐而来的海潮和水中欢跳的小鱼。"然后——"他说，但是，激动再一次使他的话噎住了。

渔夫拍着游客的脊背，就像拍着一个卡住了嗓子的孩子。"然后又怎样呢？"他轻声问道。

"然后，"游客定了一下神，"然后，您就可以优哉游哉地坐在码头上，在阳光下闭目养神，再不就眺望那浩瀚的大海。"

"可是，现在我已经这样做了，"渔夫说，"我本来就优哉游哉地在码头上闭目养神，只是您的'咔嚓'声打扰了我。"

显然，这位游客受到了启发，若有所思地离开了。此时，在他的心里，对这个衣着寒碜的渔夫已没有半点的同情，有的只是一点儿嫉妒了。

弗利克斯回来了

（德国）艾·凯斯特纳

1921年圣诞前夜，将近六点钟，普赖斯一家刚刚互赠了节日礼品，父亲摇摇晃晃地站在一张椅子上，身子紧贴着圣诞树，用他那沾湿了的手指在掐灭淡红色的小小烛焰。母亲在外面厨房里忙碌着，她把餐具和土豆色拉端进了起居间，说道："小香肠马上就热了！"她的丈夫爬下椅子，高兴地拍拍手，大声对她说："有芥末吗？"她没有答话，回身取了盛芥末的瓶子嘱咐说："弗利克斯，买芥末去！小香肠已经热好了。"

弗利克斯正坐在灯下摆弄着一只廉价的小照相机。父亲轻轻地打了这个十五岁的男孩一巴掌，厉声说道；"以后还有时间玩，你把钱拿着，快去买芥末！带上钥匙，回来你就不用按门铃了。还要我赶你走吗？！"

弗利克斯拿起盛芥末的瓶子，似乎还想用它来拍个照。他接过钱，拿了钥匙就上了街。

店主们都不耐烦地站立在店门里边，认为命运亏待了他们。所有楼房的窗子里都闪烁着圣诞树的微光。

　　弗利克斯信步走过无数家商店，朝里面张望，什么也没有看到。他心中飘飘忽忽，把芥末和小香肠的事抛到了九霄云外。他沉浸在幸福之中，以至芥末瓶子不知不觉地从他手里滑落在地。橱窗前哗啦啦地落下了百叶窗，这时，弗利克斯发现自己在城里已逛荡了一个小时。这么长时间小香肠肯定早就煮爆了，弗利克斯吓得不敢回家。两手空空，一点芥末也没有买着……而且回去这么晚！偏偏要在今天挨耳光，他受不了！

　　普赖斯夫妇吃着没放芥末的小香肠，一肚子怒气。八点钟了，他们开始担起心来。他们报告了警察。一连等了三天，音讯杳然！他们又等了三年，仍不知所终！久而久之，他们的希望破灭了。最后他们不再等了，从此陷入了绝望的忧伤之中……

　　打这起，圣诞前夜成了这孤寂的老两口生活中的忌辰。每到这一天，他们总是默默地坐在圣诞树前，端详着那架廉价的小照相机和一张儿子的相片——那是他受坚信礼时的留影，孩子穿着蓝色西服，戴着齐耳的黑色毡帽。老两口太爱孩子了，以至父亲有时信手就揍他几下，可他并不是发火，不是吗？——圣诞树下每年都摆上他昔日送给父亲的十支雪茄和送给母亲的暖和的手套。老两口每年吃土豆色拉加小香肠，但出于忌讳，都不放芥末，他们再也吃不出香味了！

　　老两口并排坐着，他们眼泪汪汪，燃着的蜡烛看上去像是圣诞树上闪闪发光的大玻璃球；他们并排坐着，父亲每年都要念叨这句话："这次的小香肠可是真不错。"母亲照例答道："我还要去厨房把弗利克斯的那份给你取来。现在我们再也等不到他了。"

　　闲话少说。弗利克斯回来了！

　　那是1926年的圣诞前夜。六点刚过，母亲把煮热的小香肠端了进来，这时父亲说道："你什么也没听见吗？刚才门上不是有动静吗？"他们屏息静听，一面继续进餐。有人进了屋，他们不敢回头看。一个颤抖的声音说："买来了！这是芥末，爸爸！"接着，一只手从两人之间伸了出来。一点不假，一个满装芥末的瓶子放到了桌子上……

　　母亲双手合十，深深地低下了头。父亲擦着桌子站起身，虽然热泪盈眶，却微笑着回过身来，举起胳膊给了儿子一记响亮的耳光，说道："去了这么长时间！你这个调皮鬼，坐到那边去！"

要是小香肠凉了，世上再好的芥末又有什么用呢？不过，小香肠凉过——这倒是千真万确的！

写给姐姐的情书

（德国）冈·施潘

有一天，我们放学回家，邮差送来了姐姐克蕾默蒂娜28岁生日那天照的几张照片。照片上的姐姐比她本人更难看，简直和德国著名画家威勒赫乐姆·勃舍笔下《虔诚的海勒娜》一模一样。不知是出于怜悯还是害怕索赔，摄影师还将其中一幅精心修描过。妈妈给一位婚姻介绍人写了一封信，连同这张照片一起寄了出去。她想碰碰运气，给姐姐找个终身伴侣。

信寄出后，姐姐显得容光焕发起来。她让裁缝做了一套时髦服装，还买来各式各样的化妆品。每逢邮差上门，她都忐忑不安地在房间里来回走动，可每次送来的不外乎是爸爸的业务信件，所以她很失望。这种情况持续了两周之后，陷入忧伤绝境的姐姐终于病倒了。

随着她的病情日趋严重，我和弟弟都认为得想个办法解除姐姐的痛苦才对。于是，我俩去找了一位朋友，从他父亲的写字台里偷偷拿出一本《尺牍大全》，然后根据这本小册子用打字机打了一封极富浪漫色彩的情书。我俩冒名约瑟夫·斯查弗兰斯基先生，夸赞姐姐年轻美貌并向她求婚。信封的落款是：邮政总局待领。

次日下午，我俩回家后，看到家里人异常激动。姐姐穿着她那件漂亮的连衣裙，又哭又笑地讲述有位先生来信表示愿意娶她为妻。喝咖啡时，她还把信的全文念了一遍。妈妈听了很受感动，说这封信使她不由得想起了爸爸当年给她的第一封情书。爸爸对此却不置一词，因为他喝咖啡喝得过急，呛得一个劲儿不停地咳嗽。后来，家里人决定邀请这位先生下星期日到家里来喝咖啡。晚上姐姐发出一封散发着紫罗兰香味的邀请信。

两天后，我和弟弟又在朋友家按照《尺牍大全》打了一封回信。信开头是约·斯查弗兰斯基对姐姐的来信表示感激，并衷心接受她的盛情邀请。接着便是一大段摘自《尺牍大全》的有关《爱情》和《思念》一类最能拨动女人心弦的语句。姐姐准是收到了这封信，虽然她没让任何人看，可是从她的鼻尖上不难看出她内心有多么激动。

姐姐盼望已久的星期天终于来到了。可我和弟弟此时此刻才真正意识到我们的做法既漏洞百出又愚蠢可笑，肯定会被人识破。这天姐姐看起来分外漂亮，这使我俩内心更加感到不安，差点儿就要当众承认错误了。可我们到底还是守口如瓶，未向她吐露真情。将近4点，电铃突然响了起来，我和弟弟吓得脸色煞白，妈妈三步并作两步赶快前去开门。首先我们听见一个男子洪亮的嗓音，然后是妈妈掩饰不住内心的喜悦。奇怪的是，这位陌生青年始终不曾通报姓名。我和弟弟紧张得连大气都不敢出，真希望家里人干脆就把这位不速之客当成是斯查弗兰斯基先生算了。爸爸妈妈似乎对此毫不怀疑，姐姐更不用说了，可没一个人敢用斯查弗兰斯基称呼来人。大概生怕把这个古怪难叫的名字发错了音，叫走了调儿。

喝咖啡时大家才弄清楚，这位青年是地方法院一名陪审法官兼某慈善团体负责人，近来正在为孤儿筹措一笔款项。他说着还拿出捐款人名单让爸爸妈妈过目。爸爸颇感惊讶，说捐款之事容日后再议。来人微笑着站起身答应改日再来，然后告辞离去。

客人走后，我和弟弟好歹松了一口气。可是姐姐被刚才发生的一切弄得不知所措，飞也似的跑进自己的房间。爸爸的肺都给气炸了，"真是个古怪的人！"他愤愤地说，"明明是来向我女儿求婚，可到家后却要我们为孤儿捐什么款。说不定我们上了这个骗子的当了！"妈妈认为爸爸言之有理，还说最好到警察局去告发这个骗子。我和弟弟听了十分害怕，只好把化名写信的事和盘托出。出乎意料的是，爸爸非但没有责怪我们，脸上反而隐约浮现出一丝微笑。他认为姐姐的终身大事有朝一日总会水到渠成自行解决的。他再三叮嘱莫将真情透露给姐姐。我们当着妈妈的面提到那本《尺牍大全》时，爸爸似乎显得挺尴尬。

第二天姐姐没来吃饭。她躲在闺房里拒不见人。爸爸对她说，昨天那客大概不是斯查弗兰斯先生。斯查弗兰斯先生准是有急事耽搁了才没来。不管怎么劝说姐姐也不肯走出房门一步。

晚上，陪审法官又来到我家。这次才搞清他的大名：海弗勒。即使这样，姐姐依旧房门紧闭。

爸爸待客分外热情。不过，从这天起一直到以后几天，爸爸既无时间也没有兴趣提及捐款一事，害得固执的陪审法官先生只好日复一日地登门拜访。这样一来，他与姐姐见面的机会逐渐多了起来。他们或者漫步花园，或促膝攀谈。有一次，弟弟和我意外地发现，他俩在灌木丛后面居然拥抱在一起接吻！此刻，我和弟弟才明白，爸爸的话一点也不错：姐姐的终身大事迟早会自行解决的。

小儿子

（德国）埃迪特·施密茨

"真是岂有此理！"警察局局长温特狠狠地将当天的报纸扔在桌上。"三个星期以来，这已是第六起药房被盗案了，所有麻醉品又被偷了个精光！"他让人通知刑侦科科长埃默尔来见他。

"埃默尔警官"温特显然余怒未消。"我想你该不会不告诉我，案子仍然毫无进展吧？""您说对了，情况正是如此，我们一点儿头绪也没有？"埃默尔警官无可奈何地说道。"什么，还是一点儿线索也没有。"温特一下就火了，他的脾气是有名的，"如果你认为你没法破这个案子，干脆就跟我直说，我会找人接替你的工作！"温特的话毫不客气。

下班后，垂头丧气的埃默尔回到家。坐在桌旁，他把这六起盗窃案的情况又从头到尾地回忆了一番。忽然他想起，在第六家被盗药房的现场，曾发现了一截超级帝国牌香烟的烟蒂，这种牌子的烟现在很少有人抽，而他的小儿子维尔纳，抽的就是这一种……想到这，他不由得一哆嗦，目光落在了桌上的那张全家福上，那上面有他的大儿子海因茨，一名优秀的警察，可惜年仅二十五岁就被犯罪分子杀害了。为此，他坚决反对热衷于侦探小说的小儿子维尔纳投身警察，可现在……他不敢再往下想。一个儿子被罪犯杀害了，另一个儿子本身就是一名罪犯，这会是真的吗？

吃过晚饭，维尔纳进房间去了。埃默尔悄悄地把维尔纳用过的杯子收了起来。第二天上班，他把杯子拿到警察局去化验。结果令他几乎站立不住：杯子上的和现场找到的烟蒂上的，是同一个人的指纹。

晚上，维尔纳吃过饭就匆匆出去了。满面愁容的埃默尔溜进了儿子的房间，意外地发现了一张本市地图，上面用各色圆圈作满了记号，其中六个红圈被一条蓝线连起来。埃默尔仔细一看，这六个红圈所代表的正是那六家被盗的药店！对于埃默尔来说，这真是一个痛苦的时刻，他不得不相信，自己最心爱的儿子——维尔纳，竟是一名罪犯。这真是他所遇到的最棘手的案子。埃默尔是一名正直而又有原则的警官，他知道自己该怎么做，他拨通了刑侦科的号码……接着，他带上装好子弹的手枪，却发现手铐不翼而飞，一定是维尔纳！但他顾不了这许多，出了门直奔阿德勒药房。

阿德勒药房的四周此刻已埋伏了好多警察，将这里团团围住，看着这一切，埃默尔心里一阵难过。"报告警官，刚才有人从后门翻进去，现在还没有出来，估计正在作案……"一名警察小声说。

"跟我来！"埃默尔挥了挥手，几名警察在他的带领下，悄悄地进入了药店。药店里面一片漆黑，伸手不见五指，埃默尔等人在黑暗中小心翼翼地向前摸索着。忽然前面一阵窸窸窣窣的声音，似是有人在走动，埃默尔大吼一声："不许动，举起手来！不然我开枪了！"几乎是在同时，一名警察摸到了电灯开关，顿时一片通明。

"不要开枪，爸爸，是我！"一名年轻的男子叫道，正是维尔纳。"你们怎么才来呀，我好不容易逮住了这家伙，真对不起，爸爸，我拿了您的手铐……"

埃默尔这才注意到，维尔纳身边蜷缩着一个沮丧的男子，双手被手铐铐着。

"好了，我亲爱的埃默尔，"一小时后，警察局局长温特亲切地对埃默尔说道："你难道还不同意维尔纳当警察吗？让他来吧。我们正需要这样的年轻人，他会和你一样，成为一名优秀的警官的。"

两条路

（德国）里克特

新年之夜。一位老人正伫立在窗前。他睁开那充满忧伤的眼睛，仰望墨蓝色的天空。天空中，点点繁星像浮在清澈、平静的湖面上的朵朵白荷花。他又把目光移向大地；大地上，那为数不多的比他更希望渺茫的人们，正朝着自己那必然的目的地——坟墓挪去。如果将一岁比作一站的话，在通往坟墓的道路上，他已经走过60站了。至今，他从自己的生活旅程中所获得的，除了错误和懊悔之外，别的什么也没有了。他，如今的他，身体衰弱、头脑空虚、心情凄切，尽管已值花甲之年，还是鲜舒寡适。

逝去了的青春岁月幻影般地浮现在他的眼前。他想起了那个庄严的时刻——他的父亲将他放在两条道路之起点的庄严时刻。两条路：一条，通向一个阳光明媚、恬静宜人的天地，那里，大地上覆盖着丰硕的果实，天空中荡漾着甜美的歌声；另一条，通向一个深远莫测的、黑乎乎的大山洞，这山洞没有出口，洞里流着的不是水，而是毒液，一些大蛇在蠕动着，发出咝咝的声响。

他又抬起头来看了看天空，苦楚地叫道："啊，青春，你回来吧！哦，爸爸，您重新把我放在生活的道路的起点吧！我会去选择那条光明之路的！"然而，他的父亲已经死去，他的青春已经流逝。

他看见一道道游移着的光从一片片黑暗的沼泽地上空掠过去，消失了。这些光仿佛是他那被虚度了的年华。他又看见一颗星从天空中坠落下来。在黑暗中匿迹销声。这颗星仿佛是他自身的象征。懊悔，无济于事的懊悔，像一支支利箭直射他的胸膛。接着，他想起了自己孩提时的伙伴们。他们和自己同时踏入生活；但是，由于他们走上的是劳动之路，是道德之途，值此新年之夜，他们是荣耀的、愉快的。

高高的教堂楼上的时钟响了。听见这钟声，他回想起父母早年对他——一个现在犯着错误的孩子——的爱抚；回想起父母亲教给他的知识，回想起他们为了他而向上帝所作的祈祷。他沉浸在羞耻和悲切之中，怎么也不敢再仰望夜空——那安息着他父亲在天之灵的夜空。泪水从他那被模糊了的眼睛里涌了出来，滴落下去。他绝望地晃动一下身子，大声地喊道："回来吧，我的青春！你回来！"

果然，他的青春真的回来了！这是因为上面这一切，都是他在新年之夜所做的梦。他还年轻，唯有梦中所提到的他的过失是真实的。他由衷地感激上帝——他还拥有时间。他还没有走进那深远莫测的、黑乎乎的大山洞。他仍然可以自由地踏上那第一条路，走向那阳光明媚、宁静宜人、硕果累累的天地。

那些今天仍然在生活的门槛前徘徊、对于生活道路的选择还犹豫不决的人们应该记住：当岁月流逝、当你发现自己的脚步已蹒跚在那通向山洞的黑暗的山路上的时候，你将会痛苦而又枉然地呼叫："啊，青春，你回来吧！啊，还我青春！"

看　望

（德国）海·格兰特

上午最后一节课开始的时候，有人从外头喊培德·莱默斯："你妈妈看你来了！把东西收拾一下，今天别上课了。"

妈妈来了！培德全身的血往上涌，耳朵都红了。他把数学本子收到一块儿，然后磕磕绊绊地慌忙离开了教室。

她在接待室里，坐在最前排一把椅子的边上，充满希望地对他微笑。满脸皱纹，瘦瘦小小的妈妈穿着一件旧式大衣，灰色的头发上是一条黑头巾。

"培德，我的儿子！"他感觉到她是干粗活的、长着茧子的手指握住了自己的手，闻到了她那只有过节才穿的衣服上的樟脑味儿。他的心在感动和压抑之间犹豫。为什么她偏要在今天在上课的日子里来！来这儿，大家都会看见她。那些有钱的、傲慢的男孩子们，他们的父母都是开着小汽车到寄宿学校来，把礼物、钱这么随便一撒。她根本想象不到，在这儿靠着他的奖学金有两套廉价制服和少得可怜的零用钱是多么不容易。

"校长先生说，你可以带我去看看你的房间，你今天不用上课了。真好，不是吗？"

亲爱的上帝，她已经到校长那儿去过了！她穿着这件不像样子的大衣，还戴着手套！那么好吧，他抹了抹潮湿的额头，带着愤愤的果断抓起那个古老的方格纹手提包——这种提包不装东西就够沉了，只有粗壮结实的农民才提它出门。

他飞快地爬上楼梯，走进那间小小的双人房间时，连气都喘不上来了。"那就是我的床。那边，靠窗子的，是阿克桑德·齐姆森的。他爸爸是工厂主，富得要命，一辆汽车就像我们房间这么大！"

他从她肩膀上看去满意地发现她几乎是虔诚地注视着那张床，她大概惊讶齐姆森盖的竟然不是金被子。然后，她带着幸福的微笑又转向他，并且打开那个方格纹手提包。"我带来几件新衬衣，培德。是柔软的好料子做的，颜色也是时下流行的——这是女售货员告诉我的。这是一块罂粟蛋糕，你最爱吃的，里面放了好多葡萄干呢！现在就吃一小块吧！这可是你白天黑夜都爱吃的东西！"

她温存地笑着，愉快地走到他面前，但他不耐烦地拒绝了。

"现在不吃，妈妈，就要下课了，一会儿所有的人就都要涌到这儿来，别让他们看见你。"

"怎么……"她疑惑地看着他，接着那张被太阳晒黑的脸孔一下子涨红了，在拉上手提包时，她的手微微地颤抖着。

"是这样。好吧，那我们最好还是走吧。"

但这时过道里已经有了响声，紧接着齐姆森就走进房间里来了。该死！正好是这个齐姆森！他的友谊对培德来说至关重要。齐姆森有一种苛求的、爱好挑剔的审美观。（现在这场会面！）"这是我妈妈，"培德笨拙地、结结巴巴地介绍，"她来给我送换洗衣服和蛋糕。"他感到脑袋在痛。齐姆森说着自己的名字，一面用培德一向羡慕极了的姿势动作优美地鞠着躬，一面彬彬有礼地微笑着。"这真是太好了。家里人来看望永远是最高兴的事。不是吗，莱默斯？"这肯定只是一句客套话，培德带着乡下人的猜疑想道。但是妈妈却满面笑容地向齐姆森道谢。"是啊，我给他送新衬衣来了。我们刚刚麦收完，我要来看看他。"

母子两人匆匆忙忙地悄悄下楼梯，一直到大门口他才舒了口气。

"你知道，他们都是非常傲慢的，而且他们很看重外表。对我倒无所谓，可是……"

"我知道了，培德，我知道你。"

在"大熊"饭店他们喝了一碗汤，他热心地给她讲自己的班级，讲老师和同学，她默默地听着，明亮清澈的眼睛注视着他的脸孔。后来他要到教堂里去看一看。傍晚带点儿凉意，当他挨着她跪下时，忽然感觉到她老了许多，背也驼了许多。

"你可以坐6点那趟火车走，"他没有把握地建议，"也许还能在候车室喝杯咖啡呢。"

她疲倦地摇了摇头："不了，就这样吧，我的儿子。他们都在等着我呢，如果挤奶和喂牲口的时候我在家，他们会很高兴的。再说，我现在知道你过得很好，也不那么想家了。"

他还想说些什么，随便说些什么，但喉咙哽阻，什么也说不出来。这时列车员关上了门。他从窗口又一次看见她的刻画着艰辛和忧虑的发灰的脸庞。"妈妈！"他喊，可是火车开动了。

在他的房间的桌子上，看见了那块罂粟蛋糕，气味芳香。可他一点也不饿。他走到窗子边，久久地呆望着外面，一直到天黑下来。他的咽喉总感觉到异样疼痛。后来，齐姆森进来了，一眼看见还没有动过的蛋糕，奇怪地问他是不是病了，他这才无言地拿起一把刀切开蛋糕。

"你究竟为什么那么快就让你妈妈走了？"突然齐姆森严肃地，几乎是阴沉地问，"你呀。要是我有一个这样的妈妈就好了！"

培德这才想起：齐姆森的父母已经离婚了。他愣在那里，他知道无可反驳。机灵的齐姆森带着他惯有的明朗微笑，指着蛋糕：

"来来，动手啊，不然要发霉了。"

他们一起大嚼蛋糕的时候，培德喉咙的压迫感渐渐消失了。

一个小偷和失主的通信

（德国）奥托·纳尔毕

第一封信小偷致失主

尊敬的布劳先生：

想必您已获悉，您停在歌德路的汽车已经失窃。我就是小偷。鉴于我这个小偷向来和失主关系良好，谨提出如下友好的建议：您的车子里有一只放信函和文件的皮包，它们对我虽然无用，可我以为对您却尤为重要。现将这些东西放在歌德路40号的房子后面还给您。作为交换，请将有关汽车证件放在同一地方。您给我的信，也放在那里。顺致亲切的问候。

您的汽车小偷

1964年4月3日法兰克福

失主的复信

尊敬的汽车小偷先生:

我不得不同意您的建议,因为我正急需那些文件。我的,亦即您的蓝色四座车证件,请于今天夜里24点钟到歌德路40号房子后面去拿。

马克斯·布劳谨上

1964年4月5日法兰克福

第二封信小偷致失主

尊敬的布劳先生:

下一期的汽车税(计2469马克),要在本周内付清,是吗?

您忠实的汽车小偷

1964年4月7日法兰克福

失主的复信

尊敬的汽车小偷先生:

我谨遗憾地通知您,下一期的汽车税,您须在本周内付给财政局。拖延付款是要付高额罚金的。顺致敬意!

您的马克斯·布劳

1964年4月9日法兰克福

请不要忘记把汽车保险费付给色柯里塔保险公司。又及。

第三封信小偷致失主

尊敬的布劳先生:

请原谅我又写信给您。请问,车子耗油量是否需12—14公升?再则,左后轮漏气?

您的汽车小偷谨上

1964年4月10日法兰克福

失主的复信

尊敬的汽车小偷先生：

我忘掉告诉您。我的，或者说您的车子亟待换只新胎，同您说的一样；汽油消耗的确很大。不说您也明白，车子已经很旧了。干您这一行的老是要在路上奔波，为您着想，我劝您把阀门换掉。

您的马克斯·布劳

1964年4月12日法兰克福

第四封信小偷致失主

尊敬的布劳先生：

财政局要求我补交税款69857马克，十日内付清。此外，坐垫已坏，右方向指示灯不亮。您能否给我介绍个便宜的车房，当然要有暖气的，因为汽车很难发动。现在我为车房要付50马克。顺致崇高的敬意！

您的汽车小偷

1964年4月18日法兰克福

失主的复信

亲爱的小偷：

对您说来，除了付清车税以外，别无他法。顺便提一句，昨天夜里我突然想起，刹车已经不灵，请立即检查一下。此外，天气不好的时候，——近来天公老是不作美——得修理车篷。

至于车房，我爱莫能助。过去，我的车子也经常露天停放。

您忠实的马克斯·布劳

1964年4月23日法兰克福

第五封信小偷致失主

尊敬的布劳先生：

我从您那里偷来的汽车，使我大伤脑筋。在一连串的故障中，昨天差点传动装置又坏了。如此之高的费用，我这个诚实的小偷实在承担不起。我想贴一笔小额的赔偿费，把车子还给您，望能同意为盼。顺致崇高的敬意！

您的汽车小偷

1964年4月25日法兰克福

失主的复信

最要好的朋友：

十分遗憾，由于您的严酷决定，我不得不结束我们之间美妙的通讯联系。您偷走了我的汽车，而我懂得了上帝为什么给我两只脚。我重新开始步行。过多的脂肪已经掉了好几磅，心脏跳动恢复正常，我完全忘记了心血管病是怎么回事。我不再看病，经济状况也大有好转。我还得取回我的车子吗？想都没有想过！故此，我决定拒绝您的建议，即使您上法院控告我。我决不接受被偷走的东西。顺致敬意！

您的马克斯·布劳

1964年4月28日法兰史福

火车头

（德国）赫·贺尔特豪斯

某天晚上，我坐在一家乡村酒店的一只啤酒杯前（准确地说，应该是在啤酒杯后面）。这时，一个长相平平的男人挨着我坐下来，以一种亲切得不自然的口吻问我是否想买一部火车头。我从来不会轻易地说个"不"字，所以，想把东西卖给我一点也不难。不过，面对如此庞大的购置项目，我还是小心为本。尽管我对火车头只略知一点皮毛，我还是询问了它的型号、生产日期和活塞的尺码，以便让这人产生一种印象：他正在和一个内行打交道，对方并不愿意糊里糊涂地买下来。我不知道我是否真的给他留下了这样的印象，反正他很愿意回答我的问题，而且还向我描述了火车头前面、后面及侧面的外观。看样子，这部火车头还不错，经过一番讨价还价，我向他订了货。这部火车头已经被用过了，尽管按照惯例它很长时间才会被用坏，所以，我不愿意按原标价付钱。

当天夜里，火车头就被送来了。面对如此迅速的交货方式，我本来该想到这可能是一笔不正当的交易，可是，像我这样毫无疑心的人根本就不会想到这些。我无法把火车头安放在家里，因为，所有的门都进不去，而且它或许会把屋子压塌掉，因此，只得放进车库里，反正那地方结实得可以停车。当然，火车头只能放进去一半，高度倒是足够了。我曾经在车库里放过一只气球，不过后来炸掉了。

就在我买下火车头之后不久，父亲来看我。他是一个只注重客观现实、厌恶一切空想和情感表白的人。任何事情都不会使他惊讶，仿佛他无所不知，在别人告诉他以前，他就知道得一清二楚而且可以一一道来（简言之，他是个理智得让人受不了的人）。互致问候之后，为了打破接踵而至的尴尬局面，我说："秋天的气味多么美妙……"

"是晒干了的马铃薯藤味，"他附和说。他说得一点没错。我不再说话，给自己斟了一杯父亲带来的白兰地。这酒喝起来有一股肥皂般的味道，我把这种感觉说了出来。

父亲说，正如我可以从标签上看到的一样，这种白兰地曾在列日和巴塞罗那世界博览会上获过大奖，还获得过圣·路易斯金质奖章，评价一直不错。

我们默默地喝了几杯白兰地，父亲回来了，小声地、几乎有点颤抖地说，在我车库里停着一部火车头。

"我知道，"我平静地说并抿了一小口白兰地，"刚买的。"

他迟迟疑疑地问我是不是经常用到它，我说，不，不常用，只是最近有一天夜里，我开着它把一位行将分娩的农妇送到了城里。农妇于当夜生了一对双胞胎，当然，这与她夜里乘坐火车是毫不相关的。其实，这一切都是我杜撰出来的，但是，面对这种尴尬的局面，我不得不捏造事实。

我不知道他相信不相信我说的话。父亲只是沉默以待。显然，他觉得在我这儿不自在。他变得沉默寡言，又喝了杯白兰地，后来，便向我告辞了。此后，我一直没见到过父亲。

不久，报纸上刊登了一则消息：法国国立铁路运输公司失窃一部火车头（是某天夜里在户外——准确地说是在调车场——失窃的）。我当然很清楚，我成了一笔不正当交易的牺牲品。距我们上次在乡村酒店邂逅不久，我又遇到了那个卖主。我尽量克制自己，显得很冷静。这一回，他要卖给我一辆吊车。我再也不想跟他做什么买卖了。况且，吊车对我又有什么用？

吃白食

（德国）彼得·黑贝尔

古语说："挖坑害人者，必自掉下坑。"——某镇有家"狮子"饭店，这饭店的老板在挖好陷阱之前，自己就已经掉进去啦。

话说有一天，店里来了位衣着讲究的客人，一进门便叫老板尽他所有的钱给他来一份美味的肉汤。接下去又要了一块牛肉和一盘蔬菜，还是尽他所有的钱。老板毕恭毕敬地问，他是否还乐意喝一杯葡萄酒呢？

"呵，那敢情，要是我尽自己所有的钱能享用一些好东西。"客人回答。等他把一切都津津有味地吃完以后，他才从口袋里掏出一枚磨得光光的六分尼（德国最小货币单位）的硬币来，说道：

"喏，老板，这就是我所有的钱。"

老板说：

"这是什么话，难道您不该付给我一个塔勒（德国银币名，合一百分尼）么？"

"我可没有向您要一个塔勒的菜，我只是讲，尽我所有的钱。"客人回答，"喏，这就是我所有的钱。再多一个子儿也没有。要是您多给我吃了，那是您自己的错。"

要说，客人这主意也并非多么高明；需要的只是脸皮厚，能横下心；管他的，吃完再扯嘛。然而，精彩却在后头。

"您可真算个老滑头！"老板说。"本来是便宜不了您的。可眼下，这顿午饭咱白送您吃了，这儿还再给您一枚二十四克罗采的钱。您呢，只需要悄悄地，到咱隔壁的'大熊'饭店去，对那老板也照样来这么一下子。"——"狮子"饭店的老板这么干，是因为他与自己的邻居"大熊"饭店的老板抢生意，彼此失去了和气，都想方设法地要整对方，而狡猾的客人却笑眯眯地一只手伸过去接钱，另一只手就已经小心翼翼地开门去了，他向老板道了一声"晚安"，然后说：

"您邻居'大熊'饭店老板那儿我已去过啦，而且让我来光顾您的并非别人，正是这位老板。"

正是：鹬蚌相争，渔人得利。不过，要是他俩能从此吸取教训，和睦相处，倒也应该好好感谢那位狡猾的客人才是。须知和气能生财，不和遭损害。

举世无双的珍品

（德国）约翰·威塞尔

"这颗钻石精美绝伦，是本店最贵重的宝石。"珠宝商本德尔向他的顾客介绍着。

"你喜欢不喜欢这个坠子，亲爱的？"那位男顾客温情地问站在他身旁的少妇。

身着华丽服装的少妇一脸不高兴的样子："还问我喜欢不喜欢？这颗

钻石的确是精美无比，我还从没有见过……"

"这个坠子多少钱？"男顾客问。

本德尔的心都有点颤抖了，如此爽快的顾客他还从没有碰到过呢！"这颗钻石的价格肯定不会低哟。"本德尔的口气是试探性的。

"那当然啰。"男顾客不屑一顾地说，"多少钱？"

珠宝商本德尔深深地吸了一口气，仿佛要费很大力气才能说出这个数目似的！"10万。"店堂里好大一会儿没有一点儿声息。那位衣着华贵的女顾客"啊？"了一声，睁大了一双美丽的眼睛瞧着她身边的男人。而男顾客仿佛没显出什么犹豫就问道："我可以用支票付款吗？"本德尔好半天没有转过神来，他感到太突然了，就连站在店堂后首的两个女营业员也面面相觑，仿佛不相信她们刚刚听到的问话。

"怎么？"男顾客显出不高兴的样子，"您该不会以为我会把10万马克的现金带在身上吧？"珠宝商怔怔地望着面前的顾客，好半天才说："当然不是，不过您是知道的，为了安全起见我们不得不对支票进行验证。你们请到会客室稍候片刻！"本德尔把这一对男女让进了会客室，男顾客拿出一张支票填好之后交给了他。本德尔只看了一眼支票上的签名就把它递给一位女营业员。签名是"卡尔·舒尔曼。"

10分钟之后本德尔就放下心来了！支票完全正常。他暗自在心里笑了——像这样的生意可不是每天都有啊。这颗钻石确实价值千金，而且做工也极其考究。然而遗憾的是这颗钻石有一点小小的瑕疵，就是因为这一点点'美中不足'，使宝石的身价一落千丈。好在这点瑕疵外行人是看不出来的，只有宝石专家才能发现。因此本德尔仍将它按正品出售，而且没有影响他在此价格上再加上4万马克。他知道，珠宝不遇穷人。几个星期后的一天，珠宝店里又走进了那个叫"卡尔·舒尔曼"的人，本德尔一眼就认出了他，顿时他的心跳加快了：难道他发现了……

卡尔·舒尔曼从口袋里掏出一张名片递给了本德尔："这是我们的新地址。今天我来是为了一件事。自从我妻子从您这儿买了那个钻石坠子以后，整天话不离钻石。这倒使我犯难了，怕是再也找不到能够使她更高兴的礼物了。我想，如果能再送她一颗一模一样的钻石，她肯定会非常高兴的。不过这次要是镶嵌在手锅上就更好了。价钱我不在乎。"

"这恐怕是不可能的，"本德尔叹了口气说，"世界上是不会有两颗完全相同的钻石的。"

"那就太遗憾了。"舒尔曼怅然若失，"唉，你们同行之间有没有往来，能不能跟他们联系联系？""有，有，先生，我们都有联系的。"本德尔先生简直不知道说什么好了。

"那太好了，如果您找到了请跟我电话联系。"

本德尔派人四处查访，又分别给100多家珠宝行去信联系。如今几个月过去了，仍一无所获。正在这时，被派出去的人当中有个人从远东打来了电话，说他在缅甸的仰光发现了一颗与所需钻石质量相仿的钻石。本德尔先生对着话筒发了话："只要能弄到手，不管多少钱！"当本德尔以35万马克将这颗钻石弄到手之后，简直欣喜若狂，可是他总觉得与卖给舒尔曼的那颗有点相像。于是他又请来了原先那位珠宝鉴定专家。

这位专家一看见宝石就禁不住叫了起来："咦！您这颗钻石不是已经卖掉了吗！"

"您搞错了！您讲的那颗早就卖掉了，这又是另外一颗，不过这一颗也已经卖掉了！"

专家仔细地看了看宝石后说："确切的鉴定结果过两天才能出来。不过我记得那颗钻石也是在这个部位有一点瑕疵——如果真是这样，那就肯定是同一颗钻石！"

本德尔先生的脸"唰"地一下全白了，他慌了神，但还是跑到电话机旁拨了舒尔曼的电话号码。话筒里传来了一位女性的声音："这里是豪华大酒店……非常遗憾，舒尔曼先生和他的妻子两天前就走了，他们没有留下地址。"

拦汽车

（德国）约翰·勒斯勒尔

保罗·蒙克是林区老工人，今年65岁，他有一份少得可怜的养老金。三天前他来看望女儿蕾娜特。他女儿住在市郊的居民区里，在城里有个很好的差事。要是蕾娜特去上班而又错过了公共汽车。她就干脆站在她新村前面的公路上，举起手臂。通常马上就会有汽车停下来。有些汽车司机认识她，别的司机见她是位迷人的少妇，也会停下车。

有次父亲见她站在公路旁，就问：

"你在这儿干吗？"

"拦汽车，爸爸。进城最便捷的方法。"

"你认识汽车司机？"

"不认识。"

"那他们带你去？"

"你瞧着吧。"

她招了招手，一辆汽车停了下来。父亲看到这一幕，很是惊讶。

用同样的办法父女俩还一起进城了两次。老人家觉得，如果拥有汽车的人都带上没有汽车的人，那这个偌大的世界该是安排得多美呀。

一天晚上，保罗·蒙克想独自进城拜访他的一位老朋友。不一会儿，他就站在宽阔的公路上等车。还没等多久，一辆朝市区方向去的汽车由远而近地驶来。老人家不大有把握地挥挥手拦车，就像他看见女儿所做的那样。还真奇怪。汽车停下来了。

"请您把我送到城里去，好吗？"他问。

"很乐意，大爷。"

永/恒/的/经/典

"多谢了！"

"您过来！上来吧。"

车里没人，保罗·蒙克很满意。他坐在车上，为他成功的拦车感到自豪。

后来他跟女儿谈起了这事。

"他带你去了，爸爸？"

"是啊。这是一次极美的旅行。再好不过的是，他还问我上城里什么地方。我说：要是您让我在南大车站附近下车。那就太好了。他回答：没事，没事，我带您到您要去的地方。"

"请把您的地址告诉我。"司机说。

我给他看那张写着地址的便条：

"格贝尔大街18号三楼。"

"可惜我不能开车到三楼，"司机说，又微微一笑，"但我可以让您在格贝尔大街18号房子前面下车。"

这位好心人果真一直把我送到房子跟前。

"城里人中还有那么多好人！"我想着。

他下了车，为我打开车门，扶我下车。

"多谢！太谢谢您了！"

他看着我，忽然间，他根本不是用那种和善的口气对我说道："您谢我，这很好，可您得给我9马克80芬尼，数字显示在计程表上——我是出租司机……"

吻公主

（德国）汉斯·里鲍

我去北海休假。当天晚上，当我要喝一杯啤酒的时候，你猜我遇到了一件什么样的好事？——慈善募捐晚会。"上帝啊！"我对坐在我旁边的一个面相尖酸刻薄，胖得像柏油桶似的先生说，"我想，这恐怕不是举行什么舞会，倒像是要剥人皮的了。这个晚会所募得的款子将会装进谁的口袋？"

"在这样光明正大的场合是决不会剥人皮的，"那个柏油桶对我说，"您捐献的钱将用于美化海滨林荫大道。"我口袋里只有200马克，要用它来度过这20天的假期，所以无意为美化什么林荫大道去捐款。这时飘来了一位姑娘——我该怎么说呢，说她是一位貌美的妙龄女郎，倒不如说她更像是《一千零一夜》里的公主。啊，要是能跟这样一位女士说说话，然后跟她一起从这儿消失——哎呀，都想到哪儿去了！公主可没跟我说话，她朝那个柏油桶微笑着。柏油桶打了个手势，她就坐到了他的身旁。

我心里想，舞曲马上就要开始了，而公主就坐在我的桌子边，我要邀请她跳舞。大厅响起了欢乐的曲子，只见一位身穿燕尾服的先生站到了指挥台上。他大声说道："尊敬的来宾们，为了使本次活动能得到更多的捐款，我提议：我们从今天到场的女士中选出一位最美丽女士，而她有义务为本次活动拍卖一个吻。"大家一致赞同这个建议。

我们选出了最美丽女士。她是谁？当然只能是那位公主了！她羞得满脸绯红，微笑着走上了指挥台。那个穿燕尾服的真的开始拍卖她的吻。我抑制不住第一个站起来大声叫："3马克！"所有的人都望着我大笑。"5马克！"我重新报了价。"50马克！"那个柏油桶跟着喊道，他那表情真叫人厌恶，可我被他报的数字给吓着了。"60马克！"一个年轻人报道。"70马克！"跑堂领班紧跟在年轻人之后叫道。"80马克！""90马克！"此时那个柏油桶又站了起来："100马克！"全场静寂，"100马克第一遍！"穿燕尾服的先生宣布说，"第二遍，""第三遍……""200马克！"我吼声如雷。

乐声大起！"200马克第一遍，第二遍，第三遍！"我赢得了吻！公主站到了我的身旁，她就要吻我。要不是，要不是我产生了一个念头——那个念头，她一定已经吻过我了！我低下了头，吻了她的手背。

观众狂呼，乐声震天，跑堂领班流下了热泪，接着一切又都恢复了平静。公主向我微笑着说："我感谢您的骑士风度，可我不明白您为什么会做出这么不理智的举动？"

大厅一片死寂，大家都在静静地等待着我的回答。我只说了一句话，一句响当当的话："我仅仅是为了保护您不受那个柏油桶的玷污！""您真好，好极了！"公主用手指着那个柏油桶说，"请允许我介绍一下，他是我丈夫！"

上班的诀窍

（德国）路·库波赖特

"哈姆森先生。这是新来的同事诺伊鲍尔先生，先让他同您在一个办公室里办公。他需要全面了解这儿各部门的情况，请您多关照他，指点他，对他说明一切情况。"

哈姆森见老板信赖地把新同事托付给他，不禁受宠若惊，唯唯诺诺地说道："我一定照办。"

他同新同事离开了老板的办公室。

"喂，诺伊鲍尔先生，让我们来参观一下企业吧，这样您就会熟悉企业的情况了。"

"参观企业？"新同事不解地问道。

"是啊。要是我们坐办公室累了，想放松一下，到处逛逛，你就说参观企业。我们离开工作岗位，老板见了当然不会高兴，可我们总会找出一个理由的。"

"什么理由呢？"诺伊鲍尔饶有兴趣地问。

"您来学学吧。譬如，就说要商量和检查一些事情。当然有时确实是真的，有些事也可以检查两三次。不过您别忘了把文件夹啦、账簿啦、货单啦诸如此类的东西带在身边，做出办公事的样子。这一来，您就可以在仓库里待上几小时。我们私下里说说，有几个仓库保管员喜欢打牌，常常需要找个玩牌的伙伴。如此消磨时间，您觉得怎样？"

"真有意思。"诺伊鲍尔说。

"喏，这是您的办公桌。"哈姆森说，"这儿有咖啡，本来只能在休息时间喝，否则顾客来了，看见我们在喝咖啡，就会留下不好的印象，为此我们想出了一个专门的办法。您瞧，很简单：我们把办公桌右下方的抽屉腾空，抽出来，放上咖啡杯，人一来，马上关上。抽屉里铺了吸墨水纸，即使咖啡泼了出来，也没有问题。我们私下里说说，我们同样可以喝酒。当然在上班时喝酒是禁止的，这是大家都清楚的。不过有时有人过生日，或者觉得不畅快，需要提提神，那他就把酒杯和酒瓶也放在抽屉里。""这真实用。"诺伊鲍尔说。"还有一个内部的小秘密。您瞧，这扇门里有一个小房间，那是储藏室，谁也不会闯进去的。待在里面，倒也叫人感到挺舒服的。如果我们之中有谁喝多了感到不舒服，那他就干脆躺到里面的羊毛毯上睡觉。您可知道这句妙言：办公室里睡觉是最舒服的睡觉。当然，这是不能让老板知道的……"

"这我明白，"新同事说。

哈姆森真是一位乐于助人的同事，他把一切情况都说明了。"有一点提请您注意：如果您早上睡过了头，就千万别赶来上班，弄得气喘吁吁地跑来，倒可能会迟到几分钟，迟到给人的印象不好。您可以这么办：干脆打个电话来，说您在医生那儿看病，要来得迟一点。您与其迟来一刻钟，倒不如迟来三小时。您要去理发或者干诸如此类的事，也可照此办理。我们在上班时间理发，这是因为我们的头发也是在上班时间长长的。"

"这种见解是合乎逻辑的。"

"是啊，难道不是这么回事吗？您要是知道了这些上班的小诀窍，就能在这儿混得很好。"

"嗯，我已学到了各种诀窍，多谢您的关照。"

"嘿，这是我理应做的，我们是同事嘛。不过，您能对我说说，您是怎样搞到这份差事的？为什么要您熟悉各部门的情况呢？通常这儿雇的人只做某一件事。"

诺伊鲍尔说："要我熟悉各部门的情况，是因为老板一退休，我就要接替他。那位老板是我的岳父。"

雨 伞

（日本）川端康成

雾一般蒙蒙的春雨，虽湿不透全身，但沾在皮肤上，还能觉出湿润来。姑娘跑到门外，看见如约前来的小伙子打着伞，这才喊道：

"哎哟！怎么下雨了？"

小伙子将脸藏在伞内，这雨伞与其说是挡雨，倒不如说是他来到姑娘家的铺面前时，为了遮羞而打开的。

小伙子默默地将伞遮在姑娘的头顶上。姑娘只把一边的肩膀伸进去。小伙子见姑娘还淋着雨，很想请她靠近自己，可又没有勇气开口。当然，姑娘也很想一只手凑上去拿伞，但不知怎么的，却偏偏做出了要逃出伞外的样子。

俩人羞赧地走进一家照相馆。小伙子那当官的父亲要携眷赴别处上任，他们是来拍分别照的。

"请您二位坐到这边来吧。"摄影师指着一张长椅子说。小伙子不好意思挨着姑娘坐，便站在她的身后。为了想表示出他们俩身体的某一部分相依在一块儿，小伙子把扶在椅子靠背上的手指轻轻地碰着姑娘的外套。通过手指感觉到她那微热的体温，小伙子仿佛感受到了紧紧拥抱着姑娘时的温暖。

从此以后，每当看着这张合照时，他都会回味起她的体温来的。

"再来一张怎么样？"摄影师颇热情地说，"您二位最好是挨紧点，把上半身拍大些。"

姑娘点头不语。"你的头发是不是……"小伙子悄悄地对姑娘说。姑娘无意中抬头望了他一眼，顿时两颊绯红，明眸里闪烁出欣喜的光芒，她赶忙像孩子般温顺地到化妆室去了。

瞧见小伙子来到家门口时，她连理一下头发都顾不上便跑了出来。一头蓬松的黑发，像刚刚脱下游泳帽似的，姑娘为此感到不安。但是，在男子面前，她又过于羞涩，连拢拢头发的动作都做不出来，而小伙子又怕提醒这一点会使她难堪。

去化妆室时姑娘欢快的神态深深感染了小伙子，不一会儿，两个人就很自然地一块儿坐在了椅子上。

临走时，小伙子找起他的雨伞来，他意外发现，伞已经被先走出门口的姑娘拿在手里了。姑娘从小伙子的目光中突然醒悟过来，心里不由暗自一怔——无形中，她竟已把自己当成他的人了！

小伙子没有要回伞，姑娘也不大愿意交还给他。可是，不像来时那样胆怯，他们似乎一下子变成了大人，像一对夫妻似的走回去了。

雨伞在蒙蒙的雨雾中远去，远去……

父母心

（日本）川端康成

轮船从神户港开往北海道，当驶出濑户内海到了志摩海面时，聚集在甲板上的人群中，有位衣着华丽、引人注目的、年近四十的高贵夫人。有一个老女佣和一个侍女陪伴在她身边。

离贵夫人不远，有个40岁左右的穷人，他也引人注意：他带着3个孩子，最大的七八岁。孩子们看上去个个聪明可爱，可是每个孩子的衣裳都污迹斑斑。

不知为什么，高贵夫人总看着这父子们。后来，她在老女佣耳边嘀咕了一阵，女佣就走到那个穷人身旁搭讪起来：

“孩子多，真快乐啊！”

“哪的话，老实说，我还有一个吃奶的孩子。穷人孩子多了更苦。不怕您笑话，我们夫妻已没法子养育这4个孩子了！但又舍不得抛弃他们。这不，现在就是为了孩子们，一家6口去北海道找工做啊。”

“我倒有件事和你商量，我家主人是北海道函馆的大富翁，年过四十，可是没有孩子。夫人让我跟你商量，是否能从你的孩子当中领养一个做她家的后嗣？如果行，会给你们一笔钱作酬谢。”

“那可是求之不得啊！可我还是和孩子的母亲商量商量再决定。”

傍晚，轮船驶进相模滩时，那个男人和妻子带着大儿子来到夫人的舱房。

“请您收下这小家伙吧！”

夫妻俩收下了钱，流着眼泪离开了夫人舱房。

第二天清晨，当船驶过房总半岛，父亲拉着5岁的二儿子出现在贵夫人的舱房。

“昨晚，我们仔细地考虑了好久，不管家里多穷，我们也该留着大儿子继承家业。把长子送人，不管怎么说都是不合适的。如果允许，我们想用二儿子换回大儿子！”

“完全可以。”贵夫人愉快地回答。

这天傍晚，母亲又领着3岁的女儿到了贵夫人舱内，很难为情地说：

“按理说我们不该再给您添麻烦了。我二儿子的长相、嗓音极像死去的婆婆。把他送给您，总觉得像是抛弃了婆婆似的，实在太对不起我丈夫了。再说，孩子5岁了，也开始记事了。他已经懂得是我们抛弃他的。这太可怜了。如果您允许，我想用女儿换回他。”

贵夫人一听是想用女孩换走男孩，稍有点不高兴，看见母亲难过的样子，也只好同意了。

第三天上午，轮船快接近北海道的时候，夫妻俩又出现在贵夫人的卧舱里，什么话还没说就放声大哭。

“你们怎么了？”贵夫人问了好几遍。

父亲抽泣地说：“对不起。昨晚我们一夜没合眼，女儿太小了，真舍不得她。把不懂事的孩子送给别人，我们做父母的心太残酷了。我们愿意把钱还给您，请您把孩子还给我们。与其把孩子送给别人，还不如全家一起挨饿……"

贵夫人听着流下同情的泪：

"都是我不好。我虽没有孩子，可理解做父母的心。我真羡慕你们。孩子应该还给你们，可这钱要请你们收下，是对你们父母心的酬谢，作你们在北海道做工的本钱吧！"

乞丐世界

（日本）御园彻

一天大早，太郎被外面大街上的阵阵喧嚣吵醒了。

"怎么回事啊？"

太郎从窗子向外一看，"呀！怎么那么一大片……"太郎吃惊地瞪圆了眼睛。只见大街上好几公里远都铺着席子，有相当多衣着整齐的人跪坐在席子上，有节奏地喧嚷、乞讨着。

太郎从家里出来，按每日的习惯径自向学校的方向走去。最初，太郎想对道路两端跪坐着的乞丐表示无动于衷，可是。乞丐络绎不绝，喧嚷声不绝于耳。他感到诧异而为难，心中悒悒不快。没有办法，只好勉勉强强地往一个乞丐面前的空碗里，投进了一枚10元钱的硬币。于是那些演员似的乞丐们都起来向他行礼，并有节奏地齐唱起来：

"谢——谢！"

齐唱没完没了。

太郎感觉自己只扔进去10元钱，越发难为情。便又到一处投了一枚100元的硬币。于是那些乞丐的齐唱兴奋起来：

"谢——谢！"

齐唱还在继续。太郎觉得惶恐了，便又到一处扔过去一千元的钞票。于是乞丐们越发郑重地向他行礼，齐唱声更响亮了：

"谢谢——谢谢——谢谢！"

太郎接着又投进了一万元的钞票。乞丐们……

大概走了一个多小时。乞丐们的队伍露出尾巴了。可是，太郎只剩下了一身衬衣衬裤，也只好跟跟跄跄地走到最后面，与乞丐们坐在了一起。几分钟后，太郎的邻居一郎也因为慷慨施舍，只剩一身衬衣衬裤在太郎的旁边坐了下来。

一年后，有个经过地球的人马星座的宇宙飞船，向地球飞来。

"船长！无线电里正播放着美妙的声音。"通讯宇航员向宇航船长报告说。

"给我接地面的主要频道！"船长对通讯宇航员命令说。

通讯宇航员把旋钮调到了地面主要频道上。那种声音便在整个宇宙飞船中响着。

"谢谢——谢谢——！"

"谢谢——谢谢——！"

地球上传来一片乞讨声。

走钢丝

（日本）星新一

"我长得一点都不漂亮，这我清楚得很，你不用来瞎捧我。"住在这个房间里的女人说。她已超过结婚的适当年龄，而且长得也确实平常。

"不，你很美，美极了。这是从你心里透出来的真正的美。我恨不得马上跟你订婚。"

青年还是一个劲地赞美着，从刚才开始，他已经努力了好一阵子。他一无遗产，二无职业，但有副动人的外表，他就利用他美男子的天赋条件到处骗婚诈钱，他盯上了这个女人的巨额存款。好容易到了这个地步。

"您这样认为？"

女人的口气软了下来。青年心里暗暗高兴。有门！要加一把劲，又有一笔好久不见的大钱到手了。

这时，门外有人叫门了：

"开门。我是警察局的……"

青年一听是警察，大惊失色。难道是过去干下的那些事情败露了？见鬼！我这里眼看就要大功告成了。不过，要是在这里被抓住，那就什么都完了。他慌忙从窗口跳了出去。

这间房间在二楼，落地时他把脚脖扭伤了。

警察走过来扶起蹲在地上直哼哼的青年说："还好，没什么大伤，你的运气不坏。我们是来逮捕那个女人的。她一贯用巧妙的手段哄骗男人，跟他们订婚，劝他们加入人寿保险，然后伪装成事故将他们杀死。她干得次数实在大多了，钱也积了不少……"

人　质

（日本）星新一

夜幕将临。这里是街心公园的一角。若是在平时，从这里可以饱赏一番和平安宁的景色，可现在却不行了。四周枪声大作，弹丸携带着金属器的声响胡乱飞舞。枪声刚止，紧接着从警车扩音器里传来了威严的吆喝声：

"你被包围了，跑不掉。抵抗是没有用的。不举手出来，我们就要毫不留情地开枪了！"

在逃犯是个乘银行关门之际独自袭击并抢获巨款的强盗。警察把他追逼到此地。他已经成了网中之鱼，扩音器里的喊声似乎很自信地宣告了这强盗的末日即将来临。

平静了片刻之后，从丛林里传出声音：

"请等一下，不要开枪。"

"那好，你快举起双手乖乖地投降吧！"

"不，那可不行。"

"你胡说些什么？你想找死吗？要不然，我们就要开枪了。"

"不能开！"

"为什么？难道你还有什么理由吗？"

"当然有，我告诉你们，这里有人质。"

警察们一下子愣住了，谁也没吭声。真没有料到好不容易追赶到这里，会出现这种事情。强盗站了出来，以胜利者的骄傲的口吻大声说：

"来吧，你们还想打吗？谁敢开枪，这小孩也将与我同归于尽。"

那孩子从被抱着的样子看好像还很幼小。他用幼稚天真的声音，悲哀地哭诉道：

"喂，快救救我呵！我想回家去。"

听到这呼声，警队不敢前进半步，慌忙商量对策，又开始叫喊道：

"知道了。你这家伙真卑鄙。"

"也许我是卑鄙的。但是不这么做我就得束手就擒呀！"

"好了，别啰唆！快把孩子交出来，你不能伤害他。"

"别跟我开玩笑，这可办不到。我要离开这里"。

"行，这次就饶恕你。不过，你得先把孩子放了。"

"你们别把我当作傻瓜。交了人质后，你们能说，'喂，走吧'？我可从来没听说过这等便宜事。我才不会上你们的当呢。"

"那你说怎么办？"

"给我准备一辆摩托车，要备有足够的汽油，我就驾驶它脱身。我把孩子背在身上，你们如果从背后射击，子弹会打中他，还有，如果你们在摩托车上搞鬼，万一出了故障，就关系到孩子的生命，后果由你们负责。"

强盗详细地提出了要求后，那孩子又一次发出了悲哀的呼救声。事情到如此地步，警察已无能为力了，只得照办。

"我们满足你的要求。不过这孩子的安全怎么办？"

"不用着急。只要我脱了身，就不想伤害他，我是个强盗，可并不是杀人魔鬼。交还孩子的地点，我以后会用电话通知你们的。"

"你如果伤害了孩子，我们会布下天罗地网搜捕你。一旦抓住，会处极刑的。"

"这些我都明白，我只想携钱脱身，不想再罪上加罪了。"

"你可得守信用啊！"

警察叮嘱了一句后，就答应了他的要求，把一台引擎启动着的摩托车留了下来，警队向后撤退。强盗把包提在手上，飞身上车，全速冲出了包围圈。想开枪也不能了，因为他身上还背着孩子。

他终于消失在暮色茫茫之中了。逮捕虽然失败了，可是还好没出人命案子。

搜查本部正在焦虑地等待着电话，他果真会遵守诺言吗？万一有个好歹，不仅无法挽救，还要追究责任问题。

这里笼罩着一种难以忍受的、思绪纷乱的气氛。正当它达到高潮时，电话铃响了。一个警察飞步上前，抓起了话筒。不错，是那个强盗的声音。

"真感谢你们帮我脱了险。那台摩托车该怎么处理？作为奉送之礼，不还可以吗？"

"还是先说说孩子的情况吧。你得守信用交还孩子。大家都挺焦急呢。"

"那孩子的家属也焦急吗？"

"嗯，这么说来……"

搜查本部的警察都歪着脑袋纳闷了。想起来也是，迄今还没有一个人慌慌张张地跑来说，那是我家的孩子而要求认领。那么这人质是谁呢？

电话里传来声音：

"此人是不存在的，那是用橡皮制成的，吹足气后就会鼓起来。""你说些什么……""你知道我为什么要干强盗这勾当吗？因为我是个声带模拟艺人，而单凭这点雕虫小技是无法生活下去的。我想，你们会体谅这一点吧？""你真会行骗！""不，我是守信用的。我准备把人质邮寄给你们。"电话的声音又变成了刚才那孩子的声音。"我讨厌警察，好容易回来了，我可不想再去。"接着是一阵充满稚气的笑声。

强盗的苦恼

（日本）星新一

黑社会的强盗们聚在一起，商议着下一步的行窃计划。

"真想痛痛快快地干它一桩震惊社会又万无一失的大买卖呀！"一个歹徒异想天开地说。谁知这个集团的首领竟接着他的话爽然应允道："说得对！我也一直这么盘算着，现在想出了些眉目，大伙准备一下吧，我们要干活了。"

这一番话让强盗们吃惊不小，大家争先恐后地问道："究竟怎么干呢？"

"干咱们这一行的，大都将行动时间选在夜里，但由于四周太安静，下手时难免惹人耳目。这次我打算反其道而行之，出乎人们意料之外地搞它一家伙……"

"有道理，您到底不愧是咱们的头儿，想出的主意总是高人一筹。不过，如何下手呢？"

"光天化日之下，持枪闯进银行抢劫！"

首领的话恍若呓语，喽啰们不禁大失所望。

"别开玩笑啦，简直不着边际。照您说的去干，恐怕还没跨进银行的大门，就被抓去蹲监狱了。"

"蠢货！你们的脑子里怎么总少根弦。好了，听我来说端详……现在我们编写一个电视剧本，送给银行附近的交通警察，然后大家装扮成电视摄制组的工作人员，到银行去拍摄一个袭击银行的场面，这样银行方面毫无防备，必定给打个措手不及，到时候，大家只管动手抢钱，即使万不得已开了枪，警察也会无动于衷，只当作剧情所需而特意安排的音响效果呢。最后，大家听我的命令，一起撤退……"

首领的话音未落，喽啰们早已七嘴八舌地议论起来，只见一个个佩服得五体投地。

"高见，高见！妙不可言！"

"这下可以过大瘾了，伙计们，快着手干起来吧！"

强盗们弄来一辆面包车，在车身上写下电视剧摄制组的字样，不一会儿，电视摄影机也找来了，自然无须准备胶卷。待脚本印刷完毕，喽啰们将自己精心地装扮起来。有的扮作穷凶极恶的打手，有的扮成维持群众秩序的工作人员，最后一切准备就绪，首领一声令下，这个精心策划的计谋便开始付诸实行。

强盗们把车开到银行门口，握着手枪刚刚走出车门，在附近执勤的交通警察果然都围上前来询问，一个强盗赶忙给他们送上几份电视剧脚本并说明缘由。很好，他们就心照不宣不再追问了。

万事如意！没想到事情一开头便如此顺利，强盗们精神大振，相继冲进银行，大声喝道："银行诸君！我们是真正的强盗，赶快把钱交出来！谁敢乱动，马上要你的小命！"

谁知，计划到此却乱了阵脚，发生了意外。一个门卫突然嬉皮笑脸地凑上前来，打破了这里的紧张空气。

"先生们，我可以帮忙吗？你们来拍电视，我真的一点都不知道。上司真有意思，这种事也不先通知一下，好让职员们准备一下。要知道宣传工作是何等的重要啊，可他们……"

另一位青年顾客也挤上前来热心地说道："我是作家。你们刚才的那句台词不太合适，什么'银行诸君'简直像在发表竞选演说。另外'我们是真正的强盗'这种说法也欠含蓄，一下就把底亮给观众了。脚本是谁写的？下次让我来帮你们的忙。"

他拿出名片，絮絮叨叨地纠缠不休，强盗们好不容易才摆脱他来到窗口，在那里工作的一位姑娘慌忙立起身来说："什么时候播放呀？请签名留念。我也能上镜头吗？等等，让我再化妆一下……"

银行的女职员们纷纷离座，朝这边拥了过来。"嗳，把我们也拍进镜头吧，我们都是电影迷，挺在行的，不用排练啦！"

对这乱哄哄的场面，一个强盗不耐烦了，他忍不住扯起嗓门叫了起来："够了！这不是演戏，弟兄们，来真格的！"接着他扣动了扳机，子弹呼啸着飞向天花板，击碎了照明灯。

然而此举也并未奏效，一个男孩儿挤过来说："荷，真够劲！简直跟真的一样。"另一个人接上话又说道："大概天花板上的电灯里预先装进了火药，然后让它爆裂的吧，要是不知内情的人倒还真给唬住了呢！"

这时，这家银行的行长露面了。

"喂，先生们。你们能否再加上一个枪击玻璃的镜头？那是防弹用的特殊钢化玻璃。倘从侧面为我们作个宣传，将会提高顾客对本行的信赖……"说着，递上一个装有钱的信封。

"先生，让我们来扮演不屈服于强盗的威胁，饮弹而亡的光荣角色吧，拜托了！"男职员们也围拢过来请求着。

强盗们无奈，只好百般解释，可此时却没有一个人把他们的话当真。甚至连那几个最初帮助维持秩序的交通警察也苦苦哀求道："让我们来扮演捉拿强盗的警察吧，这样或许能使电视剧表现得更逼真，更扣人心弦。先生，您知道，如果我们远在家乡的父母能在电视屏幕上看到自己的儿子，该有多么高兴啊！"

事情闹到如此地步，料到难以收场，强盗首领站出来，愤愤地大声吼道："大家听着，今天暂停拍摄，回去修订脚本，改日再来重拍！"

强盗们狼狈地撤出现场，一个个牢骚满腹。

"想不到会弄出这么个结局来，当今社会准保出毛病了。从来没见过这么多无法无天的人！"

忍到最后

（日本）久保裕一

　　一个年轻美貌的少女一只脚跨过桥的栏杆正要往桥下跳时，一个老头儿正好由此通过。老头儿双手抱住少女的腰使劲把她从栏杆上拽下来。

　　"唉，你这姑娘，再晚一步你就完了！你为什么这么急着去死呢？""请你放开！我没法活下去了。我所爱的男人抛弃了我，他是我有生以来第一次爱的男人，我爱他不惜生命。你别管我，让我死吧！"

　　"为失恋这么点小事就要死要活的，值得吗？你好糊涂哇！"

　　"谢谢您的好意。您根本不明白我爱他有多深。求您了，放开我！"

　　"真是年轻……只知道自己爱得深，爱得至高无上。是初恋吧。"

　　"……"

　　"过去，一般都认为初恋时的爱是纯洁的爱。岂不知，人生一世爱与被爱的机会多得很。"

　　"不过，我认为像我们这样纯洁的爱不会再有了，还是让我死吧。"

　　"如果都像你这样，第一次失恋就自杀，那这个世界上的人怕是早就死绝了。还有这么多人活着是因为人们都会忍耐。忍耐忍耐吧。时间的推移也许会医治好你心灵的创伤。"

　　"……"

　　"你就全当我在骗你，听我给你说说好吧。我今年95岁了。在我16岁时，有过一次疯狂的初恋。和你一样，我爱她爱得要死要活的，后来她离我而去，我为此曾几次想到自杀。"

　　"怎么，老爷爷您也……"

　　"是的，不过时间一定会医治好失恋的创伤。你得忍，忍到最后。我就是这么忍受过来的，而且我的心灵上的创伤得到彻底的医治。总有一天，你会觉得对方没什么可人的地方，何必为情而自杀。这是我作为你的长辈、作为一个过来的人要告诉你的话。世界上没有永恒不变的爱。从某种意义上说这是悲剧不过……"

"噢……听了老爷爷的话，心情倒是舒畅了许多。"虽然我至今还在恋慕他，常为得不到他的爱而痛苦，不过我相信老爷爷的话，用不了多久我心灵上的创伤会医治好的。"

"那当然了。"

老头儿见少女冷静下来，便松开了双手。

"顺便问一下，老爷爷16岁那年失恋所留下的创伤是什么时候医治好的呢？"

"嗅，那，那大概是去年的春天吧。"

老头儿仰望着天空感慨万千地说道，然而，话音未落，只听扑通一声，桥的水面上泛起一朵水花。

老 两 口

（日本）都筑道夫

他一进门，就迎出来一个白发老头。青年推销员恭恭敬敬鞠了一躬。"喂，喔，可回来了！你毕竟是回来了。"老头脱口而出，"老婆子快出来，儿子回来了，是洋一回来了。很健康，长大了，一表人才！"

老太太连滚带爬地出来了。只喊了一声"洋一！"就捂着嘴，眨巴着眼睛，再也说不出话来。推销员慌了手脚，刚要说"我……"时，老头摇头说："有话以后再说。快上来，难为你还记得这个家。你下落不明的时候才小学六年级。我想你一定会回来，所以连这个旧门都不修理，不改原样，一直都在等着你呀。"

推销员实在待不下去了，便从这一家跑了出来。喊他留下来的声音始终留在他的身边。"大概是失去了独生子。悲痛之余，老两口都精神失常了吧？倒怪可怜的。"他想着想着回到了公司，跟前辈谈这件事，老前辈说："早告诉你就好了。那是小康之家，只有老两口。因为无聊，所以这样作弄推销员。"

"上当了！好，我明天再去，假装是儿子，来个顺水推舟，伤伤他们的脑筋。"

"算了，算了吧，这回又该说是女儿回来了，拿出女人的衣服来给你穿。结果，你还是要逃跑的。"

意见簿

（俄国）契诃夫

这本意见簿放在火车站一张专门制作的斜面桌里。桌子的钥匙由一名铁路宪兵保管。其实，根本用不着什么钥匙，因为这张斜面桌任何时候都是开着的。让我们把这本意见簿翻开来读读吧：

"仁慈的先生！请写上几个字试试您的新笔吧！"

下面画着一个长鼻子、长着一对角的小脸蛋。小脸蛋下边写着：

"你是图画，我是肖像；你是畜生，而我不是。我是你的嘴脸。"

"乘车到达本站，望着窗外的自然景色，风把我的帽子刮跑了——伊·亚尔芒金。"

"谁写的我不知，看了它我像个白痴。"

"科长戈洛夫罗耶夫给人留下一个自命不凡的印象。"

"我向长官控告售票员库奇金对我老婆行为粗鲁。我老婆根本不吱声，相反，她竭力让一切都私下了结。至于宪兵克利亚特文，粗暴地揪住我的膀子。我住在安德烈依·伊万诺维奇·伊舍耶夫的庄园里。他了解我的品行——事务员萨莫卢奇舍夫。"

"尼坎德罗夫是个社会党人！"

"在岂有此理的行为的强烈影响下……（删去）乘车经过本站，我对下述事情感到极端愤懑……（删去）我亲眼目睹下述岂有此理的事情，它鲜明地描述了我们铁路上的制度……（除签名外，下面全部删去）。库尔斯克中学七年级学生阿列克谢依·祖济耶夫。"

"在等候火车开走的过程中，我观察了站长的面相，我对他的面相感到非常不满。谨此向全线宣布——一个永不发愁的避暑客。"

"我知道这是谁写的。这是姆·德写的。"

"先生们！一个骗子手！"

"宪兵太太昨天跟食堂老板到河对岸去过。愿万事如意。别难过，宪兵先生！"

"路过本站肚子饿了，指望买点什么吃吃，但连清汤都找不着——济亚康·杜霍夫。"

"给什么就吃什么吧。"

"谁拾得一只皮烟盒，请送交售票房安德烈依·叶哥雷奇处。"

"由于把我解雇，似乎因我酗酒，那我宣布，你们尽是骗子手和小偷——报务员科兹莫捷米扬斯基。"

"要积善积德以使自己愉快。"

"卡金卡，我疯狂地爱您！"

"请别在意见簿上写些毫不相干的事——代理站长伊万诺夫第七。"

"尽管你是第七，然而是个混蛋。"

玛 莎

（俄国）屠格涅夫

许多年以前，我住在彼得堡时，每次雇街头马车，我总要和马车夫聊聊天。

我特别喜欢和夜间的马车夫谈话，他们都是近郊的贫苦的农人，赶着拉着上过赭色油漆的小雪橇羸弱的瘦马，来到京城，希望挣些糊口的费用，凑些钱还地主们的代役租。

那一天，我就雇了一个这样的马车夫——他是个20岁光景的小伙子，身材高大，体格匀称，仪表堂堂。他有一对蓝色的眼睛，红润的面颊，他那一直戴到眼眉边的带补丁的帽子下边，露出卷成一个个小圈圈的淡黄色头发。而且，他那魁伟的肩膀怎么能穿得上这么一件褴褛的厚呢上衣！

然而，马车夫那漂亮的、没有胡须的脸上，露出悲伤和郁闷的神情。

我和他攀谈起来。从他的话语里，也听得出他的悲伤。

"怎么啦，兄弟？"我问他，"你为什么不愉快？难道有什么不幸吗？"

小伙子没有马上回答我。

"是的，老爷，是的，"他终于说道，"再没有什么比这更不幸的了。我死了妻子。"

"你爱她……爱自己的妻子吗？"

小伙子没有回过头来看我，他只是低下头。

"我爱她，老爷。已经过去7个多月了……但我还不能忘掉。我心里难过……真是啊！她为什么竟会死去呢？她年轻！健壮！仅仅一天工夫，她就给霍乱病夺走了。""她待你好吗？""唉，老爷！"贫苦的农人沉重地叹了口气，"我和她在一块儿生活得多么和睦啊！她死时我不在家。所以，我突然在这儿听到这个消息时，人们已经把她埋掉了——我立刻赶回村里去，赶回家里去。等到我回来，已经是半夜啦。我跨进自己的小木屋，站在屋子中间，就这样小声地说：'玛莎！玛莎呀！'只有蟋蟀的吱吱叫。我不觉哭起来，坐在小木屋的地板上——还用手掌拍了一下地板！我说：'你这贪得无厌的东西……你吞噬了她……也把我吞噬掉吧！唉，玛莎！'"

"玛莎！"他突然压低嗓子又叫了一声。他没有放松手里的缰绳，用手套揩了揩眼泪，抖了抖它，放到一边，耸了耸肩膀——就再也没有说一句话了。

我跳下雪橇时，多给了他剩下的15戈比。他深深地向我鞠了一躬，双手抓着帽子——随后踏着街上空荡荡的雪地，在一月严寒的灰白色的雾里，小步慢慢地挣扎着走去。

幸　福

（俄国）亚·伊·库普林

一个伟大的国王命令他国家里所有的诗人和智者都到他跟前来。他问他们：

"什么是幸福？"

"幸福是，"第一个急忙回答，"能一直看见您那非凡的脸上闪烁着的光辉和永远感到……"

"把他的眼睛挖掉，"国王漠然地说，"下一个！"

"幸福就是行使权力。您作为国王是幸福的！"第二个高声叫喊道。

但国王苦笑着回答：

"可是痔疮使我很痛苦，我无法行使权力治好它。割去他的鼻子，这坏蛋，下一个！"

"幸福是拥有财富。"第三个结结巴巴地说。

但国王回答说：

"我很富有，可我仍然要问这个问题。一块跟你脑袋一般重的金锭能使你满足吗？"

"噢，陛下！"

"你将得到它。拿一块像他脑袋一样重的金锭系在他的脖子上，然后把这个乞丐抛到海里去！"

国王不耐烦地喊道：

"第四个！"

这时，一个衣衫褴褛、眼睛滴溜溜转的人，肚子贴着地爬过来喃喃地说：

"啊，大智大慧的人！我的需要不多。我饿了。给我吃个饱，我就幸福了。我将在整个宇宙里歌颂您。"

"喂饱他，"国王厌恶地说，"等他胀死了来告诉我。"

接着又上来两个人。一个是大力士，肤色红润，前额低窄。他叹了一口气说：

"幸福在于创作。"

另一个是脸色苍白，身材消瘦的诗人，面颊上有着点点红斑。他说：

"幸福在于健康。"

国王伤感地说：

"如果我有权力将你们的命运加以改变的话，你这位诗人，一个月后将会向诸神乞求灵感；你这个赫克里斯般的人物，就会到医生那儿乞求减轻体重的药丸。平安地去吧。还有谁？"

"幸福就是死亡！"戴着水仙花冠的第七个人骄傲地说，"幸福是不存在的！"

"砍去他的脑袋！"国王懒洋洋地说.

"陛下，陛下，开恩！"死囚嘟哝着，脸色变得比水仙花瓣还要白。"我要说的不是这个意思。"国王厌倦地挥了挥手。打了个哈欠，简短地说：

"把他拉下去，砍掉他的脑袋。"国王的话像玛瑙一样硬。

又来许多人。其中一个只说出了下面几个字：

"女人的爱情！"

"很好。"国王同意道，"从我国内挑选一百名漂亮的女人和姑娘给他。同时给他一杯毒药。到时候就来告诉我，我将去看看他的尸体。"

还有一个人说：

"幸福在于能立刻满足我的每一个愿望。"

"你现在需要什么？"国王狡黠地问。

"我？"

"是啊，你。"

"陛下，这问题提得太突然了。"

"把他活埋了。啊，又来了一个聪明人？唔，唔，走近一点……也许你知道什么是幸福？"

这个聪明人——他是一个真正的智者——回答道：

"幸福在人的思维魅力里。"

国王的眉毛颤动了一下，他怒吼起来：

"啊！人的思维！什么是人的思维？"

这个聪明人——因为他是一个真正的智者——只是怜悯地微微一笑，并不回答。

国王下令把他关进地牢，那里永远一片黑暗。听不见外面的任何声音。一年后，当人们把这个囚犯带到国王面前时，他已变得又盲又聋，双腿几乎站不住了。国王问他："怎么样？你现在感到幸福吗？"

聪明人心平气和地答道：

"是的，我是幸福的。在牢里，我是国王，是富翁，是穷人，是饱汉，也是饿汉，这一切都是思维赐给我的。"

"那么思维是什么？"国王不耐烦地大声叫道，"记住，五分钟后我要把你吊死，还要往你那可恶的脸上吐唾沫，到那时你的思维能为你消灾解忧吗？还有你在地球上滥用过的那些思维将会在哪里安身？"

聪明人心平气和地答道，因为他是一个真正的智者：

"傻瓜！思维是永存的。"

邻 居

（俄苏）邦达列夫

两位退休的老头儿在一栋楼里分到了一套两居室的住房。他们不谋而合地在同一个时间搬了家，就在新居的楼梯平台上相互作了自我介绍，心里感到非常满意，因为他们从前都是孤身一人，没有亲友，从今以后有人朝夕相伴，就不会寂寞地熬过迟暮之年了。

于是，两人决定先安置好家具，然后按照老年人的习惯来共庆乔迁之喜。他们在附近的食品店买了瓶红葡萄酒、一瓶矿泉水和一些简单的小菜。两个老头儿坐在散发着油漆气味的厨房的餐桌旁边，喝完了第一杯，又干了第二杯，这时才开始仔细地打量对方。接着两人惊呆了，默默无言地坐着，过了一会儿，突然都哭了起来。

一个老头儿以前是法院侦查员，而另一个老头是他审讯的对象，后来被判了刑，过了多年的囚禁生活。

梦

（俄苏）鲍·克拉夫琴柯

维罗尼卡做了一个梦……

梦见她好像光着脚，披着发，沿着一条洒满金色沙子的宽阔大路跑着。她跑过镶着五颜六色玻璃的摩天大楼，幸福得喘不过气来，高声叫道，她爱人，也被人爱。梦见窗子都敞开着，人们在阳光下眯缝着眼睛看她，祝她幸福。而她跑呀，跑呀，脚下已不是大路，而是绿色的田野，朝她迎面走来的正是他。梦见好像她跑近他，停止脚步，听见自己的心脏在胸膛里高兴地跳着，也听见他狂喜的声音："维罗尼卡，你今天多漂亮啊！"梦见好像他上下打量自己，看到自己穿了一件浅蓝色的无袖长衣，衣服上面有各种颜色的小蝴蝶翩翩飞舞。她感到他怜爱地拥抱她，吻她。她感到他的嘴唇火热，散发出一股三叶草的甜味。她陶醉在这幸福之中。头顶上响起了悦耳的丁零声，她抬起头看到一对订婚戒指从天上垂吊下来，发出一阵阵的叮铃声……她刚要伸手去拿，就听到一个忧郁的声音："这是梦，是梦……""怎么是梦？！"她惊慌地问。"为什么是梦？"她把手按着胸口低声说道，一面看着她的心上人慢慢地像晨雾般消失了。"别走，别走……"

她哭了起来。哭得既痛苦又伤心，她还从来没有哭得这么伤心过。

忽然就在旁边令人可恼地响起了丁零声，传来使人不愉快的熟悉的声音：

"你拼命似的一个劲儿嚷嚷什么呀？"

她害怕地睁开眼睛，开始的瞬间什么也弄不清楚。等到弄清楚是闹钟在响，而自己正睡在丈夫旁边，并且天已经亮了。她不禁轻轻地呻吟了一声。她很想再回到梦中去，但是梦已经消失，什么也没留下，只有一双哭过的眼睛，它说明确实有过这样一个梦，还有对遥远的少女时期幻想的回忆，这回忆甜蜜得叫人心都痛了……

预 演

（俄苏）顿巴泽

我们是老同学，当时我俩并排坐在最后一排课桌。当老师转身在黑板上写字的时候，我们常在一起冲着他的后背做鬼脸。我们还一起参加期末补考。

这是15年前的事了。15年来我们一直没有见过面。今天，我终于怀着激动的心情登上了四层楼……

"不知道他是否还能认出我来？"我心里暗想。我毅然按了一下电铃。

"不怕烂掉你的臭爪子。可恶的东西！震得整个房子嗡嗡响。什么时候你才能改掉这个坏习惯？"里面传出一阵叫骂声。

我羞得满面通红，连忙把手塞进口袋。前来开门的是一个淡黄头发的女孩，看上去约莫有八九岁。

"努格扎尔·阿马纳季泽在这儿住吗？"

"他是我爸爸。"

"你好，小姑娘，我是绍塔叔叔，你爸爸的老同学。"

"噢，您请进来吧……玛穆卡！爸爸的同学绍塔叔叔来了。"女孩朝里边喊了一声，领着我向屋子里走去。

迎面冲出一个6岁左右的小男孩，浑身是墨水污迹。

"你们的爸爸和妈妈在家吗？"

"不在。他们很快就会回来的。"

"你俩在做什么呢？"我问。

"我们在玩'爸爸和妈妈游戏'。我当爸爸，姆济娅当妈妈。"玛穆卡对我说。"你们玩吧，我不妨碍你们。"我一边点着烟，一边坐在沙发上。

"不知道努格扎尔过得怎么样？生活安排得好不好？是不是幸福？"我寻思着。

孩子们尖利的喊声把我从遗想中唤醒过来。

"喂，孩子他妈！今天做什么好吃的？"玛穆卡问道。显然是模仿某个人的腔调。

"吃个屁！我倒要问问你，我拿什么来做饭？家里啥也没有！"

"你的嘴可真厉害！骂起人来活像个卖货的娘儿们！"

"你怕什么！在饭馆一坐，就能吃个酒醉饭饱……可我怎么办？"

我登时出了一身冷汗。

"昨天夜里你跑哪儿逛去了？说！"姆济娅提着两个小拳头，叉腰站着。

"你管不着！"

"什么，我管不着？好吧，我叫你和那帮婊子鬼混？"

"你疯啦？！"

"我受够了！够了！今天我就回娘家去！孩子统统带走！"

"不准动孩子，你自己爱上哪儿就上哪儿！"

"没那么简单！"

"把儿子给我留下！"

"不行，我已经说了！"姆济娅高声说道。

"你听着：把儿子留下！要不然……"玛穆卡拖起枕头。一下子砸在姆济娅身上。

"好哇，你敢打人？畜生！"姆济娅抢起洋娃娃。狠狠地打在弟弟头上。她打得是那样厉害，玛穆卡的两眼当即闪出了泪花。

我跳起来把他们拉开。

"孩子。真不知害臊。这是什么游戏哟！"

"放开我，尼娜！"姆济娅突然朝我喊道。"你们这些邻居不知道他是什么玩意儿！我整天受他的气，设法跟他过下去，我的血全被他喝干了，可恶的东西！你们瞧，我瘦成什么样子！"姆济娅用纤细的指头戳她那玫瑰色的脸蛋儿。

"别信这个妖婆的话！"玛穆卡冲我说。

"不要吵了！"我实在控制不住，向他们大吼了一声。孩子们恐惧地盯着我。我喘过一口气，勒令两个孩子向我发誓，保证往后不再扮演他们的爸爸妈妈，然后便步履蹒跚地离开了这个家。

"看来，我的朋友生活得满快活的！"我一路想着姆济娅和玛穆卡。他们在我面前表演了一幕未来家庭生活的丑剧。

妹　妹

（苏联）伊·涅亚钦科

我知道我的同事有一个妹妹，因为她来克里米亚休假已经不止一次了。但不知为什么她从来不叫他谢尔盖，而是叫他维克托。"这是怎么回事？"有一次我问他，于是他给我讲了下面这个动人而又带点戏剧性的故事。

1941年秋天，他还是个15岁的小伙子，刚加入共青团便被疏散去大后方。扎波罗什地区一个集体农庄的财产也同车运走。

他说："沿途遇到好几次轰炸。损失惨重。我听天由命，最后来到了克拉斯诺沃德斯克，是一辆'塔吉斯坦'运货车把我们从马哈奇卡送到这里的。我刚下货车，突然，街上一个妇女哭喊着冲我扑过来：'维克托！维克托！我的孩子呀！……'我说：'我是谢尔盖，您认错人了。'可她还是一个劲地叫我维克托。旁边站着另一位妇女，怀里抱着一个小女孩，她向我解释道："你长得很像我们的维克托。一天夜里，在马特维耶夫山山岗附近我们把他弄丢了，列车遭到轰炸，这是我们到达塔干罗格市之前发生的事。"

她们情绪渐渐平静下来，随即便要求我照张相。她们既没有维克托的身份证，也没有维克托的照片，无论是为了寻找维克托，或是为了纪念他，她们一无所凭。但我无论如何也不能掉队，要跟上大人才行，因而没有同意她们的请求。于是那个抱着小女孩的妇女把我拉到一边，向我作了最后一次请求，她说："他已经死了，我和他坐在同一节车厢里，他母亲，也就是我姐姐，还不知道他已经不在人世了，请您别拒绝我们吧。"

"我们找到了照相馆，摄影师咔嚓一下给我照完相，我马上就跑了，后来也就忘了那件事。可是，过了很多年后，突然从家乡来了一封信，信上说：有个叫什么安尼亚的妹妹在找你，我们把你的地址给了她。很快我就收到了一封加急信件，里面有一张信笺，还有我那张相片——真是怪事！字迹我并不认得，信中写道："这张相片放大挂在我们家里。妈妈说，这是我哥哥维克托，我们应该找到他，妈妈一直到去世时都在等他。不久前，我姨妈也离开了人世，在她留下的书信中我找到了一张与我们家里那张一模一样的相片，但背面却写着："谢尔盖·卡尔来柯，1941年摄于彼德罗夫卡。"我寻找遍了整个彼得罗夫卡，好不容易才找到了您。请您告诉我，您究竟是不是我哥哥？或者，您认识我哥？"这时我才想起了那件遥远的往事，并写了一封信给安妮亚，告诉她，在她还是个三岁小女孩时，我便认识她了，维克托已不在人世……但她有个哥，这就是我。从那以后，安妮亚就成了我的小妹妹。

指路星

（苏联）伊·涅亚钦科

我邻床的一位病友，年纪很轻，每到夜晚熄灯铃响以前。总要走到楼外去，说是"有约会"。约莫过了20分钟才回来就寝。病友们都以为这是青春期的怪癖。但有一次，我看见他在疗养院庭院里黑暗的林荫道上，仰头观望布满群星的夜空。

"你在这里观察什么？"我忍不住问道。

"和爱人相会。"他简单而愉快地回答。他感到我有些迷惑不解，便接着说：

"我和妻子有一颗指路星。您看见这颗织女星吗？我的妻子斯韦特兰娜现在也在仰望它，我们仿佛在互相交谈哩。我们已经习惯这样做了，我是一名海上渔民。因此很少在家。我们给女儿取名叫韦加。"

他沉默片刻后微微一笑，又补充说："这颗星是父母在我们结婚的那天晚上赠送给我们的。我的父亲是一位地质学家。当年他整个夏天去远方进行勘探。为了能'相会'，他和妈妈约定，每天晚上在同一时刻仰望织女星，寄托相互的思念。这样。'织女'就成为他们的指路星了。现在我们也和他们一样。"

诚实致富记

（荷兰）埃·赞特涅夫

我的外祖父是个和蔼可亲的人。可是当初造物主分发智力的时候，他准是不在场。我直到现在还奇怪，靠他挣得的那么一点钱，外祖母怎么能维持一家人的生活。

从前我们一家大小都挤在一幢小房子里，一个个骨瘦如柴。我们孩子吃起饭来从来不用大人哄！实际上我每次从母亲那儿吃过午饭之后，总要到楼上外祖母那儿再吃上一顿，然后去看望伯莎姨妈。她和我们仅隔几个门。这样我就可以在她那儿再找补点儿。

我还是在十五岁那年到城里一家店铺当了学徒以后，才尝到熟苹果是什么味道。在那以前，村里的苹果总是熟不了——因为它们没这个命啊。那些苹果可真酸，酸得我们的眼泪直淌，但现在的苹果吃起来再也没有从前小小的青苹果那样津津有味了。

整个童年时代只有一次我算是吃得心满意足：那天伯莎姨妈忘了锁碗柜，谁知被我发现了炸面圈，我一下子偷走并吞下了二十二个。打那以后，他们从来没有忘记这事，也不肯原谅我。几年过后，每当我回家团聚时，还总有人大声嚷嚷："当心炸面圈。"

有一天，财神爷突然冲着外祖父微笑了，你也许可以想象这对我们来说意味着什么。他乘的火车出了车祸。

假如你有幸也遇到一次车祸，而又没有送命的话，那么谢天谢地，你就不愁吃和穿了：铁路局要付赔偿费了！那些走运的乘客完全懂得该怎么办。他们开始呻吟，在地上打起滚来，等待医生和担架到来。

只有外祖父没这么做！

他的饭量比我们全家人加起来还要大，有生以来从不放过一餐饭。当然现在他也不愿破这个例。不会的，先生。他是不会因为区区事故而少吃一顿的。于是他砍了根结实的树枝作拐杖，一路走回家——足足走了三小时！

这时，火车出事的消息已经传到村里了，电报说"无人死亡"。

外祖父果然大步流星、风尘仆仆地走了回来。虽然走了长路，显得有点累，可仍旧手脚利索，笑容满面，因为他恰好赶上吃午饭。见此情景，我外祖母脸上表情的变化简直难以描述。起初她见丈夫安然无恙地回来了，心里的一块石头总算落了地，接着这种宽心的情绪里滋生了一丝怒意，最后变成了勃然大怒。

外祖父错过了一个千载难逢的发财良机！

因此，她旋风扫落叶似的行动起来。还没等外祖父弄清是怎么回事，她就剥掉了他的裤子，把他按倒在床上，尽管他苦苦哀求，都无济于事。外祖母把一块湿毛巾搭在他头上，母亲找采了油——我们家仅有的药——蓖麻油。

外祖父恐惧地叫着，使劲缩进被窝去。可是母亲还是照样捏住他的鼻子，把蓖麻油一股脑儿灌进了嘴里。可怜的老头！其实他所要的不就是一顿饭吗？但是，一旦他的妻子和女儿下了决心，不管是他还是别的什么人，又能有什么办法呢？

忙完了这阵"护理"，她们就派一个孩子去请医生。一会儿，医生来了，给外祖父作了全面检查。医生正要祝贺他健康状况完全正常，母亲突然出来干预了。

我母亲坚定地朝医生面前一站，昂首挺胸，那个子足有四尺十寸高呢！她毫不含糊地告诉医生说，外祖父遭到严重撞击后得了脑震荡，而且神志完全失常，要不然怎样解释他竟放弃了这个千载难逢的机会呢？医生是不是另有解释？啊？

医生向母亲那神色坚定而又严厉的脸上瞥了一眼。他曾和我母亲打过交道，领教过她的厉害，所以只得退让三分，按母亲的话写了诊断书后，走掉了。

接着她们就耐心等待。两个女人竭尽全力将外祖父安顿在床上，仔细地教他在铁路上来人的时候要说什么，不说什么。而外祖父则调皮地点点头，答应和他们配合。

你在床上放过鳗鱼吗？外祖父就活像条鳗鱼，不时地溜下床来，弄得娘儿俩毫无办法，最后只好把他的裤子给藏了起来。但他却买通一个孩子替他找来了裤子，因此还是下了床。

就在他下床之际，突然外面响起了一阵等待已久的喧闹声。透过窗户，我们看见了那些铁路调查员，全村老小毕恭毕敬地跟在后边，想看看有什么结果。

慌忙中，外祖父连同他的裤子、靴子等穿戴统统被塞进了被窝，被子一直拉到他的下巴，帐子也放了下来，那只蓖麻油瓶子放在床上最显眼的地方。然后调查员才被请进屋来。

一开始事情就很清楚，外祖父早把她们反复嘱咐的事给忘得一干二净了。他微笑着表示欢迎贵宾们的到来，接着就向他们庄严大方地说了几句恭维话，然后又把话题转到天气和庄稼上。好不容易医生才插上嘴问他究竟哪儿受了伤。这时，母亲指着自己的脑袋拼命向他提示。

"啊呀！"外祖父带着天使般的微笑说道，"我的伤只要给我十万盾，就可治好了。"

母亲当场就晕了过去，外祖母则尖叫着冲出屋去。这可苦了那几位赔款调解人，他们笑得前俯后仰，半天直不起腰来。

他们好不容易忍住笑，设法使我那可怜的母亲苏醒过来，然后就给了外祖父五千盾——这一下外祖父成了村里最大的财主！可是直到临死，他都没弄清，他们为什么要给他那笔钱。

一个爱情故事

（瑞士）克·卡文

在窗子底下唱情歌或者大喊大叫，弄得满城风雨，不用说，我们这儿不兴这一套。

两个人你来我往，如此而已。噢！当然了，免不了有时候会看到两个身强力壮的小伙子像两只公鸡一样地一阵恶斗，但是这并不能赢得人们对他们的尊敬。

并非人们没有感情，不是，而是人们宁愿不显山，不露水，把事情藏在心里，慢慢地琢磨它的味道。

好几年以前，阿尔贝死了女人，她给他留下一个16岁的儿子。雷阿死了丈夫，身边也有一个和阿尔贝的儿子年龄相仿的小子。阿尔贝和雷阿是在合唱队里认识的，因此雷阿下午经常到阿尔贝那里去。这事神不知鬼不觉地过去了许多年。两个孩子找了老实的姑娘结了婚，并且两个姑娘是表姐妹。他们经常一起出去玩，一起去采花，采蘑菇，一个邀请父亲，一个邀请母亲，全然不知两位老人彼此之间的熟悉程度超出他们的想象。

两年以后他们才发现他们彼此有意，阿尔贝和雷阿结果什么都承认了。还说他们正想组织个家庭。孩子们打心眼里高兴，两个老人于是想应该把事办了。又拖了几个月之后，他们去登结婚启事。

可就在这个节骨眼上，阿尔贝却一下病倒了，还病得不轻。婚礼只好推迟了。后来虽然阿尔贝病好了。但他却不谈结婚的事。雷阿也没有任何表示。等他们再次决定要结婚的时候，两人都已经70岁了。孩子们有些在暗中笑他们了。他们又去登结婚启事。

又在这个节骨眼上，离婚礼还有一个星期的时候，雷阿的哥哥去世了。自然服丧期间是不能结婚的，何况雷阿甚感悲痛。这么大年纪，别人的死会对她有压力。至少是个信号。结果像上次一样。结婚的事又放下了。等到孩子们费尽九牛二虎之力说服他们同意结婚的时候，阿尔贝已经85岁了。可是两个老人却热情不高。

"噢！你们不知道，这事拖了45年了，你们想……"

话是这么说，可他们还是去登了结婚启事。

这又是一个节骨眼，结婚那天上午，他们忘了，没有去参加婚礼。从那天以后，他们再也不愿意提结婚的事了。

阿尔贝活到了92岁，死于一场事故。那是春天的一个早晨，他早早地起了床。来到铁路的路基上，他没有听见日内瓦到苏黎世的快车到来。当人们把他抬起来的时候，他为雷阿采的紫罗兰飘落了一地……她只比他多活了半个月。

我跟您说，乡下的人并非没有感情，他们只不过把它藏在心里罢了……

俄勒冈州火山爆发

（瑞士）瓦·弗洛特

"喂，是得克萨斯信使报吗？我是贝德尔·史密斯。请立即记下：我永远难忘的俄勒冈州的这场经历，火山爆发……"

"怎么回事？"新来的编辑沃克问道，"喂，喂，接线员！"

"通往俄勒冈州线路突然中断了，"电话局总机报告说，"我们马上派故障检修人员出发检查。"

"大概要多久？"

"哦，您得作好一两个小时的打算。您知道，线路是穿过山区的。"

"完了！"沃克沮丧地说道，并沉重地跌坐在他的软椅上。

"什么叫完了？！"主编怒气冲冲地说道。

"您是一名记者还是一个令人丧气的半途而废的家伙？！您不是已经收到报告了吗：俄勒冈州地震！这一消息我们起码比民主党人报和先驱报早得到一小时。这一回我们可要打他们一个措手不及了……今天下午当我们独家登出俄勒冈州地震的现场报道时，他们会嫉妒得脸色铁青的。"

他从书柜里取出一卷百科全书。"我要让您看看这事该怎么做！埃丽奥尔，请您作好口授记录的准备！现在，您这个也算是记者的人过来瞧瞧吧！这儿：俄勒冈……海岸地带……山脉……有了：道森城这一带有几座已经熄灭的火山……"

"噢，看来是这里，您把地图拿过去，抄下四周区镇的地名。"他跳了起来，猛地拉开通向印刷车间的门。

"希金斯！您马上过来！给我把头版的新闻全都撤去！我要加进一篇轰动全国的报道！还有：这次要比平常提前一小时出报。"

他叼起一支香烟，大步地在屋里走来走去。

"您写下！通栏标题：俄勒冈州地震！电话联系中断！贝德尔·史密斯为得克萨斯信使报作独家现场报道。"

上午时分。在俄勒冈州地区出现了极为可怕的景象。有史以来一直十分平静的巨峰巴劳布罗塔里火山（名字以后可以更正）忽然间喷发出数英里高的烟云。就这么写下去——这里是有关火山爆发的资料的描述，剩下的您就照抄好了，反正总是老一套。

您让沃克把熔岩可能流经的区镇地名读给您听。别忘了写一写人，诸如一个在最后一瞬间被救出来的孩子啦。一个拖着小哈巴狗的老妇人啦等等。

最后：得克萨斯信使报呼吁各界身遭不幸的灾民慷慨解囊。捐款者填好附列的认捐单，将钱款汇往指定的银行账号即可。若填上认捐单背面的表格，您同时还有机会以优惠价格订阅全年的得克萨斯信使报。这样您家里就有了一份消息最灵通的报纸。通过报道俄勒冈州灾难这一事实即已雄辩地证明本报拥有最迅速、最可靠的信息来源。

排字机嗒嗒作响，滚筒印刷机里飞出一页页印张，报童喊哑了嗓子，布法罗市的居民们从报童的手中枪过一份份油墨未干的报纸，转瞬之间当天的报纸全部售完。

三小时后通往俄勒冈州电话线路修复。电话铃声响了，沃克、主编和女打字员同时拿起耳机。

"喂！是得克萨斯信使吗？"响起了贝德尔·史密斯的声音，"那好，请马上记录：我永远难忘在俄勒冈州的这场经历。火山爆发也不如此刻的吉米·布蒂德雷这般厉害，今晨他在富尔通拳击场频频出击，把俄克拉荷马的重量冠军瓦尔特·杰克逊打得落花流水。在第三局中他以一连串的上勾拳、猛击拳和凌厉而干净利索的直拳将对方击倒在地……喂……喂……您在听我说吗？您听清楚我说的话吗？"

"请等一下，贝德尔，"沃克说道，"主编刚才晕过去了。"

一杯咖啡

（瑞士）魏格曼

他走到一家咖啡馆门前，刚进得门儿，一股劣质葡萄酒的难闻气味扑鼻而来。

他向四周扫了一眼，墙上装有自动售货机，他想喝一杯咖啡，便如数把硬币放进投币口。但没有反应，不见杯子送出来。也听不见机器的工作声。他轻轻触了一下"退款"按钮，硬币也不见退出来。他有些沉不住气了，用手拍打无动于衷的投市口，继而用拳头敲打，一下，二下，三下……自动售货机好像一头不懂人事的动物，毫无反应。

他向咖啡馆内瞥了一眼，看见一名女招待，身着浅红色的工作服，一头精心制作、发型别致的金黄色的假发，面部毫无表情，目光呆滞，给人一种矫饰之感。

"对不起，对面那部售货机失灵了。"他说。她连眼皮也不抬一下：

"我认为您投币的方法不正确。"他站在那儿。一筹莫展，只得又向售货机走去，继续敲打。

"嗨！你想把机器砸坏怎么着？""金黄色"的声音。他转过身："这家伙坏了，什么也出不来，我的钱还在里边。"

"金黄色"走过来，按了下"退款"钮，硬币没有出来，她随后问道："您想喝什么？""一杯咖啡。"

她又按了一下"咖啡"钮，依然什么也没有。"金黄色"耸了耸肩："你还得交一次钱才行。"

"不行，我不干，我要取回我的钱！"

"金黄色"不屑地一笑："你说什么？你来钱也太容易了！谁能证明你投过硬币？"

"金黄色"撇了一下薄薄的嘴唇，代替回答。他恼羞成怒，用拳头擂打桌面，大喊大叫："这简直是骗局！你要不给钱，我可自己拿啦！"

"试试看吧！""金黄色"幸灾乐祸地说。

一个顾客走过来，证明他确实投过钱。另一个似乎是女招待的熟人说，自己随便取钱的事在这个咖啡馆里从未有过。第三个则不偏不倚，在中间调和。

声音越来越响，言词一秒钟比一秒钟激烈，关系到这杯咖啡的内容越来越少。

继而两对拳头开始相撞，然后便是大打出手，只见桌椅飞舞，酒杯相击，咒骂、喊叫、呻吟混成一片。

结局不难想象，当警察开车赶到时，"战斗"已经结束。咖啡馆一片狼藉。

受伤的当然是这幕闹剧的两名主角，他们躺在担架上退场了。

一切恢复了往常的寂静。在死一般的寂静中，只有塑料杯子正卡在售货机的送杯口，机器在工作，清清楚楚地听见最后一滴咖啡落进杯子里，一杯咖啡稳稳地被托放在托板上，而且还冒着热气儿呢！

咖啡的泡沫顶着杯口缓缓往外流着，一声不响地漏进自动售货机。

疑 病

（瑞士）弗·德布卢埃

治病不如防病。

爱尔康先生走进药房，他想买一瓶滴鼻净——谁知道他是否得了鼻炎？——就在这时候，他发现险些忘了支气管炎。去年冬天他就没能逃过！所以他急忙要了一大堆糊剂，祛痰糖浆，樟脑软膏。"至少在这方面没有任何危险了。"

这颗定心丸还没有吃到嘴里，他的目光便落到了一个他所熟悉的紫色盒子上，上面用黄色的给人以联想的曲线写着Viraggio这个字。他知道盒子背面用极小的字写着用药须知和主治何病："旅行不适，神经性呕吐和各种恶心，出发前一小时服用两丸"，等等。他并不害怕乘电车、火车和汽车，但是当驿车劲头十足地接近上午的第四个阿尔卑斯山山口的时候，他有时觉得胃里有沉重之感。"有备无患。"

当时正是一月，山口在五月之前是不会开放的，并且爱尔康先生愈来愈少使用公共交通工具了。胆小的人不吃亏。

他带着这种信念，自然忘不了要预防腹痛、失眠、真菌病和偏头疼。他请求药剂师给他开一些可以战胜肝病、结膜炎和各种红斑病的药品。他强调自己堪为楷模的谨慎，他尤为重视没有忽视任何禁忌症，无论是为长远计还是为眼前计。他深知对使用止痛剂要格外小心，因为这会引起肠内难以觉察的出血。他庆幸自己曾匆匆地看过孕妇注意事项和有关热带病的说明。但他知道某些药物的危险，它们会出人意料地对垂体和血压产生影响。"甚至有时，"他对药剂师说，"甚至有时它们会引起视觉模糊！"……他经过一阵意味深长的沉默之后说："我是说，我是说，必须提高警惕！您想想，您当然生活在绝对安全之中，您想想，如果有一天……"

"就这些？"

"不用扯那么远，您只要想想一个……"

爱尔康先生终于发现穿白大褂的人在感谢他，他得向他告辞了。但是如果他要不对这个"对我这样好的人"说说他内心的感激，特别是如果他要不对他说，他该是多么羡慕他能够生活在"如此安全"，"远离危险"和"避免那么多疾病侵袭"的环境中的话，他根本无法移动他的脚步。

可惜他不能！话卡在嗓子眼里，或者也许还不到嗓子眼，而是卡在胃里。某种强烈的痛苦撕裂着他的胃壁，如同一把锐利的永不停歇的手术刀。

怎么办？

怎么才能让这个如此精明的药剂师明白，我也许在受着某种癌症的折磨呢？对了，先生？完全正确！癌，或者是一种先发的广场恐惧症。可是您想怎么办呢？别站在那儿不动！说点什么，至少要装作……您总不能借口我没有买相应的解毒剂就这样扔下我不管吧？……说来说去，这是您的职业，而不是我的！您为什么总是这样直勾勾地看着我，好像我吸了毒品？此外，因为……因为……噢……您不能再次……再次……

话始终没能说出来，爱尔康先生仿佛瘫痪了一般。然而，当他想到所有这一切，包括他的生命，大概无药可医的时候，他鼓起了最后一点勇气，离开了药房。

骑桶者

（奥地利）弗·卡夫卡

煤全烧光了，煤桶空了，煤铲也没有用了，火炉里透出寒气，灌得满屋冰凉。窗外的树木呆立在严霜中，天空成了一面银灰色的盾牌，挡住向苍天求助的人。我得弄些煤来烧，我可不能活活冻死，我的背后是冷酷的火炉，我的前面是同样冷酷的天空，因此我必须快马加鞭，在它们之间奔驰，在它们之间向煤店老板要求帮助。可是煤店老板对于我的通常请求已经麻木不仁；我必须向他清楚地证明，我连一星半点煤屑都没有了，而煤店老板对我来说不啻是天空中的太阳。我这回前去，必须像一个乞丐，由于饥饿难当，奄奄一息，快要倒毙在门槛上，女主人因此赶忙决定，把最后残剩的咖啡倒给我，同样，煤店老板虽说非常生气，但在十诫之一"不可杀人"的光辉照耀下，也将不得不把一铲煤投进我的煤桶。

　　我怎么去法，必将决定此行的结果，我因此骑着煤桶前去。提桶者的我两手握着桶把——最简单的挽具，费劲地从楼梯上滚下去，但是到了楼下，我的煤桶就向上升了起来，妙哉，妙哉，平趴在地上的骆驼，在赶骆驼的人的棍下摇晃着身体站起来时，也不过尔尔。它以均匀的速度穿过冰凉的街道。我时常被升到二层楼那么高，但是我从未下降到齐房屋大门那么低。我极不寻常地高高飘浮在煤店老板的地窖顶前，而煤店老板正在这地窖里伏在小桌上写字，为了把多余的热气排出去，地窖的门是开着的。

　　"煤店老板！"我喊道，"求你给我一点煤吧，我的煤桶已经空了，因此我可以提着它来到这里。行行好吧，我有了钱，就会给你的。"

　　煤店老板把一只手放在耳朵边上。"我没听错吧？"他转过头去问他坐在火炉旁边的长凳上织毛衣的妻子，"我没听错吧？是一位顾客。"

　　"我什么也没听见，"妻子说，她平静地呼吸着，一面纺织毛衣，一面舒服地背靠着火炉取暖。

　　"噢，是的，"我喊道，"是我啊；一个老主顾，向来守信用，只是眼下没钱了。"

　　"我的老伴，"煤店老板说，"是的，是有人，我不会弄错的，一定是一个老主顾，一个有年头的老主顾，他知道怎样来打动我的心。"

　　"你怎么啦，当家的？"妻子说，她把毛衣搁在胸前，暂歇片刻，"没有人，街上空空的，我们已经给所有的顾客供应了煤，我们可以歇业几天，休息一下。"

"可是我正坐在煤桶旁。"我喊道，寒冷所引起的没有感情的眼泪模糊了我的眼睛，"请你们抬头看看，你们就会发现我的，请求你们给我一铲子煤，如果你们给我两铲，那我就喜出望外了。所有别的顾客你们确实都已供应过了。啊，但愿我能听到煤块在这只桶里滚动的响声！"

"我来了，"煤店老板说，他正要迈动短腿走上地窖的台阶，他的妻子却已经走到了他的身边，拉住他的手臂说："你待在这儿。如果你还固执己见的话，那就让我上去。想想你昨天夜里咳嗽得多么厉害。只为一件买卖，而且只是一件凭空想象出来的买卖，你就忘记了你的妻儿，要让你的肺遭殃。还是我去。"

"那么你就告诉他我们库房里所有煤的品种，我来给你报价格。"

"好，"他的妻子说，她走上了台阶，来到街上。她当然马上看到了我。"老板娘，"我喊道，"衷心地向你问好，我只要一铲子煤，放进这儿的桶里就行了，我自己把它运回家去，一铲最次的煤也行。钱我当然是要全数照付的，不过我不能马上付，不能马上。""不能马上"这两个词多么像钟声啊，它们和刚才听到的附近教堂尖塔上晚钟的声响混合在一起，又是怎样地使人产生了错觉啊！

"他要买什么？"煤店老板喊道。"什么也不买，"他的妻子大声地应着，"外面什么也没有，我什么也没有看到，什么也没有听到，只是听到钟敲六点，我们关门吧。真是冷得要命，看来明天我们又该忙了。"

她什么也没看见，什么也没听见；但她把围裙解了下来，并用围裙把我扇走。遗憾的是，她真的把我扇走了。我的煤桶虽然有着一匹良种坐骑所具有的一切优点，但它没有抵抗力，它太轻了，一条妇女的围裙就能把它从地上驱赶起来。

"你这个坏女人，"当她半是蔑视半是满足地在空中挥动着手转向店铺走去时，我还回头喊着，"你这个坏女人！我求你给我一铲最次的煤你都不肯。"就这样我浮升到冰山区域，永远消失，不复再见。

系于一发

（奥地利）卡·施普林根施密特

我们想：让姑妈把秘密公开吧！我们虽年幼，但毕竟长大了，好歹快成年了。有什么事不能对我们说呢。埃弗里纳姑妈真不用对我们保什么密了。就是那个圆的金首饰吧，她用了根细细的链，总是把它系在脖子上。我们猜想，这似乎有什么异乎寻常的缘由，里面肯定嵌着那个她曾爱过的年轻人的小相片。也许她是白白爱过他一阵哩。这个年轻人是谁呢？他们当时究竟怎样相爱呢？那时情况又是如何呢？这没完没了的疑问使我们纳闷。

我们终于使埃弗里纳姑妈同意给我们看看那个金首饰。我们急切地望着她。她把首饰放在平展开的手上，用指甲小心翼翼地塞进缝隙，盖子猛地弹开了。

令人失望的是，里面没有什么相片，连一张变黄的小相片也没有，只有一根极为寻常的，结成蝴蝶结状的女人头发。难道全在这儿了吗？"是的，全在这儿，"姑妈微微地笑着，"就这么一根头发，我发结上的一根极为普通通的头发，可它却维系着我的命运。更确切地说，这纤细的一根头发决定了我的爱情。你们现在这些年轻人也许不理解这点，你们把自爱不当回事，不，更糟糕的是，你们压根没想过这么做。对你们说来，一切都是那样直截了当：来者不拒，受之坦然，草草了事。

"我那时19岁，他——事情关系到他——不满20岁。他确是尽善尽美，当然最重要的是，他爱我。他经常对我这样说：我该相信这一点。至于我呢，虽然我俩之间有许多话难以启齿，但我是乐意相信他的。"

"一天，他邀我上山旅行。我们要在他父亲狩猎用的僻静的小茅舍里过夜。我踌躇了好一阵。我还得编造些谎话让父母放心，不然他们说啥也不会同意我干这种事的。当时，我可是给他们好好地演了出戏，骗了他们。"

"小茅舍坐落在山林中间，那儿万籁俱寂，孤零零地只有我们俩。他生了火，在灶旁忙个不歇，我帮他煮汤。饭后，我们外出，在暮色中漫步。两人慢慢地走着，无声胜有声，强烈的心声替代了言语，此时还有什么可说的呢？"

"我们回到茅舍。他在小屋里给我置了张床。瞧他干起事来有多细心周到！他在厨房里给自己腾了个空位。我觉得那铺位实在不太舒服。"

"我走进房里，脱衣睡下。门没上闩，钥匙就插在锁里。要不要把门闩上？这样，他就会听见闩门声，他肯定知道，我这样做是什么意思。我觉得这太幼稚可笑了。难道当真需要暗示他，我是怎么理解我们的欢聚的吗？话说到底，如果夜里他真想干些风流韵事的话，那么锁，钥匙，都无济于事，无论什么都对他无奈。对他来说，此事尤为重要，因为它涉及我俩的一辈子——命运如何全取决于他。不用我为他操心。"

"在关键时刻，我蓦地产生了一个奇妙的念头。是的，该把自己'锁'在房里，可是，在某种程度上来说，只不过是采用一种象征性的方法。我踮着脚悄悄地走到门边，从发结上扯下一根长头发，它缠在门把手和锁上，绕了好几道。只要他一触动门把手，头发就会扯断。"

"嗨，你们今天的年轻人呀！你们自以为聪明，聪明绝顶。但你们真的知道人生的秘密吗？这根普普通通的头发——翌日清晨，我完整无损地把它取了下来！——把我们俩强有力地连在一起了，它胜过生命中其他任何东西。一俟时机成熟，我们就结为良缘。他就是我的丈夫，多乌格拉斯。你们认识他的。而且你们知道，他是我一生的幸福所在。这就是说，一根头发虽纤细，但它却维系着我的整个命运。"

老人们

（奥地利）莱·马·里尔克

　　彼得·尼古拉斯先生在他75岁那年已把许许多多事情忘记了：他不再有悲哀的回忆和愉快的回忆，也不再能分清周、月和年。只是对一天中的变化，他还算依稀有点印象。他目力极差，而且越来越差；落日在他看来只是一个淡紫色光团，而早上这个光团在他眼里又成了玫瑰色。但不管怎么讲，早晚的变化他毕竟还能感觉出来。一般地说，这样的变化使他讨厌；他认为，为感觉出这变化而花力气，是既不必要而又愚蠢的。春天也好，夏天也好，对于他都不再有什么价值。他总归感到冷，例外的时候是很少的。再说，是从壁炉取暖，还是从阳光取暖，在他也无所谓。他只知道，用后一种办法可以少花许多钱。所以，他每天便颤颤巍巍地到市立公园去，会在一株菩提树下的长幕荷上，在孤老院的老彼庇和老克里斯多夫中间，晒起太阳来。

　　他这两位每天的伙伴，看模样比他年岁还大一些。彼得·尼古拉斯先生每次坐定了，总要先哼唧两声，然后才点一点脑袋。这当儿，他左右两边也就机械地跟着点起头来，好像受了传染似的。——随后，彼得·尼古拉斯先生把手杖戳进沙地里，双手扶着弯曲的杖头。再过一会儿，他那光光的圆下巴又托在了手背上。他慢慢向左边转脸去瞅着彼庇，尽目力所能地打量着他那红脑袋。彼庇的脑袋就跟个过时未摘的果子似的，从臃肿的脖子上耷拉下来，颜色也似乎正在褪掉，因为他那宽宽的白色八字须，在须根处已脏得发黄了。彼庇身体前倾，胳膊肘支在膝盖上，时不时地从握成圆筒形的两手中间向地上吐唾沫，使他面前已经形成一片小小的沼泽地。他这人一生好酒贪杯，看来注定要用这种分期付款的方式，把他所消耗的液体都一点点吐出来吧。

彼得先生看不出彼庇有什么变化，便让支在手背上的下巴来了一个180度的旋转。克里斯多夫刚刚流了一点鼻涕，彼得先生看见他正用哥特式的手指头儿，从自己磨得经纬毕现的外套上把最后的痕迹弹去。他体质孱弱得难以置信；彼得先生在还习惯于对这事那事感到惊奇的时候，就反复地考虑许多次：骨瘦如柴的克里斯多夫怎么能坚持活了一辈子，而竟未折断胳膊或腿儿什么的。他最喜欢把克斯里多夫想象成一棵枯树，脖子和腿似乎都全靠粗大的撑木给支持着，眼下，克里斯多夫却够惬意的，微微地打着嗝儿，这在他是心满意足或者消化不良的表示。同时，他在没牙的上下颚之间还老是磨着什么；他那两片薄薄的嘴唇，看来准是这样给磨锋利了的。看样子，他的懒惰的胃脏已经消化不了剩下的光阴，所以只好尽可能这样一分一秒地咀呀，嚼呀。

彼得·尼古拉斯先生把下巴转回了原位，睁大一双眼瞅着正前方的绿荫。穿着浅色夏装的孩子在绿树丛中跳来跳去，像反射的日光一般晃得他很不舒服。他耷拉了眼皮，可并没打瞌睡。他听见克里斯多夫上下颚磨动的轻轻的声音和胡子茬儿发出的切嚓声，以及彼庇响亮地吐唾沫和拖长的咒骂声。彼庇骂的要么是一只狗，要么是一个小孩，他们老跑到跟前来打搅他。彼得·尼古拉斯先生还听见远处路上有人耙沙砾的声音，过路人的脚步声以及最后附近一只钟敲12点的声音。他早已不跟着数这种声了，可他却仍然知道时间已是正午；每天都同样地敲呀，敲呀，谁还有闲心再去数呢。就在钟声敲最后一下的当儿，他耳畔响起了一个稚嫩可爱的声音：

"爷爷——吃午饭啦！"

彼得·尼古拉斯先生撑着手杖吃力地站起身来，伸出一只手抚摸那个10岁小女孩的一头金发。小女孩每次都从自己头上把老人枯叶似的手拉下去，放在嘴唇上吻着。随后，她爷爷便向左点点头，向右点点头。他左右两边也就机械地点起脑袋来。孤老院的彼庇和克里斯多夫每次都目送着彼得·尼古拉斯先生和金发小姑娘，直至祖孙二人被面前的树丛遮住。

偶尔，在彼得·尼古拉斯先生坐过的位子上，躺着几朵可怜巴巴的小花儿，那是小姑娘忘在那里的。瘦骨嶙峋的克里斯多夫便伸出哥特式的手指去拾起它们来，回家的路上把它们捧在手里，像什么珍宝似的。——这时候红脑袋彼庇就要鄙夷地吐唾沫，他的同伴羞得不敢瞧他。

回到孤老院，彼庇却抢先进卧室里去，就跟完全无意似的把一个盛满水的花瓶摆在窗台上，然后便坐在一个黑暗的角落里，等克里斯多夫把那几朵可怜巴巴的小花儿插进花瓶中去。

一个扳道夫的非凡经历

（奥地利）汉·卡·阿特曼

1. 作为太平洋联合公司的一个扳道岔工人，他肩负的责任重大。他的职责是注意人畜安全，同时又要尽可能地避免物资损失。

2. 这个扳道夫有一本书，他经常捧着读。这本书他10年前就有了，可是他每次都读到77页，然后又从头读起。他有一种预感：余下的部分他将永远不会读完。"扯淡，"他嘴里嘀咕一声，又从第一页读起。

3. 然而大多数时间他都是抽他喜欢抽的烟斗。他没有娶过老婆。他看着第一颗星星在夜幕中显现，熠熠发亮。他到屋后绿油油的荨麻丛中去解手。另外，他习惯早起，饭后喝一杯啤酒。

4. 末班列车总是在21点35分打他屋前经过。他目送着最后一节车厢在远方消失。车上的制动工人向他招手致意，他俩已是多年的老朋友了，尽管彼此从未讲过一句话。

5. 扳道夫经常读的那本书是一本廉价的惊险小说，题目是《太平洋联合公司特快车上的男人》。今天他决定把这部小说读完，然而却总有一种不祥的预感。

6. 有一回，一个陌生的制动工人站在最后一节车厢的平台上，他是不是临时来帮忙的？

7. 将近23点的时候，一道异常的光线引起扳道夫的注意。他来到屋前，看到一辆列车向前驶进。火车运行时刻表上并没有这次列车，它悄然无声地从他身边开过。最后一节车厢的平台上站着从前见过的那个陌生人，他正吹着口琴。

8. 扳道夫揉了揉眼睛，觉得一切都显得异乎寻常起来。如今又只剩下他孤零零的一个人了。回屋后他破例又喝了一杯啤酒，然后用糨糊把小说从78页到126页粘了起来。他想，这大概是最好的办法了。

罗马的上尉

（奥地利）厄·冯·霍瓦特

耶稣诞生后第33年的一个初春的下午。处决结束了，城外竖起了三个十字架。观看行刑的人们踏上了归途。他们一边走，一边激动地议论不休。理发师勃兰特尔说他反对死刑。人群中没有孩子，孩子们对那个罪恶的世界还一无所知。但其中有一对恋人。

三具尸体被钉在十字架上。一个是政治犯，另外两个是刑事犯。

刽子手和维持秩序的士兵也往回走了。在音乐的伴奏下，上尉先生在头里走着，一队军官紧跟在后面。上尉是一个地地道道的军人。除了描写军人生活的书籍外，他这辈子从未涉猎过其他书籍。他是从军事学校毕业的，还没结婚，整天沉默寡言，由于处事公正而受士兵们爱戴。

在最近这场战争的一次战役中，他杀死了14个敌人，但从未伤害过一只苍蝇。

他为这次行刑而感到难受，他不喜欢这种示众的方式。当然，他是绝对维护国家尊严的。

倘若他没处决拿撒勒人耶稣，而是信奉基督教的话，那他肯定会成为一个圣人。

罗马上尉认为，处决本身合理与否是毋庸置疑的，值得怀疑的倒是，被处决的人是否有理。一个新时代正在渐渐到来，另一个时代正在走向没落。他从未考虑过这些问题，然而现在这些想法却突然冒了出来。

回到家，他换了身衣服，然后去军官食堂。在那儿碰到了同僚们。

然后上床睡觉。他得拿定主意了吗？他得成为基督教徒吗？还是他应该洗手不干呢？要不要脱掉漂亮的军装？

然后他写了一封信。

然后他去刮脸。

然后去值勤。

然后去伯爵夫人那儿喝茶。

"有的事应该避开不想，"上尉说，"让它见鬼去吧！见它的鬼！"

在情人怀抱里，他忘掉了有关钉十字架的全部故事。

手　表

（比利时）尚·戈西尼

昨天晚上，我放学回来以后，邮递员来了。他给我带来一个包裹，里面是外婆给我的礼物。这个礼物可了不得啦，保证你猜也猜不到：是一只手表！太棒了！小朋友们又要眼馋了。爸爸还没有回家，因为今天晚上他要在单位吃饭。妈妈教我给表上弦，然后把表给我戴在手腕上。幸好今年我已经学会看钟点了，不像去年小的时候。要是还像去年一样，我就老得问别人："我的手表几点了？"那可就太麻烦了。我的手表可好玩了，那根长针跑得最快，还有两根针要仔仔细细看好久，才能看它们动一点儿。我问妈妈长针有什么用，妈妈说，在煮蛋的时候，长针可有用了，它能告诉我们鸡蛋煮熟了没有。

7点32分，我和妈妈围着桌子吃饭。太可惜了，今天没有煮鸡蛋。我一边吃饭一边看我的手表。妈妈说汤要凉了，叫我快点吃。长针只转了两圈多一点儿，我就喝光了汤。7点51分，妈妈把中午剩的蛋糕端来了。7点58分，我们吃完了。妈妈让我玩一会儿，我把耳朵贴在手表上，听里面发出的滴答声。8点15分，妈妈叫我上床睡觉。我真开心，差不多和上次给我钢笔的时候一样开心。那次弄得到处都是墨水。我想戴着手表睡觉，可妈妈说这样对手表不好。我就把手表放在床头桌上，这样只要我一翻身就能看到它。8点28分，妈妈把电灯关了。

咦，太奇怪了！我的手表上的数字和指针在夜里发光哪！现在，要是我想煮鸡蛋也用不着打开电灯了。我睡不着，就这样一直看着我的手表。后来，我听见大门开了：是爸爸回来了。我可高兴了，因为我能给他看看外婆给我的礼物。我下了床，把手表戴好，从房间里跑了出来。

我看见爸爸正踮着脚上楼梯。"爸爸，"我大声说，"看看外婆给我的礼物，多漂亮呀！"爸爸吓了一大跳，差一点从楼梯上摔下去。"嘘，尼古拉，"他对我说，"嘘，你要把妈妈吵醒了！"灯亮了，妈妈从房间里走出来，"他妈妈已经醒了！"妈妈对爸爸说，样子不太高兴。她问爸爸吃什么吃了这么长时间。"啊，得了，"爸爸对妈妈说。"还不算太晚嘛。"

"现在是11点58分。"我很得意，因为我很喜欢给爸爸妈妈帮忙。

"你妈妈可真会送东西。"爸爸对妈妈说。

"都什么时候了，还在说我母亲，何况孩子还在这儿呢。"妈妈满脸不高兴地说，然后叫我上床去乖乖睡一大觉。

我回到我的屋子，听到爸爸和妈妈又讲了一会儿话。12点14分，我开始睡觉了。

5点7分，我睡醒了。天开始亮了。真可惜，我手表上的字不那么亮了。我用不着急着起床，今天不上课。可是我想，我说不定能帮爸爸的忙：爸爸说他的老板老是怪他上班迟到。我又等了一会儿，到了5点12分，我走进爸爸和妈妈的屋子里，大声喊：

"爸爸，天亮了！你上班又要迟到了！"

爸爸又吓了一大跳，不过，这里比楼梯上保险多了，因为在床上是摔不下去的。可是，爸爸气坏了，就像真的摔下去一样。妈妈也一下子醒了。

"怎么啦？怎么啦？"妈妈问。

"又是那只表，"爸爸说，"好像天亮了。"

"是的，"我说，"现在是5点15分，马上就要到16了。"

"真乖，"妈妈说，"快回去睡觉吧，现在我们已经醒了。"

我回去上了床。可是，他们还是没有动。我在5点47分、6点18分和7点2分连着又去了三次，爸爸和妈妈最后才起床了。

我们坐在桌旁吃早饭。爸爸冲妈妈喊：

"快一点儿，亲爱的，咖啡再不来，我就要迟到了。我已经等了5分钟了。"

"是8分钟。"我说。

妈妈来了，不知为什么直看我。她往杯子里倒咖啡的时候洒到了台布上，她的手发抖了。妈妈可不要生病啊。

"我今天早些回来吃午饭，"爸爸说，"去点个卯。"

我问妈妈什么叫"点个卯"。妈妈让我少管这个，到外面去玩。我第一次觉得想上学了，我想让小朋友们看看我的手表呢。在学校里，只有杰弗里带来过一次手表。那只手表是他爸爸的，很大，有盖子和链子，可好玩了。不过，好像家里不许他拿，这家伙惹祸了。那以后，再也没见到大手表。杰弗里跟我们说，他屁股挨了一顿揍，差一点再也见不着我们了。

我去找阿尔赛斯特！他家离我家不远。这家伙是个胖子，可能吃了。我知道他起床很早，因为早饭他要吃好长时间。

"阿尔赛斯特！"我站在他家大门口喊，"阿尔赛斯特！有好东西给你看！"

阿尔赛斯特出来了，手里拿着面包，嘴里还咬着一个。

"我有一只手表了！"说完，我把胳膊举到他嘴里的面包旁边。阿尔赛斯特斜眼看了看，又咽了一口，才说：

"有什么了不起的。"

"我的表走得可准了，它有一根专门用来煮鸡蛋的针。而且，它晚上还能发光呢。"我告诉阿尔赛斯特。

"那表的里头呢，是啥？"阿尔赛斯特问。

"这个，我忘了看啦。"

"先等我一会儿。"阿尔赛斯特说着跑进屋里去了。出来的时候，他又拿了一个面包，还有一把铅笔刀。

"把你的表给我，"阿尔赛斯特对我说，"我用铅笔刀把它打开。我知道怎么开，我已经开过爸爸的手表了。"

我把手表递给阿尔赛斯特，他就用铅笔刀干起来了。我真怕他把我的手表给弄坏了，就对他说："把手表给我吧。"可阿尔赛斯特不肯，他伸着舌头，想把手表打开，我上去想把手表抢回来。刀子一滑，碰上了阿尔赛斯特的手指，阿尔赛斯特一叫，手表开了，跟着又掉到地上，那时正好是9点10分。等我哭着回到家，还是9点10分，手表不走了。妈妈抱住我，说爸爸会想办法的。

爸爸回家吃午饭的时候，妈妈把手表给了他。爸爸拧拧小钮。他瞅瞅妈妈，瞅瞅手表，又瞅瞅我，对我说：

"听着，尼古拉，这只手表没法儿修了，不过你还能用它玩。这样反而更好，再也用不着为它担心了，它总是和你的小胳臂一样好看。"

他样子很高兴，妈妈也那么高兴，于是我也一样高兴了。

现在，我的手表一直是4点钟：这个时间最好，是吃巧克力夹心小面包的时间。一到晚上，表上的字还能闪光。

外婆的礼物真了不起。

花园余影

（比利时）久·科塔扎

几天前，他开始读那本小说。因为有些紧急的事务性会谈，他把书搁下了，在坐火车回自己庄园的途中，他又打开了书；他不由得慢慢对那些情节、人物性格发生了兴趣。那天下午，他给庄园代理人写了一封授权信并和他讨论了庄园的共同所有权问题之后，便坐在静悄悄的、面对着种有橡树的花园的书房里，重新回到了书本上。他懒洋洋地倚在舒适的扶手椅里，椅子背朝着房门——只要他一想到这门，想到有可能会受人骚扰就使他恼怒——用左手来回地抚摸着椅子扶手上绿色天鹅绒装饰布，开始读最后的几章。他毫不费力就记起了人名，脑中浮现出人物，小说几乎一下子就迷住了他。他感受到一种简直是不同寻常的欢愉，因为他正在从缠绕心头的各种事务中一一解脱；同时，他又感到自己的头正舒坦地靠在绿色天鹅绒的高椅背上，意识到烟卷呆呆地被夹在自己伸出的手里，而越过窗门，那下午的微风正在花园的橡树底下跳舞。一字一行地，他被那男女主人公的困境窘态吸引住了，情不自禁地陷入了幻景之中，他变成了那山间小屋里的最后一幕的目击者。那女的先来，神情忧虑不安；接着，她的情人进来了，他脸上被树枝划了一道口子。她万分敬慕，想用亲吻去止住那血，但他却断然拒绝她的爱抚，在周围一片枯枝残叶和条条林中诡秘小路的庇护之中，他没有重演那套隐蔽的情欲冲动。那把短剑靠在他胸口变得温暖了，在胸膛里，自由的意志愤然涌起而又隐而不露。一段激动的、充满情欲的对话像一条条蛇似的从纸面上一溜而过，使人觉得这一切都像来自永恒的天意。就是那缠住情人身体的爱抚，表面上似乎想挽留他，制止他，它们却令人生厌地勾勒出那另一个人的必须去经受毁灭的身躯。什么也没有忘记：托词借口、意外的机遇、可能的错误。从此时起，每一瞬间都有其精心设计好的妙用。那不通人情的、对细节的再次检查突然中断，致使一只手可以抚摸一张脸颊。这时天色开始暗下来。

现在，两人没有相对而视，由于一心执意于那等待着他们的艰巨任务，他们在小屋门前分手了。她沿着伸向北面的小径走去。他呢，站在相反方向的小路上，侧身望了好一会儿，望着她远去，她的头发松蓬蓬的，在风里吹拂。随后，他也走了，屈着身体穿过树林和篱笆，在昏黄的尘雾里，他一直走，直到能辨认出那条通向大屋子的林荫道。料想狗是不会叫的，它们果真没有叫。庄园管家在这时分是不会在庄园里的。他果真不在。他走上门廊前的三级台阶，进了屋子。那女人的话音在血的滴嗒声里

永／恒／的／经／典

Yong Heng De Jing Dian

153

还在他耳里响着：先经过一间蓝色的前厅，接着是大厅，再接着便是一条铺着地毯的长长的楼梯。楼梯顶端，两扇门。第一个房间空无一人，第二个房间也空无一人。接着，就是会客室的门，他手握刀子，看到那从窗户里射出的灯光，那饰着绿色天鹅绒的扶手椅高背和那高背上露出的人头，那人正在阅读一本小说。

劳动者

（西班牙）阿索林

我要用很少的几行来写一个可怜人的故事，这位可怜人的第一个特点，就是他没有名字。有的人称呼他的时候说"一个人"，有的是说"那家伙"，又有人则亲热地叫他"叔叔"。可是这位可怜人并不是谁的"叔叔"，至于"一个人"，这世界上是有很多的，而至于"那家伙"呢，全地球的人都可以说是"那家伙"。这一切都可以使读者知道，这位可怜人什么都不是，他没有一点声息，他死了也没有人轻视他，他甚至连名字都没有。

现在，让我们看他的住所吧。这人住在乡间。他的家离城很远。他的房子十分小、十分简陋。它有四面土墙，一张床。几把椅子，一张桌子和两个烹调的案子。房子后面有一个小院子。这在过惯了安适生活的读者们也许觉得冷硬，不舒服，残酷；但是那位可怜人却觉得这是既不好又不坏，他只是漠不关心地活着，也不想有别的东西。

这位可怜人的生活是很简单的：在日出以前起来，他在日落后两三个小时后睡觉，在这中间，他到田地里去，他劳动，他掘地，他修树，他锄草，他施肥，他割麦，他收获，他打麦，他种葡萄和橄榄。他耕种他自己所有的两三片地。他不能磨橄榄和葡萄以取油，因为他没有磨，他不能榨葡萄，因为他没有榨床。他把他的橄榄和葡萄卖给那些投机商，照了他们愿给的价。这位可怜人的饮食是很疏淡的：他只是吃蔬果，吃春薯，吃乡下做的面包，吃葱，吃蒜，一年至多吃两三次肉；一把核桃或杏仁在他就是最美的盛馔。在工作之暇，这可怜的人便和一个他一样可怜的人谈谈话。同时手里都编着筐子。他所谈的事，都是很俗的：他讲到天气、讲到雨、讲到风、讲到霜、讲到霰，有时他也想起他在年轻的时候遭遇的一件无关紧要的事。这位可怜人只对于很少的事情有知识。他能从云的样子猜出落雨不落雨，他大略地知道某块田或某块地能出多少谷，以及一对骡子一天能耕多少地；他可以看出一只羊是不是有病；他认识田里和山中一切的草和一切植物，野薄荷、山萝卜、拉芒德草、马若兰草、罗马兰草、甘菊、丹参、尤斯加姆草、油菜；他可以从它们的落羽，从它们的飞法，从它们的叫声，辨出乡间一切的鸟，鸳鸯、鹌鹑、小鸥、百灵、啄木鸟、鹊、红雀、白画眉、守林官。他的政治观念是很糊涂的，是不清楚的，他有时听到人讲到那些治理的人，但是他不知道他们是谁以及他们做什么事。他的道德观念只是：不加恶于人，尽力工作。

有时，他收获不好，或是一匹骡子死了，或是他家里一个人病了，可是他没有钱纳税，这位可怜人既不悲叹，也不咒骂，他说："呃！我们怎么办？上帝会救出我们于困难。"这位可怜人微笑了。他取出他那装着污烟的小袋，做了一个烟卷，摆着两手开始抽起烟来。

这位可怜人已经老了。他的女人也是一个小的种地老妇人。他们有三个孩子，一个死在古巴的战争，还有一个，是运输工人。也死了，碎在两辆货车中间。第三个，是一个女孩，非常和气；有一天，她和她的未婚夫跑到首都去，从此便没有人再见过她。这位可怜人，有时，当他想起这一切时，便发出一声叹息，但是不久他便又高兴起来，又微笑起来，照例叫道："呃！我们有什么办法呢？上帝是这样规定的！"

这位可怜人对于将来没有一点观念。将来是许多人的梦魇和苦痛。这位可怜人并不去想明天。"每天有每天的难处。"四福音里说。我们对于今天的难处还觉不够吗？如果我们去管明天，我们岂不要有两份难处吗？这位可怜人只是没有希望、没有欲望地活着。他的眼界只是群山、田野、天空。

光明将一天一天地过去，这位可怜人也将死去，或者他的女人将在他以前死去。如果他先死去，他的女人，就要剩下一个人了。他的女人也许将到村里去，她将用她的黄手向过路的人求周济。如果他的女人先死去，他也只剩下一个人，他的可爱的安命，仍旧不会离开他。一个叹息时时地从他的嘴唇间发出来，接着他便要喊道："呃！我们怎么办呢？愿一切都随上帝的意思。"

求你们别开玩笑

（西班牙）塞拉

就像平常强盗行劫时一样，卡洛·帕里亚克诺蒙着脸，提一挺机关枪，冲进一家饭馆。饭馆里顾客盈门，都是些有钱人，个个喜气洋洋，打扮得珠光宝气。他们决非冒险好斗之徒，而且都未带武器，真是打劫的理想对象。

卡洛·帕里亚克诺手端机枪，踢开了门：

"举起手来！"

卡洛·帕里亚克诺的声音，不像人家当头领的，喊出来既不威风，又没有雷鸣般的音量。他的声音怯生生的，低沉而又细弱。只有很少几桌人才听到。乐队继续演奏着《第三个人》这支讨厌的无法哼唱的狐步曲。侍者穿梭于饭桌之间，忙着收盘送菜开瓶子，脸上堆满了笑。餐厅总管点头哈腰，请每位新到的顾客入座。卡洛·帕里亚克诺感到自己面罩里的脸红了。真是天下奇闻！"他们竟不理会我？"他想，"这群蠢驴，难道不见我拿着机关枪？"于是，卡洛·帕里亚克诺鼓足气力又喊了一声：

"举起手来！"

有几个人终于把视线从维也罗丽的胸部上移开，扭过头来朝卡洛·帕里亚克诺看。

"多潇洒的强盗！"有人说了一句，"真是个棒小伙子！"

卡洛·帕里亚克诺感到自己情绪异常，真是又气恼又吃惊。

"举起手来！我已经说过了。你们没发现我是来抢劫的吗？还不明白这是打劫么？再不举手，我可要开枪了！真见鬼！"

从一张桌子旁发出一声大笑：

"多逗人的家伙！喂，劫贼，跟我们一道喝一杯吧。服务员，服务员，给这位先生拿杯香槟来！"

卡洛·帕里亚克诺在地上跺了一脚。

"您听着，别跟我开玩笑啦，把手举起来！"

这先生发出一阵大笑，声音响得连几个街区之外都可以听到。

"得了，年轻人，平静平静吧，不必装出这副样子来！"

"什么这样那样的。我是来打劫的，你们懂吗？我手中有枪，而您不但不怕，不把钱包、首饰放到桌子上，倒反而哈哈大笑，拿我当笑料。您这位先生，不认真对待此事，反而从中取乐？"

乐队奏完了《第三个人》，又开始演奏《谁害怕凶残的狼》这支进行曲。

卡洛·帕里亚克诺感到口渴：

"举起手来，喂，举起手来！"

"不，年轻人。我不举手。我可不喜欢有人抢我的东西。"

笑声，犹如此山压向彼山的暴风雨，从一张桌子推向另一张桌子。几个食客站了起来，把卡洛·帕里亚克诺围了起来，手拉手翩翩起舞，仿佛一群印第安人围着白人跳舞。

卡洛·帕里亚克诺竭力振作精神，说：

"好！咱们走着瞧，你们到底举不举手？"

大家笑得前俯后仰。几位太太声言，这劫贼简直是个宝贝。在他周围跳舞的人越来越多。卡洛·帕里亚克诺发觉自己业已沮丧的情绪越发低落。

"那好吧！"他无可奈何地说道，音调里已带有几分柔情，"把那杯香槟递给我，我渴死了！"

饭馆里的食客们人人心醉神迷，容光焕发。对刚才突发的这出戏，感到心满意足。

"这饭馆的老板，"有人大着胆，装作了解内情的样子说道，"简直就是魔鬼，亏他想的点子！"

卡洛·帕里亚克诺在椅子上坐了下来，一口吞下了那杯香槟。他面前桌子上的花瓶、酒杯、扇子，以及搁在它们旁边的机关枪，构成了一幅有趣的静物图。

警察进来了，给卡洛·帕里亚克诺戴上了手铐。当两名警察押着卡洛·帕里亚克诺走出饭馆的时候，卡洛·帕里亚克诺的眼神中，隐隐约约仍流露出恳求的目光：求求你们，别开玩笑啦。

拉格尼尔德夫妇

（西班牙）塞拉

拉格尼尔德和蒂莫特奥住在龙达公园后面的萨佛拉侯爵街上一间顶楼里。蒂莫特奥由被迫进行雕塑，渐渐爱上了这门艺术，最后，对他的作品竟爱不释手了。在这方面，跟在其他方面一样，习惯起着特别大的作用。

但是婚后不久拉格尼尔德就表现出一种活见鬼的坏脾气。她一看见丈夫偷懒就动手打他。有一天，她喝了几杯酒，发现丈夫懒洋洋的，便顺手抄起一只轻便坐浴盆冲他扔去，在他的脑门儿上和腮帮上留下了两个伤疤。坐浴盆被摔碎，蒂莫特奥心疼极了，因为那是一只极好的坐浴盆，一只1929型保健坐浴盆，是他在拉斯特罗买的，价钱很便宜。他用它来浸湿盖泥巴的布，免得泥巴干了。

坐浴盆事件在街坊中间迅速传开，人们开始敬而远之地对待这个瑞典女人。

"真见鬼，这个娘儿们！谁还敢跟她开玩笑啊！"

由于没有卖出一件雕塑品，拉格尼尔德夫妇便招进一些房客并允许他们使用厨房，以便得到些生活补贴。此外，夫妇俩还在房顶平台上用花盆种了些蘑菇——花盆摆放得很整齐。出租房子是丈夫的主意，种蘑菇是妻子的主意。按照妻子的估计，100盆蘑菇每年可以赚4000块钱。丈夫按照妻子的吩咐做花盆，一连做了好几个星期。他做的花盆简直是工艺品，花盆各式各样，每个花盆都有自己的特点和标记。开始他的花盆不怎么周正；但后来做得越来越完美，就像商店里卖的一样。

种蘑菇卖钱的生意虽然想得不错，而且做得很谨慎，但是落空了。因为有一个房客既懒惰又忌妒，在街坊们中间散布谣言，说他们种的蘑菇是毒蘑，想把大家害死。拉格尼尔德找到那个拆他们台的坏家伙，把他推到门外，把他手提箱扣下了。

"如果你不把手提箱还给我，我就去警察局告你！"

"好啊！你要是告我，我碰见你就把你的眼珠子抠出来！"

那房客走了。他可能一个字也没有对警察局提，因为没有人到拉格尼尔德家来找麻烦。

拉格尼尔德把那人的手提箱和箱子里的一些东西卖了。她用卖得的钱给自己买了一双鞋。给丈夫买了一条十分精致的领带。

还剩下六角钱，后来她去喝了一杯三味——香子兰、巧克力和可可——冷饮。

孤独者

（西班牙）阿索林

他住在我们的对门，是一个好清洁、不爱说话的人，常带着两条狗；主要的乐趣是在种许多树。……每日，在一定的时间，他坐在俱乐部花园里，有几分忧郁，有几分厌倦；过了一会儿他开始吹吹哨子玩。于是一桩奇事发生了：园里所有的小鸟全高高兴兴地加入了，大家啾着，大家唱着；他走来走去，给它们撒一些面包屑，已经为它们带在口袋里了。他全认识：小鸟，两条平静的灵猩，树，就是他所有的朋友了。他用名字来称呼小鸟，每逢它们在细沙上扑来扑去，很亲爱的。他怪这一只昨天没有来，欢迎那一只今天第一次来。等它们都吃完了，他起来，慢慢地走开，背后跟着两条沉默的大狗。

他在城里做了许多好事；可是人是又无常又不仁。有一天，因为他们的忘恩负义而厌恶，而气愤，他下乡去了。现在他再也不进城一步，再也不与人来往。他过一种索居的生活，一手经营、亲自照料着几座茂密的园亭。为的怕这太脆弱，不合他住，他筑了一所小屋在山顶上，预备在那儿等死。

那么，你要说了："这个人用他的全力来厌弃人生。"不，不，这个人并没有失去希望。每日有报纸从城里送给他，我记得。而这些日报正是一线光明，它们做成了一个脆弱的爱结，这个东西就是那些最讨厌人类的人也会保持的，而且因此他们才会在地面上生存呢。

彩　气

（西班牙）加斯基尔

在西班牙，除了斗牛和足球以外，最热门的就数彩票了。几乎每星期都有抽奖，但历史最悠久的则是圣诞节前开彩的那种。头奖为五千万比塞塔，合美元一百二十五万。而且还免税。

这种彩票一年四季在西班牙各地出售，每个号码分为一百份，大多数人都只买一份。价值为一美元。中奖号码公布时，西班牙人全都停止工作，废寝忘食，没有心思考虑其他事情。

五十年代的一天，我沿着马德里的普拉多大街行走，路过一家咖啡馆时，看见人们正在心情紧张地围观公布的中奖号码。像绝大多数西班牙人一样，我也买了一份彩票。当我掏出钱包看自己那张彩票时，手不禁颤抖起来。我的号码是141415。而头奖号码是141414。我从来没中过奖，但这次的号码太接近了……就是我这一份，也可得美金一万二千五百元。

接着，我开始回忆这张彩票是在什么地方买的，怎样买来的。我几乎就像自己中了奖那样兴奋。那是那年夏天，我到巴利亚利群岛度假时的事。有一天晚上，我偶然去马约卡岛的帕尔玛市的"双狮酒家"去喝酒，像帕尔玛的许多居民一样，我很喜欢那个地方。店里凉爽舒适，酒美价廉，而且大家都喜欢年轻的店主赫南多。

赫南多虽是店主，但实权却在他老婆手里，她就连赫南多本人也管得很严。我不知道玛丽娅是不是真的比赫南多力气大，但她给人的印象却是如此。她嗓音尖利，酒馆里的一切都休想逃过她那一双锐利的黑眼睛。要是赫南多向一位瑞典金发女郎笑上两次，或想让一位手头拮据的老朋友赊账，玛丽娅就会说出刻薄的话，或者是狠狠地瞪他。赫南多便会立刻屈服，低声地说，"是，亲爱的。"

有一天晚上，玛丽娅回乡探望母亲去了。她一走开，赫南多马上就变成了另外一个人。他的眼睛更加明亮了。抱着吉他自弹自唱时的声音也更加浑厚深沉了。这时，有个卖彩票的小贩走进店来，赫南多便说要看看圣诞彩票还有哪些号码，他迅速地翻阅了一遍，取出一叠套票叫道："好兆头！天上来的好兆头！"

他抓住我的胳臂。"我的美国朋友，你瞧！我是本月14日出生的，而这个号码重复了我的生日三次——141414！"

小贩微笑着准备像往常一样把那张占百分之一的彩票撕下来。

"不要撕！"赫南多喊道，"老天有限，聪明人是不会错过机会的。我把这套一百张全买下来！"

店内立刻鸦雀无声，一套要一百美元的，对一个小酒店来说，可不是一个小的数目。有人在私下议论："玛丽娅会说什么呢？"

赫南多听见这话怔了一下，紧接着他愤愤地大声说："我想做什么就做什么。"

他说到做到，把钱匣中的钱全都倒了出来，可还不够，他又回家去取了些，总算把钱凑足了。那天晚上，差不多每个人都买了一种彩票，我也像往常一样买了百分之一，号码比他大一号：141415。

现在，我漫步在普拉多大街上，心里想着赫南多拿了这笔钱会干些什么呢？他会离开他那泼辣的妻子，卖掉酒馆去过奢华的生活吗？

几个月后，我才得空再次到帕尔玛去。飞机在下午三时降落，走出飞机场，我径直奔"双狮酒家"走去，到近处一看，并未发现它与以往有什么不同。

我走进店去，见赫南多独自坐在桌旁看报。看见我，他立刻满面春风地站起来，"欢迎，先生，好久没到小店来了！"他连问也没问，便去拿了一瓶我喜欢喝的白葡萄酒来。

"恭喜啊！"我举杯向他道贺，"恭喜幸运的百万富翁！"当我告诉他因见到这里依然如故而喜悦时，他很不自然地笑了。

"不。先生，"他说，"变化还是很大的。你还记得当时有人问我，要是玛丽娅知道了我花那么多钱买彩票会怎么样吗？"我点了点头，示意记得。而他却惋惜地摇头叹息。"那人说得真对！"

原来玛丽娅像野猫一样，又吵又闹，非让他卖掉彩票，收回钱来不可。

"最后我只得让步，先生。"他耸耸肩膀说，一个人不能成天生活在狂风暴雨之中，可是把那么多彩票脱手，谈何容易。幸亏我有朋友，有些顾客也是朋友，他们都来帮助，最后只剩下了一张，其余全都卖了。她允许我保留一张。

"要是我碰上了这种事，"我说，"开奖后想到放弃的那些彩票，会后悔死的"。

"当时我的心情正是这样，先生。可是，持有其他99张中奖彩票的是谁？都是我的朋友。他们要感谢的是谁？是我赫南多。他们是托我的福发的财。而且我的小店的生意也从来没有像现在这样兴隆过。"

"再说，我虽只有一张彩票，也还得了50万比塞塔。我买了一辆车，买了新衣服，还存了点款。"

"挺好，"我说，"可是你没想过其余那些钱会给你带来什么吗……"

他又笑了。"说真的，先生，有了那么多钱我很可能做出傻事的。就眼下的情况来看，得的这些钱已经给我带来了一亿比塞塔也未必能买得到的东西。"

我听了感到莫名其妙，脸上也肯定露出了这种表情。"你是问我失去了那么多钱有什么感想？"他说，"难道你没想到我老婆有什么感想吗？是她逼我卖掉彩票的，她的感受你可想而知了。"

"现在，"他在椅子里往后靠了靠说，"情形不同的，每逢玛丽娅要吵嚷的时候，我就对她说：'141414'这样，她马上便会想起因她而失去的那份财富。于是就什么也不说了。"

他把瓶中剩下的酒倒进我的杯子，"所以，先生，我已得到了大多数男人花钱买不到的东西。我赢得了安静，婚姻幸福和听话的妻子。"

他在椅子中稍稍转了一下身，呼唤了一声玛丽娅的名字，声调一点都不厉害，但却有着和平的指挥力量。里面那道门的门帘掀开了，玛丽娅走了进来。她与从前不一样了。似乎有了什么微妙的变化，身材也似乎小了些。看上去不亢不卑，不忧不乐，实际上，她变得更快活，更温柔，更有女人的风韵了。

"玛丽娅，"他漫不在意地说，"请给我们拿点酒来。"

她面带笑容地朝酒桶走去，嘴里说"这就拿来，亲爱的。"

堂·纳尔西索的上衣

（西班牙）何塞·塞拉

堂·纳尔西索·科亚多有一条灰色和黑色条纹的裤子，是一条裤口没有贴边的长裤，也就是通常说的剪裁不得法的裤子。他还有一条最考究的宽领带，这确实是所见过的最考究的。

堂·纳尔西索·科亚多的上衣，不知是这儿还是那儿总闪着绿色光芒。据它的主人说，这表明它很古老。对他这样的人来说，毫无疑问，过去的一切，不仅是最好的。而且，与当前流行的东西相比，更精粹，更高贵，更有感染力。

要使堂·纳尔西索·科亚多百分之百地、完完全全地高兴，还得有婚礼可参加才行。村子里几乎没人结婚，为数不多的几个结婚的人，还不举行婚礼，而是尽量不引人注意地就把事情给办了。

堂·纳尔西索·科亚多，自从他那可怜的妻子卡门过世以来（她是被一场严重的流行性感冒送进坟墓的，她到那里养锦葵花去了），他只得着两次机会穿这件上衣：那就是帕基塔结婚的时候，她，就是秘书的女人；还有就是省长路过此地到村里来的时候。省长坐的是一辆相当小的轿车。更要命的是，省长穿着件灰色衣裳，头上戴着一顶软帽。

堂·纳尔西索常常吩咐他的管家婆卢西娅，这女人比那件上衣还要古老，年岁与他的这处房产差不多，他叫她把上衣从箱子里取出来，认真仔细地刷干净，吹吹风。

"你瞧，卢西娅，"他对她说，"你甭不信，它要是棉布做的，我就什么都不和你说了。但是，这可是羊毛的。是的，羊毛就好像人一样需要呼吸，要是不呼吸就没命了。"

卢西娅低声嘟哝了一串大不以为然的话和诅咒，而堂·纳尔西索，作为一个很有学问的人，用临时杜撰出来的既凶险又博学语录来驳斥她。

女佣人拿起上衣气呼呼地对他嚷：

"您是在和拉丁人讲话吧？"

"行了，卢西娅，你这不识字的女人，听着，你知道这话是谁讲的吗？"

"是您，八成是您自己编的。"

"住口，厉害婆，烂舌头，长舌妇，倒霉鬼，长胡子的女人！"

"您闭嘴！"

"我不乐意！你知道不知道在这里谁说了算？你知道那句话是谁

说的？”

“不，先生，我不知道。”

“那你还说什么？这是格拉香说的。好好记着：格拉香。”

堂·纳尔西索和卢西娅谁也离不开谁，特别是卡门去世之后。他们吵嘴，互相咒骂，也许有两三天不说一句话。但是最后事情还是恢复原状，水流回槽里。卡门，温驯忠诚的卡门，比以往任何时候都更加仔细地把上衣拿出来吹吹风，于是，堂。纳尔西索便觉得自己的良心在对他低声说：你对卢西娅不好，她是个多好的人呀；你对她不……

“喂，卢西娅，星期天你没出门，是不舒服吗？”

“不是，是因为我得照看上衣。”

“照看上衣？”

“是的，先生。”

堂·纳尔西索·科亚多把头低到脖颈，开始沉思，一言不发，愁眉苦脸。他至少冥思苦想了一个半小时。当他仰起头时，已经变了一副模样，他的脸色开朗，眼睛发出奇特的光芒，美丽无比的光芒，他呼唤着女仆。

“喂，卢西娅，我必须对你讲一件事情。”

“好吧，先生。”

“一件很严肃的事情，这件事情我想了很久……不，我不会向你求婚，我要向你讲的是另一件事情……那上衣……那……那上衣，你把它送给头一个上门来的穷人。”

向往乡村的鞋匠

（西班牙）布拉斯科

好事的读者可以把这个故事应用到生活的各个方面。

从前有一个鞋匠，住在自家门窗紧闭的鞋店里，所谓鞋店，不过是一间阁楼。他一边干活，一边透过仅有的一扇窗户望着太阳，也唯有这扇窗户，才给这位不幸的鞋匠师傅送来光线。

我讲的这个故事，发生在南方的一个城镇。可是普照大地的太阳，一大里只有两三个钟头的时间给穷鞋匠的家送进去一条窄窄的阳光。

可怜的鞋匠通过小窗户，遥望着蔚蓝的天空，一面做活，一面叹息，他向往着未曾见过面的大自然。

"这样的天气，能出去走走该有多好啊！"他时常大声地说。

当某位顾客给他送来住在对面的马车夫的一双肮脏的皮靴时，他总要问，"外面天气好吗？"

"好极了！四月艳阳天，不冷不热。"

鞋匠师傅的叹息声更加深沉了，接过靴子，狠狠地往角落里一扔，说，"你们运气真好，星期六来取靴子吧。"

他试图用歌声来解闷，他不停地哼哼呀呀，一直唱到天黑下来：

> 向往自由，
> 而又得不到自由的人，
> 无异乎死亡，
> 其实他早已不复存在了。

每天他都渴望地凝观着天空，长吁短叹，直到夜幕降临。这个不幸的人倒很喜欢黑夜，因为他那悲惨的命运使他在黑夜来临之前是呼吸不到新鲜空气的。

一天，一个同楼住的主顾，带着一双要修的皮鞋，来到他的阁楼。见面以后。由于鞋匠向他诉苦，说他总也见不到所渴望的乡村，那人便对他说：

"是啊，加斯帕尔。所以我认为赶驴的人是世界上最幸福的人。"

"赶驴的人？"

"对。他们来来往往，饱享着新鲜的空气，闻着芳馨的花草。他们是大自然的主人。那确实是一种最美好的工作。"

主顾走后，加斯帕尔陷入沉思，一夜没有睡着，第二天一清早就下定了决心。

"让侄子照管店里的事，我要用攒下的50元钱买一头驴，做一个赶驴的人。"

于是他便照着想的做了，八天后他成了一个搬运夫。

"多么好的天气啊！空气多么新鲜啊！现在才是过真正的生活，才是没有让我在那屋顶下的黑洞里虚度一生的大好时光。"加斯帕尔开始了第一次出行，他一边采撷路旁的花朵，一边放声歌唱。

他走了将近一英里，也没有见到一个人。加斯帕尔如愿以偿，成了田野的独一无二的主人。

在他拐弯的时候，突然窜出3个人来，大声喊道："不许动！"

一个人把驴抢去骑上仓皇逃去了。第2个人抓住他，第3个人把他剥个精光，怕他追赶，又用棍子狠狠打了他50下，打得他浑身青一块紫一块的。要是在城里，肯定会有人听到他的呼救声，然而在这里却没人听得见。

在光天化日之下，歹徒竟敢这样胆大妄为。

他拼命地呼喊："救命啊！救命啊！我要死了！"

将近五分钟的时候，一个农夫赶着马车打这里经过，把他救起来，用毯子裹上，拉进城去，送到他家门口。

他的侄子和邻居见状大吃一惊，纷纷前来询问，但他一言不发，有许多天没有听到他讲过一句话。

有一天下午3点多钟的时候，楼梯上忽然传来要到乡间去旅行一趟的声音："咱们一会儿就动身。"

"多好的天气！叫表兄也一块去吧！"

加斯帕尔一个人待在阁楼里，轻蔑地抬头望了一眼天空说："天气好！挨一顿胖揍就更妙了！"

轻信带来的烦恼

（西班牙）比德佩

一天夜里，两个惯贼窜入一个富有的骑士的住宅，这位骑士是当地的知名人士，而且以其智慧超人著称。他听见了有人进入宅内的脚步声便醒了。他分析进来的人是窃贼。两个贼刚要打开他住着的那个房间的门，他便轻轻地推醒了妻子，然后小声地说："我听见了两个窃贼的脚步声，我要你一个劲地问我是从什么地方，通过什么办法弄到这么多钱的，你要大点声恳切地问，我要不愿说时，你就连劝带哄，直到我把全部的底细都告诉了你时为止。"他的太太也是个聪明精细的人，便开始装腔作势地问起丈夫话来："我说，老爷，你今天晚上就把那个我一直想知道的事告诉我吧。你告诉我你是怎样发了这么大财的。"他支支吾吾地不肯讲实话，但是拗不过她一个劲地恳求，最后他说："夫人，我不理解你为什么非要知道我的秘密？你丰衣足食又有人侍候，还不满足吗？世界上没有不透风的墙，许多事情一说出来就会坏事，过后就悔之晚矣，所以我还是劝你不要多问。"

这番话不仅没有使太太改变主意，反而使她追问得更紧了。最后迫于无奈，骑士说："我们的全部家产——这话可千万不能对任何人泄露——都是偷来的。的确，我的钱没有一分是我自己挣来的。"太太听了不信，逼他讲出详情。"你不相信我吗？那我就把全部经过告诉你：我从小就和一帮小偷混在一起，我的手指几乎不曾有闲着的时候。他们中有一个人非常赏识我，教了我一身绝技，一念叨他教给我的咒语，就能使我突然抱住月光，然后我从高高的窗户上飞到地面，又抱着月光从地面飞到房顶，就这样我什么时候想得到点东西，什么时候就抱着月光飞上飞下。我把咒语念完七遍，月亮就把房子里的全部钱财和珠宝藏在什么地方显示给我，我就抱着月光飞上飞下地去拿那些宝物。我就是这么发的财，再也没有什么别的秘密了。"

在门口偷听的那个贼听得入了神，而且对骑士讲的话深信不疑，因为远近皆知这位骑士是一个诚实而有身份的人。贼首恨不得马上试验一下他听来的话是否灵验，他把咒语念了七遍，然后抱着月光跳了下去，他想从这个窗子飞到那个窗子，结果头朝下摔到地上，月亮对他真还算开恩，没有让他摔死，只摔断了他的两条腿和一只胳膊，他疼得大喊大叫，恨自己愚蠢，过于轻信别人的话了。

正当他躺在地上等死的时候，骑士走了过来，那个贼求他饶命，说他最痛心的是竟糊涂到了能轻信这种话的程度，他恳求说，既然他已用话伤了他，就不要再加害于他了。

金翅雀

（葡萄牙）米·托尔加

一家三口人正在不声不响地吃饭，孩子突然开口说：

"我找到了一个鸟窝！"

母亲抬起头，瞪大了黑黑的眼睛。父亲像往常一样心不在焉，连听也没有听到。也许是为了回答母亲询问的目光。也许是为了引起父亲的注意，孩子又重复了一句：

"我找到了一个鸟窝！"

父亲总算抬起沉重的眼皮，也开始聚精会神地听儿子说话。

孩子高兴了，指手画脚地讲起来。他说，今天下午赶着羊回家的路上，看见一只金翅雀从一棵大白松树树冠里飞出来。他看呀，看呀，在浓密的树枝里搜寻，终于在高处一根树杈上发现有一团黑黑的东西。

母亲把儿子的话句句吸入心田，还用整个灵魂吻着可爱的宝贝。父亲则又开始吃饭了。

孩子没有在意，接着讲下去。他说，把羊拴在一棵松树枝上，开始往松树上爬。

父亲又抬起疲倦的眼皮，和母亲一样提心吊胆地听着，几乎屏住了呼吸。

孩子一直往上爬。巨大的松树又粗又高，他那纤细的身子紧紧贴在树皮上，慢慢往上挪动，每一步都要分两次进行。先用胳膊抱住，接着两条腿尽量往上蜷，最后才停下来，四肢牢牢抓住坚硬的树皮。

用了很长时间才爬上去，中间不得不在结实的树杈上休息三次。现在只能靠手，因为前面都是脆弱的新枝了。

父亲和母亲都惊呆了，谁也没有吱声。就这样，两个人战战兢兢、一声不响地让儿子爬到树上、爬上树冠，用两只天真的眼睛看到鸟蛋——窝里仅有一个鸟蛋。

听到这里，父母的心脏都停止了跳动，完全忘记了儿子在什么地方，似乎还在高高的树巅，紧挨着天际，完全忘记了他脚踏在地上，无须两只胳膊小心翼翼地攀附树枝。突然，两个人看见孩子身子一斜，从高处、从松树顶上栽下来，掉在硬邦邦的地上，看来是必死无疑了。

但是，孩子无意中表明，他站在树巅，完全不曾意识到飘在空中、面临深渊的可怕，并且也没有掉下来。倒是发生了另外一件事。拿起鸟蛋以后非常高兴，情不自禁地吻了它一下。蛋壳得到了孩子嘴唇上的这点热气，突然从中间裂开了，里面露出一个还没有长羽毛的金翅雀。

说这件怪事的时候，孩子的表情天真无邪，如同复述从邻居那里听来的《出埃及记》的故事一样。

随后，他满怀怜爱地把小鸟放到毛茸茸的鸟巢里。从树上下来了。现在，他心境坦然，非常高兴——发现了一个鸟窝！

晚饭吃完了，屋里气氛严肃，谁也没有开口。后来，一家人回到暖烘烘的壁炉旁边。看着里边燃烧的橄榄木时，父亲和母亲才交谈了几句。他们的话说得晦涩难懂，孩子没有猜透。何必要知道他们说了些什么呢？他只想把那只还没有长出羽毛的小鸟的形象深深保存在记忆之中。

神秘的眼镜

（意大利）迪·布扎蒂

　　我和日本家画家亚马希达是15年的老朋友了，他很早就隐居在巴黎。

　　他富于感情，像个大姑娘。他在欧洲长大，信奉天主教。在巴黎他像个花花公子，而不像个画家。他家境富足，可以供他挥霍，他多年不做画，直到40岁以后才用心做了七八幅画，他的作品相当昂贵。

　　他为人和善、感情外露、才智横溢、富于幻想，又大方、忠厚。他常对我讲四十年前在他故国发生的故事，讲得十分生动有趣。不过他自己也不认为这些事情全是真的。我们一见面就成了知交，主要原因是我感到他是个神秘人物，那张朦胧的脸叫人捉摸不定。

　　闲话少叙。上星期一——我们已有两个多月没见面了——他来电话找我。当天下午，我走进他的画室。

　　他迎出来说："很抱歉，我要告诉你一件不愉快的事。你知道我在巴黎无亲无故，你是我的最好的朋友，这件事我不愿意随意告诉别人，现在告诉你吧，我快要死了。"

　　"你快要死了？什么病？你疯了吧？"

　　他说：

　　"不，我既没有病，也不疯。但我没有几天的活头了，也许只有几小时的阳寿了。至于怎么个死法，我自己也说不清，心肌梗死、车祸、暗杀都可能。""你干吗这么想呢，总该有点什么事吧？"

　　"当然。请你戴上这副眼镜瞧瞧我。"

　　他打开一个纸盒，取出了一副白金属架夹鼻眼镜。我一戴，不禁惊得说不出话来了。

刚才他还是个精力充沛的壮年人，转眼间就成了弯腰驼背的干巴老头，一点亚马希达的影子也没有了。

我吃惊不小，忙摘下眼镜，我的朋友又恢复了原来的样子。一下子年轻了几十岁。他望着我，脸上露出一丝苦笑。

我又试了三次，情况完全一样。

亚马希达说：

"看够了，还给我吧！现在我来给你解释一下。"

他坐在沙发上，点上香烟，安详地对我讲了下面的故事。

这事发生在20年前，我当时在东京上大学。有一天，我在郊区散步，不知什么原因，一家眼镜铺把我吸引住了。我是日本人，但我既不远视。也不近视。眼镜铺里摆有照相器材、放大镜、罗盘和各式各样的眼镜，真可谓琳琅满目、物美价廉。样品摆得很乱，有的上面还有灰尘。我发现有一副眼镜标价一百万日元，这就是你刚才试过的这副。是开玩笑，还是标错了价钱呢？也许在镜子下面还有什么贵重东西吧。出于好奇我走了进去。店内有一位其貌不扬的老头儿正在看报。我问：

"您那副眼镜能值一百万元？"

他神态自然地说：

"我知道现在眼镜不太值钱。可这副眼镜非同一般，是用来测量寿命的，这种镜子不多见呀。这是一副旧的，要是新的，一百万元根本买不到。当然，这需要解释一下。你研究过人的衰老问题吗？衰老就是生命的最后阶段，对不对，也就是死亡的前期，在这个阶段，人的体力非常衰竭。我说这是生命的最后阶段，在这里年纪无关紧要。一个战死在沙场的20岁的青年只是形式上的青年，实际上已经非常衰老了。一个生命只有一个月的婴儿，从第28天起就进入了衰老期。形式上年轻与年老只是人类的幻觉。对这个道理很少有人相信。一位即将撞死的司机，尽管他只有30岁，实际上已经是老年了。一个明天将被雷电击毙的50岁的人也是实际上的老人。一周后，将被汽车轧死的小伙子应算是老头，即将跌入大海的飞机第二次试飞就算老掉牙了。这种衰老是潜在和看不见的，令人难以理解和不可知的。"

老板又告诉我，但总得有人能知道这种潜在的衰老，像法师和某些有特殊功能的人。但多数人看不出来，这就需要借助于这种眼镜了。只要戴上他，马上就能了解到真实情况。要是某人快死了，在镜子里就是个老态龙钟的人。

"那么这种眼镜是谁造呢？是法师，还是魔鬼？"

我是个头脑爱发热的人，花一百万元买一副眼镜简直不可思议。但我感到好奇，好像心里有什么东西在催我赶快把它买下，似乎命运之神在催促我。我说：

"要是这副眼镜真像您说的那么神秘，我就把它买下来。但怎么才能证明一下它确实有效呢？到哪儿去找即将死亡的年轻人？"

他安详地说：

"先生，您真幸运。请您出门后向右走30步，那儿有个公园，里面有一位美貌的妙龄女郎，很可怜，她染上了白血症。"

我戴上眼镜走出了店门。这里要补充一下，就是不知为什么老板对我这么信任。我走了30步来到公园。在一条长凳上坐着一位非常漂亮的姑娘，年纪不过十七八岁。我把眼镜往上一推，她一下子就变成一个瘦骨嶙峋、满嘴掉牙的老太太。你想，我当时多吃惊呀，就跟你刚才一样。我简直不敢相信，你刚才是不是也有过类似想法？预见人的死期，这只有在寓言故事里才能找到呀！但我还是决定把它买下来。

后来的事只有鬼才知道。我走回眼镜店，可铺子不见了，20步，30步，40步，我往返了好几趟也没有找到那个眼镜店，它好像一下陷进地里去了，这可真叫人纳闷。我在附近一打听，他们都说这里从来也没有什么眼镜铺。他们还好奇地问我：

"眼镜铺？我们这是第一次听说。"

我没有办法，只好拿着眼镜回家。因为我们日本人对这类事情已经习以为常。

后来我就戴着这副眼镜去看行人。用肉眼看时，体育场里生机勃勃，一戴上这副眼镜，运动员们全都变成了满脸皱纹的老人。这个小游戏令人不愉快。后来我对它也腻了，就锁进了保险柜里。但有时我用它对着镜子检查一下自己，一开始是每月一次，后来改为三个月一次，半年一次，一年一次。我对自己满有信心，认为自己一定能长寿。可是今天上午，我突然发现自己的末日来临了。我发现我胸部炸开了，我知道求药是无济于事的，反抗也没有用。关在家里不出去也不行。总之，这个命运是无法摆脱了。

"可是，你有什么感觉吗？感到疲倦？劳累？"

"什么不适也没有，要是愿意，我翻跟头都可以，我感到从来没有像现在这样健康。然而，我知道自己是世界上最老的人了。我们诀别的时刻终于来临了，我要去了，要和你永别了。现在我还不能把这副眼镜送给你，你现在肯定也不会接受。我把它写在遗嘱里，我一定要把它留给你。你不必拥抱我，不要流泪，不要悲伤。现在请让我安静一会，我还要处理两件事情。"

他把我送到门口，一直等我走进电梯才离去。

我还没有下到楼底，一声爆炸从他室内传了出来。

离婚的条件

（罗马尼亚）拉斯洛·巴拉斯基

他们走进咖啡馆，环顾一下四周。丈夫就说："这儿不能交谈！"

他向妻子做了手势，他们就向出口走去。

在大街上，妻子愤愤地说："你想，在基基里奇就是高峰时也会有许多空位！"

男的没答话，他们犹豫不决地徘徊了一阵，后来女的又说："我们去柴奇·握尔查莎小饭馆。也许，那儿还有空房间。"

可是小饭店也挤满了人。在每个四座位的房间里都挤着六个人。餐厅领班把一个房间指给他们看："这里只坐了三个人，能占个空位。"

一个坐着的人断然提出抗议："我们在等朋友！"

领班客气但坚决地回答："很遗憾，必须安排客人。您的朋友来时。我们会想法给他们弄一个小房间。"

但是夫妇俩没有坐下。他们等着。很快房间空出来了，他们马上占据了它。

"唉，现在我们能安静地谈谈离婚的事了。"丈夫做个手势说。

"您错啦！他们还会让什么人跟我们坐在一起的。他们就会听见：为什么我们性格不合，为什么想离婚，怎样相互提条件。对他们真是不坏的消遣！""唉，好吧，好吧！我们说，位子有人。"

"这我们很难办到！难道你没看见，即使告诉他们说，位子有人，服务员还是把房间塞得满满的？"

"得了。"丈夫的脸变得阴沉起来。

"你听着，我想出一个办法。我们装着发疯似的彼此相爱。你懂吗？没有谁会打扰热恋的人。你能装假吗？""试试看吧。"

"那么我们开始吧。卧室留给我，餐厅给你。"

"这怎么可能！卧室要贵两倍。"

"外加地毯归我。"

"那条旧的？"

"听着，这样咱们谈不拢。你总是个吝啬鬼！"

"我？前所未闻！小心，服务员和新客人走来了！"

女的钟情地弯腰向丈夫扑去，而他开始不时地抚摸着她的手。

"我们不来这儿。"新来的人中间有一个说。

他们走远些了。

"怎么样？"丈夫又开始了。

"卧室归我。你可以拿落地台灯。"

"连收音机！"

"这不可能！收音机我要！快接吻！他们来了！"

他们接了吻，又救了这个房间。

"自然，卧室——这是你宝贝妈妈的主意。"

"是她的主意又怎么样？"妻子愤愤的声音响了起来，"她有权过问！"

"非常遗憾，她过于频繁地过问我们的家庭生活！"

他边说边吻了一下妻子的脖颈，而她温情脉脉地望着他的眼睛。

这个把戏又成功了。他们激烈地争吵了一会，辱骂与拥抱、热吻交替进行。终于谈妥了卧室和餐厅怎么分。然而，在谈到玻璃橱时，他们又无法达成协议了。

"你想把我洗劫一空哇。"丈夫像雄火鸡一样涨红着脸抱怨。可妻子用搂住他的脖子和亲一下嘴作为回答。

服务员生气地望了他们一眼，和新来的客人继续向前走去。

这个吻使丈夫稍稍有些发窘。这里面看不出是迫不得已的。它是真的。他渐渐习惯了这样的吻，并返回到夫妻生活的最初年月中去了。

女的不好意思地移开目光。她也明白，虽说接吻的缘由是为了避免服务员找麻烦，但它并不全是在服务员在场时进行的。要知道客人仍已经走开了，可接吻还一直在继续。

"那样，玻璃橱，"丈夫在一阵慌乱和片刻沉默之后说，"你听我说，它和所有的细瓷摆设你拿着吧。"

"不，我不能收下这些。你留着吧。"

"绝对不行，难道你能同那个芭蕾舞女演员或者同那个红花瓶分开么？要知道你是那样喜欢它们！""可难道你不喜欢么？""一般说来，也许是的。""而那幅里帕·罗那的画呢？我们甚至没谈到它！我们是怎样经常欣赏它呀！""而《达特拉的风景》呢？""我们曾多次向往在旅游时到那里去玩一阵啊……""早就该去了！那么，也许……""我们现在也许不谈离婚的条件了。"女的说。一阵寂静。服务员的出现又把他们赶入互相拥抱之中。当他们放开握紧的手时，丈夫轻声说："六周后有一次旅游，在达特拉待八天。你愿意……愿意和我一起去吗？"

妻子很快环顾一下四周，回答："现在周围没有任何人。快点接吻吧！"

门　把

（前南斯拉夫）法·哈兹其

今年的头几天，我打开起居室的门，而门把却落在我手中。

我去找锁匠，请他来把门把安上。这锁匠，油光满面，胡子拉碴，在笔记本上涂鸦着什么。他说第二天晌午时分来。于是我等着他，可他却未露面，我就又去造访。

"你不是说昨天来给我修门把吗？"

"我今天去吧！"锁匠亲热地拍拍我的肩答应道。

这可是一种额外礼遇，因为锁匠并不是见着谁都拍拍肩膀的，而只有那些临近街道的人才有此殊荣。我等了整整一个下午，但他并没来。周末，我便携妻一道出门了。星期一的第一件事是去找锁匠。

"嗨，你去哪儿了？"锁匠跟我打招呼。

"我可是等了您一整天啊！"我谦恭地回答。因为锁匠看我的样子，表明他并不想做太多承诺。

"我第二天就去你那儿了，按了半小时门铃。"锁匠出语尖刻。

"我们出门去度周末了……"

"那现在我们能做什么呢？"锁匠冷漠地盯着我的双脚。我赶紧把脚放正。

"请马上跟我走吧，我们一块走，这样就不会产生误会了。"我亲热地拉着他提议。

"好吧，不过我得去邻里的一位老太太那儿然后再去你那儿！"锁匠同意了，开始往黑袋子里装工具。

我从早上十点等到半夜，他没有露面。第二天他怒容满面地等着我。

"那么这次你是怎么回事？"

"我怎么回事？你是什么意思？我等了你14个小时！"

"你以为我在干什么？打牌吗？"锁匠发怒了，朝我大喊大叫，横眉竖眼，好像在对他的徒弟说话。

"这我就不明白了。"我真诚而柔和地答道。

"我也没搞懂。我至少按了10次门铃，而你当时正等我吧！"锁匠怀疑地凝视着我。

"你在哪儿按的门铃？"

"在三楼你家门口啊。"

"我住一楼。"

"什么时候开始的？"

"至少在10年前。"

"你名叫默希查？"

"不，我叫哈兹克。穆齐卡住在三楼。"

"圣母玛丽娅，"锁匠从黄黄的牙齿间迸出几声责骂，"那么是我按错门铃了。"

"我们约个时间吧！"我竭力提议，"今天一点钟来吧！"

"不行！明天一点吧。"锁匠决定了，又拍拍我肩膀，表示他已原谅我这次误会了。

第二天一点，我给他准备好咖啡和国产白兰地，咬着指甲耐心地等到晚上10点。第三天，我怒不可遏地去找锁匠，却见门上贴着张留言条："马上回来。"我来回跑了7趟，而那张便条"马上回来"却仍然贴在那里。过了一天便条还在老地方。第三天附近的理发师告诉我，锁匠已去海滨了。

他回来了，精神饱满，皮肤黝黑，凸起个圆圆的肚皮，活像匹小良种马。

"吃过烤鱿鱼吗？"他在门廊迎接我。

"没有。"

"那味道可真不错，但只有用上好的红葡萄酒冲洗过才行。"

我小心翼翼地提醒他有关我门把的事，而有关我默默等待的苦恼只字未提，怕的是打扰了他吃烤鱿鱼的那种虔诚体验的气氛。

"我们马上处理这事，不过我得快点应付一下对面街上的那些人——他们的水管被污物堵了一个晚上，溢得一塌糊涂。"他指着一栋房子，里面的住户像海难船上的旅客一样向他挥着手。

我自己得承认，与一场"水灾"相比，一只门把不过是小事一桩。

"我最迟半小时后到你那里。"锁匠答应了，脸上满是那种吃饱了海鲜特产的男人所表现出的喜悦的神色。现在他有足够的力气取悦全人类了。

我等了两天。我已决定另找一位锁匠，但在街上总是遇到同一个人。

"你那个门把修好了吗？"他心不在焉地问我，就像一位大学教授不知道把雨伞忘在哪儿一样。

"还没有。"我很不友好地咕哝。

"嗯，那么在家等着我吧，我十分钟后到。"他热心地拍拍我的肩，然后走进一家小酒馆，那儿有几个人兴高采烈地向他招手。

透过窗子，我看见他走出来。此时夜已深，酒馆打烊了。他勉强穿过了马路坐到他的车上。我祈求上帝，希望他此时不要到我家来，因为像他这个样子，可能要修一个晚上的锁。

两天后，我埋着头走进他的作坊，如同走进教堂，最后一次友好地请他解决门把的问题。

"我已吃够这些小玩意儿的苦头了。"他毫无顾忌地说，随后又更厚颜无耻地补充："我就是不给别人做，也要给你做。不过为了一个门把专门走一趟，这不值呀。"

他答应星期四来。我等了整整一个上午，他没来。

那天晚上，我们请客聚餐，客人们就在起居室就座。当着客人面，起居室的门没有门把让我尴尬极了。这虽是一件小事，但即使是猪圈的门上少了它也是很不方便的。

席间，有位客人是工程师。他注意到门上缺个门把，便主动要求修好。他拿了一段粗金属丝，用锉子不知怎么锉了锉，不到10分钟，便能看见门把在门上闪光了。我简直不相信自己的眼睛。我们打开一瓶保存了两年的进口香槟酒以示庆祝。

第二天拂晓，锁匠出现在门口，就像来给我施舍一般，高傲、自命不凡地伫立在那儿。他挎着黑色工具袋，俨然一副大使向一国总统递交条约文件的模样。

我告诉他门把已修好。

"听着，哈兹克先生，"他气恼地叫道，"我赔不起时间！你求我来，但你却把这活儿给了别人。"

我无法给他说清楚。他气极了，转身背对着我，像头熊一样气呼呼地走了，边走边朝墙上吐口水。

结局不错，他原该用工具砸在我头上。

部长的小猪

（前南斯拉夫）努希奇

圣诞节前，我买了头好漂亮的小猪。全家人一个挨着一个地摸它，都叫声："哎哟！"我第一个摸，第一个叫"哎哟"；其次是我的妻子；再其次是我的岳母，我的小姨子，我的孩子们和厨娘。大家你摸一下我摸一下，你"哎哟"一声我"哎哟"一声。

除此之外，我听从岳母的忠告，把神父请来给小猪举行牺牲前的净化仪式。在这一切都做妥当之后，我们方才安下心来做日常琐事。

岳母在脖子上贴止痛芥子膏，身上围着毯子，坐在炉边，小姨子边做边试赴舞会穿的白色长裙；妻子给孩子们洗澡，帮他们把缠得不像话的缠头布巾缠好，然后和平素一样，把生土豆切成片，贴在头上治头痛。厨娘穿上我的旧靴子去抖地毯，我在刮胡子。

就在这安宁闲逸、每个人都忙着各自的事情的时刻，厨娘一头闯进来，直嚷："小猪跑了！"

我们不约而同地从各自的角落发出分不清是说什么的叫声，拔腿就向外冲。我连帽子也没顾上戴，脸上尽是肥皂沫，脖子上还围着毛巾，奔在最前面。后面跟着我的妻子，头上贴着土豆片。她后面是围着毯子、脖子上贴着止痛膏的岳母和穿着舞会长裙的小姨子。小姨子后面是用扫帚武装起来的厨娘。我那两个"小傻瓜"，头上缠着头巾也跑在后面。

我亲自指挥着这支队伍，敌人一路败退，我们顽强地向前推进，无一伤亡。只有岳母在路上丢失了脖子上的止痛膏，妻子丢失了头上的土豆片。尽管如此，这支队伍的士气仍然很旺盛，勇敢地向着胜利飞速前进。我们就这样一连追过了贝尔格莱德的两三条街道，直到敌人躲进一家院子。我不失时机地发出果断的命令，并改变了战斗队形。我把重炮，也就是我的岳母，安置在院子的大门口，把山炮——我的妻子和小姨子摆在院子里适当的地方，控制住整个地盘，让厨娘守住后方即厕所旁边；把步兵——缠着头巾的孩子布置成一条散兵线；我本人则亲自进行侦察。

我们坚信一定能获胜。不过，在任何战役中，哪怕一点点最微小的意外情况都可能致命地影响战斗的结局。果然不出所料，围墙上有个洞，小猪钻了出去，躲进另一家住宅。这就意味着，继续采取军事行动已不适宜。

我们从战场上回来，仿佛拿破仑的军队从莫斯科败退下来一样。我低着头走在前面，我的队伍垂头丧气地跟在后面……而就在另一幢住宅里，有人正摸着我的小猪在喊：

"哎哟！……"

正在我绝望地等待过圣诞节的当儿，外面传说内务部部长先生的小猪也逃跑了。你想，这是多么不幸！部长先生在圣诞节也没有小猪吃了。这么说来，部长先生的命运和我的命运有了某种共同之处，这可大大地安慰了我。

不过，部长是不会像我那样追小猪的。他只是拿起电话拨一下，找贝尔格莱德警察局："喂！喂！我的一头小猪跑了。"

"各位，请设想一下各位警察分局的局长，设想一下所有的警官，他们都在想些什么。你想，这件事恰好又发生在圣诞节之前，而在新年前通常总有人被提升官职。可想而知，每个当官的无不在暗自思忖："嘿，就凭这只小猪，满可以捞它一级！"

于是大家都行动了起来。瞧，市区分局的局长出动了，后面跟着一个手捧小猪的宪兵。他们直奔部长先生的家。

"部长先生，我有幸向您报告，我全力以赴，亲自出马，很快就找到了您的小猪。"

不一会儿，瞧，伏拉察尔区的分局长也动身了，后面跟着一个手捧一头小猪的宪兵。

"部长先生，我有幸……"

没过20分钟，萨瓦玛尔区分局的警官也来了，他身后的宪兵捧着第三头小猪。

已有三头小猪在部长先生家的院子里哼哼地叫了。同样，已经有3个当官的在想着晋级。正在这当口，第四个当官的也从多尔绍尔区来了，后面跟着一个手捧小猪的宪兵！

"部长先生，我有幸向您报告，我亲自找到了您那逃跑的小猪。"

过了不多时，一辆车子驶到，车里走出托彼乞捷尔区警察局警监，后面跟着一个手捧小猪的宪兵。

"您看，部长先生，您的小猪竟逃到托彼乞捷尔区去了，但我一下就把它认出来了。这回可跑不掉了。"

另一位当官的从巴里洛尔区来到这里，后面跟着一个手捧火鸡的宪兵。是啊，找不到小猪，找只火鸡也好，反正都一样，总不能因为这点小差别而落在自己的同事后面。

在我过节没吃上小猪的同时，部长先生家中，有各区送来的小猪在不住声地哼哼叫着，每个区都有个分局长在等着新年升官。

但愿我也能当上这么个部长，也有只小猪从家里逃跑。那时，我就把这件事通知各州的警察局。

程序控制的丈夫

（前南斯拉夫）伊·布德洛

清晨五时，佩塔尔被闹钟唤醒，他似乎被毒蛇咬了一口，急忙从床上跳下来。他必须去度周末，决不能误了火车。妻子和儿子昨天已经走了，倘若他不能按时赶到，他们定会惊慌不安。

佩塔尔按了一下闹钟的按钮，钟表下面放着妻子留给他的纸条：亲爱的，打开录音机。

佩塔尔立即遵照妻子的指示打开了录音机。霎时间，欢快的流行歌曲在房间荡漾起来，音乐停止后，录音机里传来妻子的声音。"早晨好，亲爱的！你睡得怎样？"

"这与你何关？"佩塔尔嘟囔一句，抽起烟来。

"马上把烟掐灭！"妻子从录音机里命令道，"到冰箱里取出早餐用的木瓜酱。注意，不要吃起来没完。"

他刚刚吃完早饭，妻子的命令又从录音机里飞出来："看看阳台花盆下面的字条。"

妻子在字条上提醒他别忘了浇花，详尽地说明如何进行这一美化环境的工作。

厨房里的字条警告他及时洗刷碗筷。贴在衣柜门前的字条要求他如何打扮自己：穿灰色的西装，不要忘记扎领带。

佩塔尔顺从地将险些忘记的刮脸刀放到旅行包里，便向门口走去，可是房门上的字条威风凛凛地命令道：回去！烟灰缸里还有一只没有熄灭的烟卷。

在房门的另一面上，妻子留下了最后一道命令：检查一下，你是否把门锁好了？

佩塔尔拉了拉门柄，一切符合要求，门已锁好。

在火车站，他走到售票口，把钱递给了售票员。

"我买一张票。"佩塔尔说。

"去哪儿？"售票员问道。

"去哪儿？"佩塔尔迷惑不解地自言自语。下意识地转过头去，寻找妻子。然而，妻子不在身边。

"您是否能告知去何处？难道这也是不可告人的秘密吗？"售票员挖苦道。

这时佩塔尔方才恍然大悟，是妻子忘记告诉他去何处。他张大嘴吸了一口气，慢慢地吐着气，把钱放回衣袋里。

回到家中，他砸碎了录音机，打开了鸟笼，放走了囚禁在笼中的金丝鸟，然后拿出一瓶酒，连鞋也没脱就躺到床上，嘴对着瓶口畅饮起来，脸上泛起了甜蜜的微笑。

一个老人的问题

（埃及）穆·阿里

酒店快关门的时候，一个衣衫褴褛的老汉迈进门来。酒店伙计惊奇地望着这个陌生客人。看上去，他是位饱经风霜的老人，满面皱纹，步履蹒跚，走起路来甚至跌跌撞撞，鼻梁上架着一副老花镜，右手挂着一根看上去已伴随他二十多年的拐棍。

老人一屁股坐在门口的凳子上，打了个手势，请酒店伙计过来，声音颤抖地问："有人问起过我吗？"

伙计闹懵了，忙说："没有啊！"

老人抬起右手，用手指揩了一下脸上的汗水，伤感地说："那么，请给我倒一杯酒来，先生。"

老人叹着气，两只眼睛忧愁地望着门口，慢慢饮完了酒。随后，他用拐棍支着地，哈着腰，低着头，好像寻找坟地似的步出酒店。伙计目送着他，觉得他既可怜又古怪。

十多天过去了，顾客不断光临酒店，酒店伙计几乎忘记了那可怜的老人。但一天夜里，当酒店最后一个顾客走出门时，老人的面孔又出现在门口。他一声不吭地挪进屋内，又坐在门口的凳子上，悲伤地问："有人问起过我吗？"

伙计不安地答道："没有！"

老人抬起右手，用手指指了一下脸上的汗水，像受了伤似的喃喃说："那么，请给我倒两杯酒来。先生。"

老人一口一口地抿着酒，两只眼睛呆呆地凝视着门口。酒杯空了，老人用拐棍拄着地，慢慢站起身，缓缓地挪动着步子，磨蹭着出了酒店大门。

几个月过去了，老人一直未再"光临"酒店。一天夜里，酒店门口又传来了老人的声音：

"有人问起过我吗？"

几年过去了，酒店伙计的答复仍是那两个字："没有！"

老人凄惨地说："那么，请给我拿一瓶酒来，先生！"

伙计同情地问；"一瓶酒？"

老人点点头，抬眼看了看他，好像明白了他正在故意找话说。

酒拿来了，老人喝着，喝着，喝光了一瓶酒。伙计的眼睛始终注视着他的脸。

老人用拐棍吃力地撑起身，向酒店大门方向挪动着步子，但一个趔趄，拐棍滑出手，他，一下跌在地上。

他的两腿神经质地勾住一张桌子，颤颤巍巍地伸出右手，抓住桌子腿，挣扎着想站起来，但桌子倒了……

伙计赶忙奔过去，两眼涌着泪水，哭着说："最近好像有人问起过您，爸爸！"

俘虏的军装

（埃及）马哈福兹

　　每当火车进站的时刻接近时，香烟贩贾贺夏是第一个来到札格吉喀城火车站的；在这个他认为是兜售香烟的好地方，他以无比的精神来回于月台上，用两只小眼睛熟练地搜寻着顾客。

　　至于对他从事这一行业，他当然和大多数人一样，会自叹命苦，而不禁怨天尤人。假若他对工作能有所选择的话，他愿意当一个有钱人的司机；这样他便能够打扮端庄，享受佳肴，并且在工作烦闷时，陪主人在冬夏假期中，随处游乐解闷。还有他之所以愿意选择司机这一行的特殊理由是：有一次，他看到基尔（一位有钱人的司机）在街上不仅对女佣娜巴维亚大献殷勤，并且见到他得意洋洋地向她求婚道："我不久就会带婚戒来。"而她也百般媚态地微笑，并假装是在整平头巾似的把它解下来，以便露出她那一头黑溜溜的头发……看到这一幕，真使他内心不禁热血沸腾，妒火中烧，因为他早就为她那一对乌黑的眼睛着了魔。他也经常在她来回工作的路上，百般地试图和她照面接触。直到有一次，他和她单独在巷中碰到了，他便重复着基尔对她说过的那句话："我不久会带婚戒来。"但是她却掉过头去，皱皱眉头，以轻蔑的口吻道："你还是给自己弄双木屐吧！"他看看自己两只像骆驼足般粗重的脚、汗秽的衣着和满布尘灰的帽子心想：这些是我命运坎坷乖舛的原因吧！

　　在嫉羡基尔的工作和境遇下，他怀抱希望去努力工作，并忍受艰辛。这天傍晚，他又带着贩卖箱到车站来兜售。望向天边，他看到火车像一团云雾，由远而近，慢慢地显出了它的躯身，并在轰隆轰隆声越来越大下进了站。贾贺夏赶紧趋向乘客拥挤的车厢，却惊讶地看到车门边有武装的士兵以及许多外国面孔，漫不经心地朝窗外望着。经询问，他们是一群被掳的意大利战犯，正被解送到战俘营去。

贾贺夏困惑地立在那边，检视着这些满布尘灰的脸孔。刹那间，他觉得有点失望了。因为他知道，这些梦想着香烟的可怜虫是没有钱来满足他们的烟瘾的。他对他们只有投以不屑的眼光，在转身回去时，他听到有人用外国腔的阿拉伯语叫道："香烟！"他用惊讶而怀疑的眼光看了看那个人，接着用食指和大拇指互相搓摩着比划一下：钱呢？那个阿兵哥会意地点了点头。贾贺夏小心地走过去，并站在他手够不到香烟的地方。这位阿兵哥静静地脱下了夹克，晃了晃夹克说："我这个当钱吧！"有点吃惊的贾贺夏半带兴趣地检视了镶黄色纽扣的灰色夹克。他的心急促地跳着，但是为了表示自己不是那么单纯愚笨，同时也不想露出自己受到这位意大利仁兄诱惑的心，他不慌不忙地露出一包香烟，并伸手要去拿夹克。阿兵哥皱了皱眉头叫道："一包香烟换一件夹克？换10包吧？"贾贺夏吃了一惊地往后倒退，在倒了胃口要离去时，士兵叫住他："来个公平一点的交易吧！9包或是8包吧！"贾贺夏摇了摇头拒绝。士兵又道："那么7包啦！"他又同样地摇了摇头，并装作要离开；士兵接着说要6包就够了，然后又降到5包。贾贺夏挥摇着手表示没有希望，并走回到月台上的椅子上坐下。阿兵哥又对着他叫："过来吧……我拿4包就好。"他理也不理，并且点燃了一支烟，悠然自得地抽着，以表示对他的交易没兴趣。被逗得恼火的士兵，显出了没有烟抽会死的样子，便一再地以3包、2包来降低要求。贾贺夏一直留在座位上，试图压抑着既怜悯而又因贪婪所生的煎急之情。当士兵降到两包时，他不由自主地移动了起来。阿兵哥看了便伸长拿衣服的手对他说："给我烟吧！"贾贺夏在没有意识到火车准备启动的声响下，拿了夹克，也给了他两包烟。

他用心满意足的眼光检视了一下夹克，现出了胜利的微笑。他把贩烟的盒子放在椅上，穿了夹克并扣上纽扣。衣服虽然宽松，但他也不在意。他得意忘形地拿了烟盒子，开始在月台上高兴骄傲地穿梭着。同时眼中浮现出身着长袍的娜巴维亚之形象，心中咕噜到：如果现在你看到我，从今天起，你决不会再对我无礼而不屑地掉头离去吧。基尔也不再有什么可以炫耀了吧！

然而，他想到基尔身穿的是全套西服，而不是只有一件夹克。那么要怎样来弄到一条裤子呢？他想了一下，想到伸出火车窗外的那些犯人头脑里大概都有同念吧。心头涌上了贪婪之情，并慢慢走向火车，放胆地叫着："香烟！香烟！一条裤子换一包烟……一条裤子换一包烟。"他如此重复地叫着。为了不使他的意思误解，便指着所穿的夹克，并摇晃着一包香烟。他的举动终于产生了效果。当一个阿兵哥要脱下夹克时，他赶快上前示意他且慢，接着便指着他的裤子，表示那是他所要的。阿兵哥不屑地摇了摇双肩，脱下了裤子，达成了交易。当贾贺夏使劲地用手抓到裤子时，喜出望外地回到原来的坐处。穿起裤子来。

很快他就穿戴完毕，现在他看起来就像是一个十足的意大利士兵了……或许还有什么欠缺的吧？这些士兵实际是不戴头巾的，但是他们脚上都穿有鞋子。如果要和基尔一样的穿扮，那么也要有双鞋子才行。于是他拿起烟盒，快步地朝火车走去并叫道："香烟……一包香烟换一双鞋子……一包香烟换一双鞋子。"就跟刚才一样，他用手势来让人能明了他的意思。但是在他没找到新的交易者时，火车要开动的汽笛鸣了起来。所有的卫兵也跟着忙将起来。

此时黑夜已降，车站笼罩在一片昏黑中。贾贺夏停住了脚步着急着。他的双眼布满痛苦与懊恼。当火车开始动了起来时，在车前的卫兵看到了他，怒气冲冲地先用英语，然后用意大利语向他咆哮："赶快上车，你这个犯人，上车！"贾贺夏一点也不懂他在说什么，卫兵再度向他咆哮道："上车！……我可警告了你！上车！上车！"贾贺夏不屑地瘪起双唇，转过身背对着卫兵离去。卫兵握紧拳头向他恫吓，并用枪瞄准了这个毫不理会的年轻人……向他开枪。震耳欲聋的枪声迸响了起来，接着，便是一声痛苦悲凄的喊叫，香烟盒子从贾贺夏的手上掉下，他的身体僵躺了下去。香烟和火柴散落一地。贾贺夏一副死寂的面孔。

老　人

（伊朗）穆罕默德·赫加泽

听说，在雷扎耶市附近的一个村庄里，有一位一百三十岁的老人。我们前去拜访，一路谈论长寿。年轻人谈笑风生。我从青年们的谈笑声中发现，在他们眼里，"老"是滑稽可笑的。真怪，他们从不用"老"的镜子照一照自己明天的样子！一位上年纪的随行朋友，引经据典，激动地说："人的自然寿命更长，过错在我们自己，我们用'欲望'的剪刀，剪短了生命的绳索！"这位朋友慷慨陈词，并非鞭策青年，因为他知道年轻人不怕老，也不相信自己会老。他说出内心的愿望，是为鞭策自己。

我们来到老人的家。老人坐在垫子上，背靠着墙。他发觉我们走进屋子，望着我们。从他的头部的动作和眼神，看得出他在对我们说什么，但听不清他的声音。

女佣贴在他耳边说，某某先生是位庄园主，同朋友拜访来了。

老人双眉一锁，略微一想，说："我认识，欢迎你。"说话的声音听着费劲、难懂。

两个人搀扶着老人的胳膊，在他耳边说："站起来，他们要给您拍个照。"他像个睡意蒙眬的孩子，不由自主。倘若没有那两个人的帮助，会摔倒的。我思索着："我们手脚灵活，有时尚且为无能苦恼，这个无能的可怜人，却为何至今未因害怕无能而死？他已是风烛残年，这摇曳的生命之灯，临寒风而不灭，究竟靠的是什么？"

他们把老人搀扶到椅子跟前，说："坐下。"

老人似乎没有听见，或是不想去听，他不肯坐下。

我们中间，有一个悄声说："他怕摔倒。"

永／恒／的／经／典

突然，奇迹出现。老人身子一挺，站直了。他高声说："我不怕，我从来没有怕过！"

我终于明白：老人的生命靠勇敢延续。

是的，我们的软弱、悲伤和短命，都是因为害怕——怕病痛、怕穷困、怕落后、怕倒霉……不然，一个勇敢的人，寿命要超过一百三十岁呵！

某国故事一则

（土耳其）阿·涅辛

一天早晨，便衣警察队长对他的部下苏铁说："苏铁，我交给你一件非常重要的任务，要知道这将是你的警察生涯中最光荣的一件差事，不过，当然还得看你是否胜任。"

苏铁两眼紧盯着自己的皮鞋尖，不好意思地问：

"队长先生，给奖金吗？"

"只要干得出色，你将会得到三千元奖金。现在竖起你的耳朵好好听着！"警察队长滔滔不绝地交代任务，但此时的苏铁却什么也没听进去，他的思想全在那三千元奖金上了：看起来三千元是一笔不小的数目，但如今物价飞涨，市场上的东西昂贵，这点钱就显得太可怜了。

队长说："你不是在美国专家杰克·凰维尔的训练班里受过训吗？"

苏铁还在想着那三千元，一时没有听清队长的问话，他说：

"啊？"

队长重复道：

"美国情报专家……"

"啊，是的，是的……我在他的训练班里名列前茅。"

"所以我相信你能胜任。苏铁，仔细听着，你要巧妙地把自己化装成乞丐，到普孔路一幢粉红色的大楼对面的拐角处行乞，明白了吗？你要从早到晚守在那儿……"

"明白了，队长。化装成乞丐对我来说一点也不困难。"

"你要注意观察都是些什么人进出那幢大楼。我每天晚上都等你的报告。"

"遵命，队长。"

苏铁化装得十分出色，凡从他前面经过的人都以为他生来就是一个要饭的乞丐。一句话，找遍整个国家恐怕也找不到比他更像要饭的了。

苏铁行乞的第一天上午，队长装作行人从他前面走过时，朝他扔了5元钱，并悄声说：

"祝贺你，苏铁，倘若不是我亲自交给你这项任务，连我都要把你当成真正的乞丐了。"

苏铁忙着把扔给他的零钱塞进口袋里，根本顾不上执行上级交给的使命。真想不到在这贫穷的国家里竟然有那么多善良的、富有同情心的人！那天他盘腿坐在街角，面前铺着一块手帕。不一会儿，手帕上就扔满了钱。苏铁对此大为惊奇，心想：他当警察辛辛苦苦为主子卖命，一个月所挣的钱，坐在这儿伸手要上三天饭就可得到。

第二个星期的一天上午，他猛然听到了一个刺耳的声音：

"苏铁，你至今还没交过一份报告！"

乞丐恐惧地朝队长抬起了头：

"向安拉起誓……我保证明晚把报告给您送去……仁慈的先生们，可怜可怜穷人吧……队长，报告我会给您送去的……老爷太太做做好事，可怜可怜我这孤苦伶仃的不幸的穷人吧。"

队长听了这些使来往行人听来莫名其妙的话以后说：

"我等着你的报告！"

苏铁当乞丐已经有一个来月了，一开始，他怎么也没有想到会要到这么多的钱。另外，这活有个方便之处，那就是自由自在不受人管束，他想干就干，不想干就歇着。苏铁当机立断，一天清晨，来到队长面前。队长问道：

"苏铁，你干了这么长时间连一份报告都没交过，这回总该得出什么结论了吧？"

"是的，"苏铁说，"队长请看，这是我的报告。"

看了苏铁递上的纸片，队长那蜡黄脸一下变白了。原来，苏铁递给他的是一张辞职申请书。

"你疯了吗？"队长说，"你不想干到退休了吗？那你辛苦这么些年就算白干了！"

"就算白干了吧！"

"像你这样有经验的……"

"没什么可惜的，白干就白干了吧！"

队长把手搁在苏铁的肩上，他以多年警察生涯所赋予他具有的敏锐洞察力的双眼，紧紧地盯住苏铁的眼睛，试图探测他心中的奥秘：

"苏铁，你瞒不了我，这里面有文章……"他说。

苏铁迟疑地打量了一下队长，然后从口袋里掏出一个小本子，把当乞丐期间每天讨来的钱如数念给队长听，他说：

"我是托了您的福才得到这些钱的，所以把事情的真相告诉您，对别人我是不会说的，请您千万不要把这个秘密泄露给其他同事。"

队长高兴地望着苏铁说：

"苏铁啊，你也要当心，绝对不要走漏风声，这个秘密咱们知道就行了，我也想在繁华的大街上选一个恰当的地方，开始干这个行当。"

黑　信

（捷克）雅·哈谢克

瓦尔杰茨基公国国王弗里德里赫乘了马车，被狂热的人群簇拥着走得正欢，忽然晴天霹雳似的有一封信飘落到他的膝上，不知是谁扔进来的。

弗里德里赫国王笑眯眯读信：

"陛下，您是世界上最傻的傻瓜，傻瓜中的傻瓜！"

弗里德里赫国王顿时笑容尽敛。

正如次日报载，皇上当日御体不适。于是庆祝盛典立即停止，弗里德国里赫国王驾返皇宫。国王一回到宫里，便躲进了书室，潜心琢磨那封大逆不道的信。他至少把"陛下，您是世界上最傻的傻瓜，傻瓜中的傻瓜！"那些字句念了五十来遍，早已经能够倒背如流了，这才猛然发出一声惊呼："这个坏蛋连名字也没留！"

他在书室里乱转一气，嘴里叨念不停："陛下，您是世界上最傻的傻瓜，傻瓜中的傻瓜！"

半小时后，国王下令召开国务会议。

"诸位爱卿，"他颓丧地向他的四位枢密参赞道："在我登基30周年纪念的今天，竟有歹徒将一封黑信投进了寡人所乘的马车。信上说：'陛下，您是世界上最傻的傻瓜，傻瓜中的傻瓜！'"

四位枢密参赞脸色顿时变得煞白。男爵卡尔嗫嚅着道：

"陛下，那封信不是写给您的吧！"

弗里德里赫国王龙颜大怒。

"男爵爱卿，"他厉声言道："我想卿也明白，'陛下'这个称呼在全国范围内只属于我一人，再没有旁人称得起'陛下'了！这封信上明明写着：'陛下，您是世界上最傻的傻瓜，傻瓜中的傻瓜！'当然是写给我的啦！我想卿等迟早会同意寡人的见解。为江山社稷，非查出那名胆敢冒犯寡人的歹徒不可，因为据我看来，其罪如同叛国。现在我就把这件案子交给卿等。想必议会也要对我深表同情，在明天开会时对于这个竟然不惜冒犯国王的歹徒的无耻勾当加以议处……"

国务会议一直开到深夜。警察局局长也参加了这个会议。

在次日的议会大会上，主席激情昂扬地读了弗里德里赫国王御笔写的向他的臣民呼吁忠诚的一封诏书。议员们赶紧纷纷宣誓，以表明自己对皇上的忠诚，虽然实际上他们谁都是丈二金刚摸不着头脑，不知究竟出了什么岔子。

一种莫名的气氛闷住了大家。然而警察局局长却毫不怠慢：他请求谒见，并且从国家档案库里拿出了那封该死的信。

"您打算怎样办这件案子？"国王问他。

"暂时还不能通告您。鄙人的这次侦查定会一鸣惊人！"

那封信被他送进了国家印刷所。中午，京城里就到处贴满了警察局的告示：

"兹悬赏一千马克捉拿私将写有'陛下，您是世界上最傻的傻瓜，傻瓜中的傻瓜！'之黑信投入皇上马车之歹徒一名。"

这样一来，还不到天黑，全瓦尔杰茨基公国的人便无人不知弗里德里赫国王是世界是最傻的傻瓜，傻瓜中的傻瓜了。而警察局局长第二天也就下台大吉。

人缘好的丈夫

（捷克）约瑟夫·斯特蒂纳

默尔克维卡每天回家都很晚，有时要到后半夜。每次他都确有种种理由：加班工作，研究生产，工会开会，等等。后来，他实在招架不住妻子的抱怨，决定请她下一次馆子。

刚到饭店门口，看门人便迎上前，毕恭毕敬地向他打招呼："欢迎您，默尔克维卡先生！"

"你是什么时候认识他的？"妻子好奇地问。

"区里开会时认识的。"

管衣帽间的太太见到他们，喜形于色地说："晚上好，默尔克维卡先生！"

"可这个女人你又是怎么认识的？"

"她是我在街道委员会认识的。"

两人挑了张桌子坐下。服务员立即走过来热情地问：

"今儿个您想吃点什么，默尔克维卡先生？"

默尔克维卡又得向妻子说明：他是在工会系统开会时认识这位先生的。幸好用不着向妻子作更多的解释，文艺演出开始了。第一个节目进行得很顺利。可是，第二个节目时，那个漂亮的舞女来到默尔克维卡的身边，嗲声嗲气地悄悄对他说：

"按照惯例，压轴的舞蹈将献给您，默尔克维卡先生。"

这太过分了！丈夫没有来得及向妻子解释说这个女人是他在妇女委员会认识的，他得站起来跑来跑去追他的妻子。衣帽间前他也不敢耽搁，边走边付了存衣费。两人穿好外衣，叫了一辆出租车。坐到车里，妻子再也控制不住自己，向他甩了一连串最难听的话。

过了一会儿，出租司机实在听不下去了，回过头冲后排座说：

"默尔克维卡先生，您曾跟各种女人一道搭过我的车。可像这位这么粗俗的，我还没见过！"

善　人

（捷克）哈谢克

"真善人"行善俱乐部委员会，在十二月初结账的时候，发现他们还有一百二十克朗的现款。于是委员们便聚集在俱乐部的房间里，商量在圣诞节以前怎么样更好地利用这笔款项。

满脸酒气的主席正在喋喋不休地大谈孤儿寡母，甚至还脸色阴郁地讲起，一个在圣诞树上上吊的穷寡妇的秘史。可接着他却打起嗝来，并让人去给他拿李子酒来。

这时，出纳员又弄来三瓶啤酒，委员会这才又议论起这笔慈善基金的最适宜的用途来。当主席喝了两口掺在啤酒里边的李子酒后，建议在报纸上征求穷苦的寡妇五名，可是一定要在征求启事里讲清，只有那些清贫、拖儿带女、既贤德又正经的寡孀才能应征，并请他们在每天晚上五点至六点之间，来行善俱乐部交呈应征申请书。

对入选的寡妇，每人将发给二十克朗的救济金，五名一共一百克朗。还剩下二十克朗，而这笔钱又该怎么样处理呢？

委员们机智地解决了这一难题：他们决定用剩余的这笔款买酒喝，于是这样便把这笔慈善基金变成了一个整数。

从登报征求以来，效果很好。主席在每天晚上五至六点之间，坐在俱乐部里，一边喝着酒，一边面色阴郁地收着寡妇们呈交来的申请书。头一天就收了六十份，尚有二十份是邮寄来的。主席给弄得十分疲乏，心中很是焦躁，对行善之事已经不那么热心了。这群源源不断地涌上门来的寡妇，一个个吻着他的手，向他哭诉着，使得他没有好气。

有一个寡妇领十二个小孩子进屋里来，可怜的主席睁大了眼睛呆呆地看着那群相貌几乎完全相同的小家伙。只听母亲一声令下，他们便一齐大放悲声，并吻起他的手来。他们那副埋汰的样子，在主席的眼里更显得格外可怜。使得他几乎要从自己衣袋里掏出几个小钱来赏赐他们。

不料正在这个时候，又有一群人蜂拥着进入房间。这一次共有五个小家伙，由一个威风凛凛的女将率领。当她一见已经有人先来到这里，顿时脸上杀气腾腾，双脚一跳就扑向那十二个孤儿的"亲娘"，一连打了她好几个耳光。

"老娘才是真正守寡的人呐！"她厉声大叫，"你有汉子，整天吃鱼吃肉，却把全屋的小鬼们都弄这儿来骗人，你这个骚货！……"

主席又吃惊又害怕地呆望着这出全武行的开打。挨了耳光的妇人，在她的对手身上打断了主席的一把伞。这群小鬼们也互相揪着厮打起来，几下子便将书橱上的玻璃打得粉碎。

主席在盛怒三下，也抢起双拳投入了这场混战。多亏俱乐部的看门人及时到来撵跑了那位"亲娘"，小卖部的人员也闻讯赶到，轰走了那个刁妇，小鬼们也一个个溜之大吉。最后总算是安静了下来，这时才听到主席有气无力的声音：

"快给我拿点白兰地来……"

将近六点钟的时候，二十杯酒已经进入主席的肚里。他将桌布抓扯过来胡乱盖在身上，在安乐椅上呼呼入睡了。可是，申请书却撒了一地。

当俱乐部委员们到齐了之后，主席正在隔壁房间的长沙发上闷睡呢。于是，大家便预感到一定是出了什么岔子。

这天晚上，这帮善人们的酒喝得很有节制，总共才喝了十五克朗的酒。扣除给书橱重新配上玻璃之后，慈善基金的现款，就净剩八十克朗了。因此，救济金的数目也只好相应削减，其结果是二十克朗救济金的名单，一下就变为四人。

次日，改由出纳员来收申请书。这个人更不是块好料。当有一个申请人伸出一双手搂住他膝盖的时候，他即气势汹汹地大发雷霆：

"滚开！给我滚开！这成何体统！"

接着，又来了一个年轻貌美的寡妇。

"少啰唆！"出纳员大声嚷道，"交上申请书一切手续就算完了。懂吗？我又不是三岁小孩子。走开！"

不久，委员们又重聚一室，又郑重其事地开始讨论起俱乐部的崇高宗旨来。主席要求赔偿他那把被弄断的伞。总而言之，他希望得到二十克朗的损失费：一是赔伞，二是赔偿他昨晚值班时的精神损失。大家都说他是个酒鬼，企图把俱乐部整垮。

出纳员大声说，如果主席能领取这二十克朗的话，那么所有值过班的委员们也都要照顾一份。另外，他要求报销他今天值班时吃掉的一盘烤牛排和三瓶啤酒，共花去二克朗。

他们争论得十分激烈。最后大家意见逐渐趋于一致：如果让这二十克朗落入不义之手，倒不如将它们救济给两名淑仪贤惠的寡妇更好些。

酒会散了之后，慈善基金又消耗了一大笔。

圣诞节的前夜即将降临了，而俱乐部的钱柜里，只剩下六十八格聂耳了，桌子上却堆满了穷苦寡妇们交上来的三百二十二份申请书。

"诸位"主席宣布说。"今年由于种种原因和突如其来的情况，圣诞节的救济金就不能照发了。现在，剩下的一个问题，就是怎么样处理这笔剩余下的六十八格聂耳现款。本人建议将它移到来年的慈善基金中去。好吗？！"

吻

（瑞典）雅·瑟德尔贝里

一次有一位年轻的姑娘和一位非常年轻的小伙子。他们坐在一直伸进水里的湖岬上的一条石板上，湖水汩汩地拍打着他们的双脚。他们静静地坐在那儿，两人都瞧着西沉的落日，陷入沉思。

他想：他真想吻她。他抬头看看她的嘴唇，立刻就使他想到那嘴唇的样儿就像是意味着要他去吻。当然，他见过比她更漂亮的姑娘，他也的确在和别的姑娘恋爱；但是像眼前这样一位姑娘，他确实从来没有吻过，因为她是一个理想的化身，一颗天上的明星，对"一位可望而不可即的女性"，又能怎么办呢？

她想：她真想要他吻她，这样一来，她也许就有机会给他一点颜色看看，让他知道，她对他根本不屑一顾。她会站起来，把身上的裙子裹得紧紧的，非常冷淡地、轻蔑地白他一眼，然后挺起腰杆，镇静地走开，而且并不显示任何不必要的匆忙。不过眼下为了不让他猜出自己的思想活动，所以她轻声慢语地问他一声："你认为，这以后生活就与从前不一样了么？"

他想：如果他回答一声是的，他就更容易吻她了。但是他不能肯定地记得，过去在另一种情况之下，对于同一个问题，他是怎样回答的，他生怕自相矛盾。因此，他注视着她的眼睛，回答说："我有时候这么想。"

这样回答特别使她高兴。她想：最低限度，我喜欢他的头发——也喜欢他的前额。可惜他那鼻子长得太丑了。其次，当然，他没有社会地位——他只是个学生，为通过毕业考试而读书的学生。因此，他并不是使她的女友们感到烦恼的那一类人物。

他想：这会儿我肯定可以吻她了。尽管如此，他还是怕得要命；他可从来没有吻过官宦之家的千金小姐；他不知道这一吻是不是带有危险性。她父亲就在离这儿不远地方的吊床上睡着了；再说她父亲又是这个小城市的市长。

她想：要是他吻我，我想我最好是给他一记响亮的耳光。

接着她又想：可是他干吗不吻我呢？难道说，我是丑八怪，不讨男人欢喜？

她朝水面上探着身子，看看自个儿映在水中的影子，但是她在水中的形象被荡漾的微波打得粉碎。

她又想：要是他吻我，我真不知道是什么滋味。事实上，她只被男人吻过一次，那是在城市大饭店舞会以后，被一位中尉吻的。他酒气熏天，烟臭扑鼻，在接吻时她几乎没有什么快感，尽管他是一位中尉。要是他不是中尉的话，她真不乐意让他吻她。除此以外，她恨他，因为从那以后，他就没有向她献过殷勤；也根本没有对她表示感兴趣。

他们两人就这样坐着，各人想各人的心事，夕阳西沉，天色渐暗。

他想：尽管太阳落山，夜色降临，而她仍然愿意和我坐在一起，这表明她也许不会太反对我吻她。

于是他用一只胳膊轻轻地搂着她的脖子。

她压根儿没想到他会这样轻举妄动。她原先以为他仅仅是吻她，不会动手动脚，那以后，她就啪地给他一记耳光，然后就像公主似的抽身就走。但是，这会儿，她却不知道如何是好了；她当然想对他生气，但是她又不想失去这次被吻的机会。因此，她就这样一动不动地坐着。

紧接着他吻了她。

这一吻比她原先的想象微妙多了。她觉得自己渐渐脸色发白，周身无力，她根本就没想到给他一记耳光，也根本没想到他只是一个为了毕业考试而读书的学生。

但是他想的是一位笃信宗教的医生所写的一本《女性的性生活》书中的一段文字："必须预防夫妻之间的拥抱受色欲的支配。"因此，他想，这一点一定是很难预防的，因为即使是一次亲吻，就使人感到灵魂的颤动。

皓月东升的时候，他们两人仍旧坐在那儿，相互吻着。

她悄没声儿对他说："我一看见你，就爱上你了。"

于是他回答说："在这个世界上，我爱的只有你。"

有什么新鲜事吗？

（匈牙利）厄·伊斯特万

一天下午，布达佩斯公墓第二十七区十四号穴上近三百千克的墓碑轰然一声，倾倒在地。接着墓穴豁然裂开，原来是躺在里面的哈伊杜什卡·米哈伊夫人——诺贝尔·施蒂芬妮亚（1827—1848）复活了。

尽管因为风吹雨淋，墓碑上的字迹多少有些剥落，但她丈夫的名字也还是可以看得清的，可不知道为什么，他没有复活。

因为天气不好，在公墓的人不多，但凡是听到声音的人都过来了。这时，这位少妇已经掸去身上的尘土，向人借了一把梳子正在梳头。

一位带黑面纱的老太太问她："你好吗？"

"谢谢，很好。"哈伊杜什卡夫人说。

一位出租汽车司机问她渴不渴？

这位刚活过来的死人说，现在不想喝什么。

确实，布达佩斯的水味道实在无法恭维，他也不想喝，——司机发表他自己的看法。

哈伊杜什卡夫人问司机，他对布达佩斯的水为什么不满意？

因为用氯消的毒。

"用氯消的毒。"花匠阿波斯托尔·巴朗尼科夫点点头（他是在公墓门口卖花的），所以他那几种高级花只好用雨水来浇。

这时有人说，现在全世界的水都用氯消毒。

说到这里，没有人接话了。

那么有什么新鲜事？少妇问。

什么新鲜事也没有。人们说。

又沉默了，这时下起雨来。

"您不怕淋湿吗？"做钓鱼竿的私营手工业者德乌契·德若问这位复活者。

不要紧，她还爱下雨天呢。

老太太说，当然，也得看下什么雨。

哈伊杜什卡夫人说，她喜欢的是夏天那种凉丝丝的雨。

但是阿波斯托尔·巴朗尼科夫说，他什么雨也不喜欢，因为一下雨，公墓就没有人来了。

做钓竿的私营手工业者说，他非常能理解这一点。

现在谈话停顿了好长一段时间。

"你们说点什么吧。"新复活的少妇向四周看了看说。

"说些什么？"老太太说，"没什么好说的。"

"自由战争以后什么也没发生过吗？"

"要说，也可以说一两件，"手工业者挥挥手。"但就像德国人说的那样：'Selten Kommtetwas Besseres nach'。"

"不错，说得对。"出租汽车司机说。好像为了招徕乘客，他到自己的汽车那里去了。

人们沉默着。复活者看看自己刚才出来的土坑，它还没有合上，她又等了一会儿，但看来实在没有人想说话，于是就向周围的人说："再见。"然后又回到原来的土坑里去了。

做钓竿的手工业者怕她滑倒，伸手过去扶了她一把。

"祝你一切都好。"手工业者说。

"怎么了？"出租汽车司机在大门口问大家，"她莫非又爬回去了？"

"爬回去了。"老太太摇摇头。"其实我们谈得多么投机啊。"

似水的光线

（哥伦比亚）马尔克斯

圣诞节到了，孩子们又提出了买带桨的小船的要求。

"行，"爸爸说，"回到卡塔赫纳后我们就去买。"

九岁的托托和七岁的豪埃尔比父亲想象的还坚决。

"不，"他俩异口同声地说，"我们现在就要，在这儿就要。"

"首先，"母亲说，"除了淋浴用的水，这里没有什么水可用来划船。"

她和丈夫的话都有道理。在西印度卡塔赫纳市他们的家中，有一个院子紧靠海湾的码头，还有一个能容纳两条快艇的避风处。相反，在马德里这儿，他们全家挤在卡斯蒂利亚林荫路47号5层楼上。但是最后，无论他还是他妻子都不能拒绝孩子们的要求，因为他们曾经向孩子们保证：如果他们赢得升入小学三年级的桂冠，就给他们买一条附带六分仪和指南针的小艇。现在他们已经赢得了。这样，父亲便什么也没有对妻子说就把孩子们要的东西全买了。而在偿还买玩具的欠债方面，妻子的态度却不由分说。那是一条非常漂亮的铝制小艇，吃水线处有一条金线。

"小艇在车库里。"吃午饭时爸爸说。"问题是，无论通过电梯还是楼梯，都没办法把它弄上来，车库里也没有空闲地方存放它。"然而，到了下星期六下午，孩子们把他们的同学叫了来，抬着小艇爬楼梯，终于把艇抬进了佣人的房间。

"祝贺你们。"爸爸对孩子们说。"现在你们做什么呢？"

"现在什么也不做。"孩子们说。"我们只想把小艇放在房间里，已经放好了。"

到了星期三晚上，跟往常的每个星期三一样，父母又去看电影了。两个孩子成了这所房子的主人和支配者。他们关上门窗，把客厅里一盏灯的灯泡打碎。一股金色的新鲜的光线像水一样从破灯泡里流下来。他们让光线流到地板上，一直达到四寻深。于是，他们关掉电门，取出小艇，高兴地在房子里的岛屿之间划起来。

这种神奇的冒险是我参加一期以家庭用具为主题的诗歌研究班时的异想天开的产物。托托问我，为什么一按开关电灯就亮呢？对这个问题我没有多加思考。

"光线就跟水一样。"我回答说。"你一拧龙头儿，水就会流出来。"

就这样，他们每个星期三晚上都要划船，学习使用六分仪和指南针。等到父母看完电影回来，发现他们已经像人间的天使一样睡熟了。

过了几个月，孩子们渴望新的娱乐，便要求父母给他们买一套潜水捕鱼用具，并一应俱全：有潜水面具、游泳用的鸭蹼、氧气瓶和汽猎枪。

"你们把带桨小艇放在佣人房间里一点也不用，这不对。"父亲说。"现在你们又要求买潜水用具，就更不对了。"

"我们要是得到第一学期的金栀子花呢？"豪埃尔说。

"不行。"母亲担心地说。"你们不能再要了。"

父亲责备了她那种不肯让步的态度。

"问题是，这些孩子在完成他们的功课方面并没有什么进步。"她说。"但是，如果由着他们的性子，他们敢把老师的椅子抢过来。"

最后，父母既没有说同意也没有说不同意。但是作为前两年的落后生，托托和豪埃尔在七月份却得到两束金栀子花，并受到校长的公开表彰。当日下午，他们虽没有再次提出要求，但是在卧室里看到了带着原包装的潜水用具。这样，到了下星期三，当父母去看《巴黎最后的探戈》时。他们便使套房里的光线达到了两寻深，随即像温和的鲨鱼一般在家具和床铺底下潜游起来，从光线深处打捞起了多年间遗失在黑暗中的东西。

在最后一次奖励时，兄弟二人被宣布为全校的榜样，为他们颁发了优秀学生证书。这一回他们没有主动要求什么，因为父母抢先问了他们想要什么。他们十分懂事，只希望在家里举办一次活动，款待班上的同学们。

父亲单独和母亲在一起交谈，十分高兴。

"这证明孩子们成熟了。"他说。

"但愿上帝听见你的话。"母亲说。

下星期三，当父母看《阿尔及尔的战斗》时，从卡斯蒂利亚林荫路经过的人发现一道光的瀑布从隐藏在树林里的一幢旧楼上泻下来。光线从阳台上往外流，像洪水一样在正面墙上蔓延。然后又像金色的巨流一样顺着宽阔的林荫路流去，照亮了整个城市，一直流到瓜达拉马山脉。

十万火急，消防队员迅速登上五层楼，破门而入，发现房子里的光线达到了屋顶。沙发和包着豹子皮的扶手椅有高有低地漂浮在客厅里的酒吧、瓶子、三角钢琴和它那像一只金色的双吻前口蝠鲼一样一半在水中摆动的马尼拉大披巾之间。家庭用具用自己的翅膀充满诗意地在厨房的空中飞行。孩子们跳舞时用的军乐队的乐器漂流在从母亲的鱼缸里跑出来的金鱼中间。在明晃晃的宽阔塘里，它们是唯一活着的、幸福地漂浮的东西。在卫生间里，全家人的牙刷、父亲的防护用品、润肤油瓶和母亲备用的假牙都漂浮着。大卧室里的电视机侧面朝下漂动着，仍然在播放半夜禁止儿童看的电影的最后片断。

在走廊尽头，托托坐在小艇船尾摇摇晃晃地漂着，还紧紧地握着双桨；为了寻找港口的灯塔，他把面具戴在能够呼吸氧气瓶里的气体的地方。豪埃尔坐在船头，还在用六分仪寻找北极星的高度。三十七个同学在整个房子里漂浮着。他们已经在往天竺葵花盆里小便、用嘲弄校长的诗句取代的歌词唱校歌、偷偷地喝一杯爸爸瓶里白兰地的时刻永生了。因为那么多灯盏同时打开，整个住宅的光线多得都溢了出来，济贫教徒圣胡利安学校整个小学四年级的学生已经溺死在卡斯蒂利亚林荫路47号5层楼上。这是在西班牙马德里，一座有着炎热的夏天和刺骨的寒风、却既没有海也没有河的遥远城市，它的陆地土著居民从来都不是航光科学方面的能手。

终　点

（南非）戈迪默

　　"甚至连猫也要埋掉它的粪便；而我却把我的大便带在身上。"从医院回到家里，她想，几个星期来，这话已大声地说了多少次。她不知道他是不是会决定笑起来——他们是不是会到笑起来的地步。发病前他们唯一一次提到这种机械的存在是在几年以前，当时——在愉悦的周末早晨的床上，他们像往常一样交换着报纸——她在读一篇有关失业和少年娼妓的文章，并向他发表了看法，我的上帝，人们给那个女孩提供的福利是让她在一个工厂干活，那工厂专为那些不得不切除了胃的人们生产塑料袋之类的东西——难怪她要跑到大街上去，可怜的小家伙……她清楚地记得那个早晨，那张报纸。他们的谈话越来越频繁地回到这上面。他们天南海北地聊到工业化造成的悲惨状况；马克思主义者早就认为工业化会带来人的隔离，只有在生产方式属工人所有后才会消失，可是，苏联和中国的工厂不是也像西方的工厂一样悲惨吗？她记得她曾提醒他（他们一道访问过北京），中国工人至少每天必须要做两次十分钟的工间操——可他说，你愿意用这个去换吃茶点和抽一支香烟的休息时间吗？

　　在知道那个十六岁的未来的娼妓之前，他们两个在星期日早晨的床上大笑，那些在装配线上传送的塑料玩意离他们很远，就像任何工厂工人的生活离他们很远一样。

　　现在，这个机械就附在她自己身上。它从她身上，从掩盖在衣服下面的小创口冒出来。她已从他们共同的卧室搬出去，他很理解，一句话也没说。她一直在医院里学习怎样摆弄那玩意儿，它不同于自然机能的不可告人，而是令人讨厌的不可告人，因为自然机能是——过去一直是——他们俩都使用的。她孤零零地跟她的活物在一起。

医生说那玩意儿到时候就会被取走的——六个星期。第一个医生预言；不超过三个月，第二个医生告诉她，他们本应合作编造他们的童话。他们说（六个星期或三个月后）她体内的一切都会重新连接起来。一直敞开的伤口会缝合。她会重新变得完整，恢复健康，一切都会恢复正常。她将回到音乐学校去教书。她现在就可以回去——为什么不？——如果她想要回去的话，只要她不使自己疲劳。可是她不想回去，身上带着这玩意儿。她不得不听更多的故事——从令人鼓舞的朋友那里——关于别人对付得是如何好，过的是如何正常的生活。甚至一个英国王室成员也这样说。她要他们别再胡诌这种童话，她说，可是对我来说，这只有6个星期（或者3个月），我用不着去对付。他替她买了两件漂亮的土耳其长衫，是他自己选的，完全适合她，恰恰是她喜欢的颜色和款式——她在高兴中忘了（过后她知道这正是他所希望的），她将穿上这衣服来遮住那玩意儿。当朋友们来看他们时，她有时穿上这件，有时穿上那件，她的这身装束获得了赞美，他们说她一定是在装病，她看上去妙极了。他向他们证实说，她正在好转。

他们交谈，不久以前，有一回，在此之前他们交谈，在他们的生活中，在他们难舍难分的生活中——可那些话是多么的大众化。真的，那时候！一个幼稚的协议，志同道合的情谊，就像那个无穷无尽不必回答的问题一样，你爱我吗，你会永远爱我吗？要是我们中间有一个得了不治之症，我们都不会让对方受苦，好吗？然而，当这种事发生时——好了，这种事绝不会发生。这个愚蠢的、戏剧性的、清晰的抽象概念不会变成事实。谁能说"不治"是什么意思？谁能肯定遭受磨难就是生命的终点，而不是延长生命，以便历经磨难而活下去？有个人二十年前切除了乳房，但至今仍然每个星期去参加赛跑。还有个人失去了前列腺，但在任何一个鸡尾酒会上，都能看见他带着他的第三个妻子，吧嗒着加汽水的杜松子酒。

可是，就在她去医院做探查手术前，她找了个时间和地点以便再证实一下。"要是结果不好，要是变得很不好……任何时候，你答应我要帮助我摆脱病魔。我会为你做这种事的。"他无法说话。她跟他躺在黑暗中；他拼命点头，以致这协议被他的下巴按进了她的肩部。骨头弄痛了她。然后他跟她做爱，在协议中进入她的身躯。

手术之后，她发现那根管子，那个机械从她身上牵出。他们没有再次交谈；只谈愉快的事，只谈病愈的事。那玩意儿——把它导引出来的伤口不像别的伤口，不允许缝上，就像他或她的生活中被隐瞒了的一次艳遇，它们的重量会将他们的外皮撕破，如果承认了的话。每次他们的目光相遇，他们便立刻朝对方微笑。可这毕竟是无法忍受的。于是就得有一个童话。在每一天，每一个他们为下星期、下个月、下一年制定的计划里，每一个谁也不相信的继续过日常生活的假设里，这童话被说了一遍又一遍，连眼皮都不眨一下，没有一句话不是谎言。杂货商来了吗？又有一次抢劫啦，你在椅子里舒服吗？他们说选举在春天开始啦，我们需要新酒杯啦，我应当写信啦，定购咖啡和火柴啦，中东的又一场危机啦。把窗帘拉上，阳光照到你眼睛啦。星期四我必须理发啦。要是现在她抓住他的手，那只是处在不朽的谎言中。因此，肉体对他们来说不再是真实的了。

剩下只有一件事，正是由于它的性质，才不可能成为谎言。只有一个地方爱情可以幸存下去：虽然生命遭到背叛，但那协议并不是跟生命有关的。

那个星期四下午他开车送她去美容店，当他来接她时，他对她说，她看上去真漂亮。她窘迫地表示感谢，就像一个初次受到赞美的姑娘一样。这时她被一种对他的极度信任——除了多少个月来的恐惧和厌恶而外，第一个强烈的情绪——所压倒。那天夜里，一个人待在她自己的房间里，她数出储备的药片，在用白开水把它们冲下去之前，把她给他的纸条压在用作镇纸的打火机下面。"遵守你的诺言，别把我救活。"

自从她还是一个小孩子的时候起，她就把这理解为一次长眠，就这么回事。自从她看见一只鸟，躺在篱笆下，被一根树枝拨弄，它的眼睛没有睁开的时候起，她就这样理解了。可是，一个人只有当他从睡眠中醒来时才能意识到睡眠，所以一个人永远不会意识到长眠——她对死一点也不害怕，可现在她却对自己正从死亡中醒来，从根本不是也不可能是死亡的状态中回来的感觉感到恐惧。她的跟睑因光线照射而成了粉红色的遮帘。她打开遮帘，目光落在一所医院光滑的墙壁上。手中握着一只手——他的手。

一件小事

（中国）鲁迅

我从乡下跑到京城里，一转眼已经六年了。其间耳闻目睹的所谓国家大事，算起来也很不少；但在我心里，都不留什么痕迹，倘要我寻出这些事的影响来说，便只是增长了我的坏脾气，——老实说，便是教我一天比一天的看不起人。

但有一件小事，却于我有意义，将我从坏脾气里拖开，使我至今忘记不得。

这是民国六年的冬天，大北风刮得正猛，我因为生计关系，不得不一早在路上走。一路几乎遇不见人，好容易才雇定了一辆人力车，教他拉到S门去。不一会，北风小了，路上浮尘早已刮净，剩下一条洁白的大道来，车夫也跑得更快。刚近S门，忽而车把上带着一个人，慢慢地倒了。

跌倒的是一个女人，花白头发，衣服都很破烂。伊从马路边上突然向车前横截过来；车夫已经让开道，但伊的破棉背心没有上扣，微风吹着，向外展开，所以终于兜着车把。幸而车夫早有点停步，否则伊定要栽一个大斤斗，跌到头破血出了。

伊伏在地上，车夫便也立住脚。我料定这老女人并没有伤，又没有别人看见，便很怪他多事，要自己惹出是非，也误了我的路。

我便对他说，"没有什么的。走你的罢！"

车夫毫不理会——或者并没有听到——却放下车子，扶那老女人慢慢起来，搀着臂膊立定，问伊说：

"你怎么啦？"

"我摔坏了。"

我想，我眼见你慢慢倒地，怎么会摔坏呢，装腔作势罢了，这真可憎恶。车夫多事，也正是自讨苦吃，现在你自己想法去。

车夫听了这老女人的话，却毫不踌躇，仍然搀着伊的臂膊，便一步一步的向前走。我有些诧异，忙看前面，是一所巡警分驻所，大风之后，外面也不见人。这车夫扶着那老女人，便正是向那大门走去。

我这时突然感到一种异样的感觉，觉得他满身灰尘的后影，刹时高大了，而且愈走愈大，须仰视才见。而且他对于我，渐渐的又几乎变成一种威压，甚而至于要榨出皮袍下面藏着的"小"来。

我的活力这时大约有些凝滞了，坐着没有动，也没有想，直到看见分驻所里走出一个巡警，才下了车。

巡警走近我说，"你自己雇车罢，他不能拉你了。"

我没有思索的从外套袋里抓出一大把铜元，交给巡警，说，"请你给他……"

风全住了，路上还很静。我走着，一面想，几乎怕敢想到我自己。以前的事姑且搁起，这一大把铜元又是什么意思？奖他么？我还能裁判车夫么？我不能回答自己。

这事到了现在，还是时时记起。我因此也时时熬了苦痛，努力的要想到我自己。几年来的文治武力，在我早如幼小时候所读过的"子曰诗云"一般，背不上半句了。独有这一件小事，却总是浮在我眼前，有时反更分明，教我惭愧，催我自新，并且增长我的勇气和希望。

余　晖

（中国）石评梅

日落了，金黄的残辉映照着碧绿的柳丝，像恋人初别时眼中的泪光一样，含蓄着不尽的余恋。垂杨荫深处，显露出一层红楼，铁栏杆内是一个平坦的球场，这时候有十几个活泼可爱的女郎，在那里打球。白的球飞跃传送于红的网上，她们灵活的黑眼睛随着球上下转动，轻捷的身体不时地蹲屈跑跳，苹果小脸上浮泛着心灵热烈的火焰和生命舒畅健康的微笑！

苏斐这时正在楼上伏案写信，忽然听见一阵笑语声，她停笔从窗口下望，看见这一群忘忧的天使时，她清癯的脸上显露出一丝寂寞的笑纹。她的信不能往下写了，她呆呆地站在窗口沉思。天边晚霞，像绯红的绮罗笼罩着这诗情画意的黄昏，一缕余晖正射到苏斐的脸上，她望着天空惨笑了，惨笑那灿烂的阳光，已剩了最后一瞬，陨落埋葬一切光荣和青春的时候到了！

一个球高跃到天空中，她们都抬起头来，看见了楼窗上沉思的苏斐，她们一起欢跃着笑道："苏先生，来，下来和我们玩，和我们玩！我们欢迎了！"说着都鼓起掌来，最小的一个伸起两只白藕似的玉臂说："先生！就这样跳下来罢，我们接着，摔不了先生的。"接着又是一阵笑声！

苏斐摇了摇头，她这时被她们那天真活泼的精神所迷眩，反而不知说什么好，一个个小头仰着，小嘴张着，不时用手绢擦额上的汗珠，这怎忍拒绝呢！她们还是顽皮涎脸笑容可掬地要求苏斐下楼来玩。

苏斐走进了铁栏时，她们都跑来牵住她的衣袂，连推带拥地走到球场中心，她们要求苏斐念她自己的诗给她们听。苏斐拣了一首她最得意的诗念给她们，抑扬幽咽，婉转悲怨，她忘其所以的形容发泄尽心中的琴弦。念完时，她的头低在地下不能起来，把眼泪偷偷咽下后，才携着她们的手回到校舍。这时暮霭苍茫，黑翼已渐渐张开，一切都被其包没于昏暗中去了。

那夜深时，苏斐又倚在窗口望着森森黑影的球场，她想到黄昏时那一幅晚景和那些可爱的女郎们，也许是上帝特赐给她的恩惠，在她百战归来，创痛满身的时候，给她这样一个快乐的环境安慰她养息她惨伤的心灵。她向着那黑暗中的孤星祷告，愿这群忘忧的天使，永远不要知道人间的愁苦和罪恶。

这时她忽然心海澄静，万念俱灰，一切宇宙中的事物都在她心头冷寂了，不能再令她沉醉和兴奋！一阵峭寒的夜风，吹熄她胸中的火焰，仆仆风尘中二十余年，醒来只是一番空漠无痕的噩梦。她闭上窗，回到案旁，写那封未完的信，她说：

钟明：

自从我在前线随着红十字会做看护以来，才知道我所梦想的那个园地，实际并不能令我满意如愿。三年来诸友相继战死，我眼中看见的尽是横尸残骸，血泊刀光，原只想在他们牺牲的鲜血白骨中，完成建设了我们理想的事业，谁料到在尚未成功时，便私见纷争，自图自利，到如今依然是陷溺同胞于水火之中，不能拯救。其他令我灰心的事很多，我又何忍再言呢！因之，钟明，我失望了，

永／恒／的／经／典
Yong Heng De Jing Dian

失望后我就回来看我病危的老母，幸上帝福佑，母亲病已好了，不过我再无兄弟姊妹可依托，我不忍弃暮年老亲而他去。我真倦了，我再不愿在荒草沙场上去救护那些自残自害，替人做工具的伤兵和腐尸了。请你转告云玲等不必在那边等我，允许我暂时休息，愿我们后会有期。

苏斐写完后，又觉自己太懦弱了，这样岂是当年慷慨激昂投笔从戎的初志？但她为这般忘忧的天使系恋住她英雄的前程，她想人间的光明和热爱，就在她们天真的童心里，宇宙呢？只是无穷罪恶无穷黑暗的渊薮。

再 会

（中国）许地山

靠窗棂坐着那位老人家是一位航海者，刚从海外归来的。他和萧老太太是少年时代的朋友，彼此虽别离了那么些年，然而他们会面时，直像忘了当中经过的日子。现在他们正谈起少年时代的旧话。

"蔚明哥，你不是二十岁的时候出海的么？"她屈着自己的指头，数了一数，才用那双被阅历染浊了的眼睛看着她的朋友说，"呀，四十五年就像我现在数着指头一样地过去了！"

老人家把手捋一捋胡子，很得意地说："可不是！……记得我到你家辞行那一天，你正在园里饲你那只小鹿，我站在你身边一棵正开着花的枇杷树下，花香和你头上的油香杂窜入我的鼻中。当时，我的别绪也不晓得要从哪里说起，但你只低头抚着小鹿。我想你那时也不能多说什么，你竟然先问一句'要等到什么时候我们再能相见呢'？我就慢答道：'毋须多少时候。'那时，你……"

老太太接着说："那时候的光景我也记得很清楚。当你说这句的时候，我不是说'要等再相见时，除非是黑墨有洗得白的时节'。哈哈！你去时，那缕漆黑的头发现在岂不是已被海水洗白了么？"

老人家摩摩自己的头顶，说："对啦！这也算应验哪！可惜我见不着芳哥，他过去多少年了？"

"唉，久了！你看我已经抱过四个孙儿了。"她说时，看着窗外几个孩子在瓜棚下玩，就指着那最高的孩子说，"你看鼎儿已经十二岁了，他公公就在他弥月后去世的。"

他们谈话时，丫头端了一盘牡蛎煎饼来。老太太举手让着蔚明哥说："我定知道你的嗜好还没有改变，所以特地为你做这东西。"

"你记得我们少时，你母亲有一天做这样的饼给我们吃。你拿一块，吃完了才嫌饼里的牡蛎少，助料也不及我的多，闹着要把我的饼抢去。当时，你母亲说了一句话，教我常常忆起，就是'好孩子，算了罢。助料都是搁在一起渗匀的。做的时候，谁有工夫把分量细细去分配呢？这自然是免不了有些多，有些少的，只要饼的气味好就够了。你所吃的原不定就是为你做的，可是你已经吃过，就不能再要了。'蔚明哥，你说末了这话多么感动我呢！拿这个来比我们的境遇罢：境遇虽然一个一个排列在面前，容我们有机会选择，有人选得好，有人选得歹，可是选定以后，就不能再选了。"

老人家拿起饼来吃，慢慢地说："对啦！你看我这一生净在海面生活，生活极其简单，不像你这么繁复，然而我还是像当时吃那饼一样——也就饱了。"

"我想我老是多得便宜。我的'境遇的饼'虽然多一些助料，也许好吃一些，但是我的饱足是和你一样的。"

谈旧事是多么开心的事！看这光景，他们像要把少年时代的事迹——回溯一遍似地。

但外面的孩子们不晓得因什么事闹起来，老太太先出去做判官；这里留着一位矍铄的航海者静静地坐着吃他的饼。

祈　愿

（中国）郁达夫

窗外头在下如拳的大雪，埋在北风静默里的这北国的都会，仿佛是在休息它的一年来的繁剧，现在已经沉睡在深更的暗夜里了。

室内的电灯，虽在发放异样的光明，然而桌上的残肴杯碗，和老婢的来往收拾的迟缓的行动，没有一点不在报这深更寒夜的萧条。前厅里的爪子们，似乎也倦了。除了一声两声带着倦怠的话声外，一点儿生气也没有。

我躺在火炉前的安乐椅上，嘴里虽在吸烟，但眼睛却早就想闭合拢去。银弟老是不回来，在这寒夜里叫条子的那几个好奇的客人，我心里真有点恨他们。

银弟的母亲出去打电话去了，去催她回来了，这明灯照着的前厢房里，只剩了孤独的我和几阵打窗的风雪的声音。

……索性沉沉到底，……试看看酒色的迷力究竟有几多，……横竖是在出发以前，是在实行大决心以前，……但是但是……这……这可怜的银弟，……她也何苦来，她仿佛还不自觉到自己不过是我的一种caprice（英文：任性）的试验品……然而一种caprice又是从何而起的呢？……啊啊，孤独，孤独，这陪伴着人生的永远的孤独！……

当时在我的朦胧的意识里回翔着的思考，不外乎此。忽而前面对着院子的旁门开了，电光射了出去，光线里照出了许多雪片来。头上肩上，点缀着许多雪片，银弟的娘，脸上装着一脸苦笑，进来哀求似的告我说：

"广寒仙馆怡情房里的客人在发脾气，说银弟的架子太大，今晚上是不放她回来了。"

我因为北风雨雪，在银弟那里，已经接连着住了四晚了，今晚上她不回来，倒也落得干净，好清清静静的一个人睡它一晚。但是想到前半夜广寒仙馆来叫的时候，银弟本想托病不去，后来经我再三的督促，她才拖拖挨挨出去的神情，倒有点觉得对她不起。况且怡情的那个客人，本来是一个俗物。他只相信金钱的权力，不晓得一个人的感情人格的。大约今晚上，银弟又在那里受罪了。

临睡之前，将这些前后的情节想了一遍，几乎把脱衣就睡的勇气都打消了。然而几日来的淫乐，已经将我的身体消磨得同棉花样的倦弱，所以在火炉前默坐了一会，也终于硬不过去，不得不上床去睡觉。

蓬蓬蓬蓬的一阵开门声，叫唤声，将我的睡梦打醒，神志还没有回复的时候，我觉得棉被上，忽而来了一种重压。接着脸上感着了一种冰冷冰冷的触觉。我眼睛还没有完全打开，耳朵边上的一阵哀切的断续的啜泣声就起来了。

原来银弟她一进房门，皮鞋也没有脱，就拼命的跑过来倒投在床上，在埋怨我害她去受了半夜的苦。暗泣了好久好久，她才一句一句的说：

"……我……我……是说不去的……你你……你偏要赶我……赶我出去，……去受他们这一场轻薄……"

说到这里，她又哭了起来：

"……人家……人家的客人，……只晓得慰护自己的姑娘……而你呢……你呢……倒反要作弄我……"

这时候天早已亮了，从窗子里反射进来的雪光，照出了她的一夜不睡的脸色，眼圈儿青黑得很，鼻缝里有两条光腻的油渍。

我做好做歹的说了半天，陪了些个不是，答应她再也不离开北京了，她才好好的脱了衣服到床上来睡。

睡下之后，她倒鼾鼾的睡去了，而我的神经，受了这一番激刺，却怎么也镇静不下去。追想起来，这也是我作的孽，本来是与她不能长在一块的，又何苦来这样的种一段恶根。况且我虽则日日沉浸在这一种红绿的酒色里，孤独的感觉，始终没有脱离过我。尤其是在夜深人静，欢筵散后，我的肢体倦到了不能动弹的时候，这一种孤寂的感觉，愈加来得深。

这一个清冷大雪的午前，我躺在床上，侧耳静听胡同里来往的行人，觉得自家仿佛是活埋在坟墓里的样子。

伸出手来拿了一枝烟，我一边点火吸着，一边在想出京的日期，和如何的与她分离的步骤。静静的吸完了两枝烟，想了许多不能描模的幻想，听见前厅已经有人起来了，我就披了衣裳，想乘她未醒的中间，跑回家去。

可是我刚下床，她就在后面叫了：

"你又想跑了么！今天可不成，不成，怎么也不能放你回去！"

匆忙起来换了衣裳，陪我吃了一点点心，她不等梳头的来，就要我和她出城去。

天已经晴了，太阳光照耀得眩人。前晚的满天云障，被北风收拾了去，青天底下，只浮着一片茫茫的雪地，和一道泥渣的黑路。我和她两人，坐在一辆马车里，出永定门后，道旁看得出来的，除几处小村矮屋之外，尽是些荒凉的雪景。树枝上有几只乌鸦，当我们的马车过后，却无情无绪地呀呀的叫了几声。

城外观音潭的王奶奶殿，本来是胡同里姑娘们的圣地灵泉，凡有疑思祈愿，她们都不远千里而来此祷祝的。

我们到了观音潭庙门外，她很虔诚的买了一副香烛，要我跟她进去，上王奶奶殿去诚心祈祷。

我站在她的身旁，看了她那一种严肃的脸色，和拜下去的时候的热诚的样子，心里便不知不觉的酸了起来。当她拜下去后，半天不抬起身来，似在默祷的中间，我觉得怎么也忍不住了，就轻轻的叫她说：

"银弟！银弟！你起来吧！让我们快点回去！"